JN273667

妖《あやかし》たちの時代劇

笹間良彦 著

発行＝遊子館

装幀・中村豪志

妖《あやかし》たちの時代劇

目次

但書

＊ 作品の原稿は、著者の原稿を尊重して誤字の修正ならびに最低限の用語の統一をはかった。そのため漢字表記は、新・旧字体、異字体等の混在のままとし、仮名遣いも統一を最低限にとどめた。
また著者独特の宛字的漢字の用語には、適宜ふりがなを付し、読者の便に供した。

＊ 本書には歴史上差別を受けた人々の身分呼称があるが、著者の原稿を尊重してそのまま掲載すると共に、読者理解のため、著者の別途論文の引用を付して、その補足を施した（一二六頁参照）。

＊ 本書に収録した挿絵は、すべて著者の描いたものである。

【其の一】

三助の舌

新助は日本橋一丁目の小間物屋の倅《せがれ》であった。十七歳の頃に両親が当時流行した悪い風邪《かぜ》にかかり、それが余病を併発して相次いで死亡した為に家業を継いだ。然《しか》し若気の至りで、悪い遊び仲間に誘われ女遊びに夢中になり、家産を失ってしまった。心機一転して裸一貫から立ち直ろうと、南茅場上町の的《まと》の湯《ゆ》の三助《さんすけ》として働く様《よう》になった。

三助とは風呂屋で客の背中を流して僅かの手間賃を稼ぐ労働者であり、若い男が務めた。三助は短い半纏《はんてん》状の白い袖無《そでなし》襦袢《じゅばん》に、白の六尺 褌《ふんどし》をキリリと締めて元気よく客の背中を流す。新助はこの三助になったが、若くてイナセなので、特に女客に人気があった。

当時の風呂屋（銭湯）の看板は、小さい弓に矢を番《つが》えたものを棹に吊るして入口に立てて目印とした。的の湯という名は、これは弓射ります（湯に入ります）の洒落《しゃれ》である。的の湯は更に的をつけて、当たり湯（暖まる湯）と縁起を担いでいた。その為か、下級武士や庶民の間に人気があって繁昌《はんじょう》した。

入口の土間を入ると、両側に男女の入口の障子がある。その内側の真ん中に三尺の盤台《ばんだい》があって、左右の入口から入って来る客から入湯銭を受け取る亭主か番頭が座っている。背中を流してもらう客には木札を渡して、拍子木をチョンと鳴らす。これを聞いた三助が、客が湯から上がった頃を見計らって奥から扉を開けて現れ、木札を持っている客の背中を洗うのである。三助は男湯にも女湯にもいた。

街に風呂屋ができたのは江戸時代初期からである。それ以前は蒸し風呂だった。この時代の風呂屋には、髪を洗ってやったり背中を流してやる湯女《ゆな》が居り、俗に垢掻《あかか》き、猿《さる》などといわれていた。入浴後のくつろぎに男の相手をし、売春も行なって流行したので、公認の遊女街の吉原から商売の邪魔をすると訴えられ、風呂屋も湯女も検挙された。

その結果生まれたのが、士庶男女を入湯させる風呂屋だった。風呂屋は内風呂を持たない江戸の下層民には歓迎され、女性も行く様《よう》になった。所が男女混浴で往々に風紀が乱れるので、寛政三（一七九一）年に混浴は禁止され、一軒の風呂屋でも男湯と女湯に分けて、板で境が作られた。入口は一つでも、座敷、流し場、湯槽は別々に設けられた。

高級武家や裕福な商人で無い限り内風呂（自家用の風呂）の無い庶民には歓迎され、江戸市中だけで一時は千軒程の風呂屋があった。とりわけ女湯は、イナセな若い三助のいる所が好《この》まれたから的の湯の新助は人気があった。

然《しか》し女湯が混むのは午後からである。男湯の朝風呂は夜鍋《よなべ》して労《つか》れた職人や、夜遊びした朝帰りの男、粋を売物にする鳶《とび》の者が入って、世間話や噂話をしながら湯に浸って身体を洗って帰る。背中などは両手で手拭《てぬぐい》を背中に廻して洗ってしまうから、三助を頼むのは老人位である。

女湯の女性は町風呂に朝から入らないので、ここに廻り方の同心《どうしん》が良く入った。男湯の方に同心が入ると、庶民は遠慮して口をつぐんでしまう。そこで同心は女湯に入って耳を澄ます。すると男湯の方では世間話をしたり噂を話したり、一種の社交場になっているので大きい声で喋っている。その話題の中に犯罪捜査のヒントがあるので、町奉行所の与力、同心は何処《どこ》の風呂屋にでも只《ただ》で入り、女湯に朝風呂として入れるしきたりがあった。八丁堀《はっちょうぼり》（町奉行所の与力、同心の組屋敷のある所）の七不思議の一つの諺《ことわざ》に「女湯の刀掛」というのがあるが、女湯に武士の刀掛があるのは、こんな理由からである。

新助が張り切るのは午後からである。ハツ半（午後三時頃）から七ツ（四時）頃になると、近所の芸者街から妓《おんな》達が化粧前に入湯に来るからである。

芸妓達は入湯道具の小桶に色々なものを入れて抱えて来る。当時の肌洗い道具は手拭のほかに紅絹《もみ》の小袋を必ず持っていた。この中には鶯《うぐいす》の糞《ふん》の干したものと煎り糠《ぬか》が入って居り、これを湯に浸して肌を洗うと肌理《きめ》細かになって肌がツルツル美しくなるという美容法の一種であったから、遊女芸妓はおろか町方の若い女性も盛んに使用した。

近所の芸者街で売れっ妓の吉奴《よしやっこ》も毎日定時刻に来て、この紅絹袋で新助に背中を洗ってもらい、親しく口をきく仲になっていた。

新助は、吉奴の美貌だけでなく、細い腕から滑らかな曲線を描く白い肌にいつも魅《み》入っていた。時には抱きしめたい欲望も湧いてくることもあったが、肌を洗うという特殊な立場にも微《かす》かな満足を感じていた。

所《ところ》が今日は他の女客の来ない早い時間に、吉奴が来たのである。番台で拍子木が鳴ったので新助は流し場に出た。湯から上がって低い腰掛に腰を下ろし前を洗っていたのは、吉奴だった。その姿を見て、新助の心はおどった。

「姐《ねえ》さん。背中を流しましょう」

といって紅絹袋を受け取って背中から腰をこすった。いつもこのあたりを擦ると、妙に興奮するのである。

「吉ちゃんの肌はいつ見ても綺麗だね。指が吸い付き相《そう》で、甜《な》めたい位だ」

思わず本心が出てしまった。

「あら。嫌だ。気持の悪いこと言わないでよ」

新助は慌てて、

「いや。それ位、肌が綺麗だっていう事だよ。おいらは、やくざな三助稼業だが、姐さんみたいな美しい女を女房に持ちたいねえ」

「嬉しい事を言って呉《く》れるわね。だけど、あたいには旦那が付いているから駄目だよ」

この柔《やわ》肌を抱く旦那がいるのかと思うと少々嫉妬心も起こる。だが僅かでも洗い賃をもらって、この女の裸に触れられるのは三助になったからだ。

「そうさなあ。吉ちゃんくらいの容貌《きりょう》なら大勢慕って来る野郎共がいるだろう。おれも今はしがない三助だが、これから一生懸命働いて金を貯めて風呂屋の一つ位持つ積《つ》もりだ」

「あら頼母《たのも》しいわね。早くそうなって」

新助は図に乗ってしまった。

「吉ちゃん。一つ、頼みがある」

「何よ。頼みって」

「怒らないでくれよ。この背中を一回だけ甜《な》めさせてくれよ」

「嫌だわ、そんな薄気味悪いこと」

「未《ま》だ誰も入浴《きて》いねえし、唯《ただ》ちょっと口を付けるだけだからさ」

そんな事されるのは嫌だと思ったものの、三助風情にまで惚《ほ》れられるのは悪い気持がしない。第一、毎日背中を流してもらっているのだ。吉奴は少し躊躇《ためら》ったが、

「ちょっとだけよ」

と承知した。新助は柔肌に抱き付いて吉奴の首筋に口をつけ、舌を出すと背中を甜め下ろした。その時、女湯の入口を開けて誰か入って来た。新助は慌てて離れ、手桶に浸した手拭を吉奴の肩にかぶせ、二、三度揉んでから、平手でパンパンと叩いた。音は湯気の籠った天井にこだました。流し終了の合図である。

湯に這入《はい》って来たのは、吉奴の姉芸者絹奴《きぬやっこ》だった。

「おや。吉ちゃん。今日は早く来ていたのね」

「ええ。今日は日本橋の旦那から早く来いとお声が掛かったものですから……」

吉奴は顔を赤くして立ち上がると、柘榴口《ざくろぐち》から隠れるように湯槽《ゆぶね》に入った。新助もちょっと照れた様《よう》な表情になった。舌先には先刻の感覚がしびれる様《よう》にのこっている。新助は先程の舌の感覚を忘れまいと思った。何ともいえない柔らかく暖かい滑らかな肌ざわりと、女らしい香りがした様《よう》に思えた。できれば下腹迄《まで》甜めたかった。

吉奴は湯槽から上がると、いつもの癖で手桶で上がり湯を汲んで身体にかけた。そして身体を拭くと脱衣場に上がり、そそくさと身仕度して帰って行った。

それを見た新助は、

「お絹姐さんもお流ししますか」

といった。

「ええ。頼むわよ」

絹奴の背中を紅絹《もみ》の袋でこすっていると、毎日入湯して流しているから垢など出る筈《はず》が無いと思っていたが、御白粉滓《おしろいかす》か脂滓《あぶらかす》か、紅絹の袋の表に微かに薄い汚れが目に付いた。新助は背中をこすり乍《なが》ら、片手の指でそれをしごき取り、絹奴が後向きで気付かぬ侭《まま》にそれを甜めて見た。舌先に、微かに塩の味と糠の味と脂めいた味がしたように感じた。

こうして新助は、女性の背中を流すたびに紅絹の袋の面に微かに付く垢らしいものを甜めるようになったが、肌の味がわからなかった。女客が混んでいる時は、紅絹袋を持ち換えるときにさり気なく空いた手で、垢が付着したと思われる指を甜めてみたりした。

結局、鶯の糞と糠《ぬか》の香ばしさと、微かな脂気からくる塩気と渋味《しぶみ》を少し感じたくらいだった。新助はどうしても女の肌から浸み出る分泌物の混じる垢を味わって見たくなった。

芸妓衆の入湯が帰って、一刻夜食が終ってから暮六ツ（午後六時頃）から五ツ（午後八時）頃が、一般町家のおかみさん達が来る時刻である。

芸妓衆は脱衣場に上がっても下化粧という襟白粉《えりおしろい》はつけないが、裏長屋のおかみさん達は風呂から上がると襟白粉をつける。

これは化粧下の意味で、岡場所の娼婦達が襟白粉をつけるとイキに見えたから、裏長屋のおかみさん達がそれを真似たのである。厚化粧の芸妓衆は入浴後、素顔で戻り、家に戻って本格的に化粧する。

襟白粉というのは、下顎から耳の下にかけて肩まで刷毛《はけ》でベッタリ塗る方法である。こうした連中が沢山《たくさん》入湯すると、湯槽もかなり汚れてくる。

南茅場町の青物屋八百繁のおかみさんは、三十に近い年増盛り。こってり脂肪が乗って、軟らかい肉体の色気のある女として有名であったが、五日に一辺《いっぺん》位的《まと》の湯《ゆ》に来て、いつも新助に背中を流してくれと頼む。このおかみさんは紅絹《もみ》の糠袋のほかに、呉絽服《ごろかく》の小裂《こぎ》れを持って来て垢擦《あかす》りとしていた。

呉絽服とはゴロフクレンの事で、当時の輸入品だった。洒落た人は旅行用の羽織や帯地にも用いたが、肌触りが荒い。羊毛の荒い毛の堅い繊維で織ったもので、入湯した折の垢を擦り落とすに便利であった。

八百繁のおかみさんは、新助にこの垢擦りを渡し、腕から背中を流させる。新助はこれを使って背中をゴシゴシ擦った。見ると背中に微かに垢らしいものが小さく捻《よ》れて浮いているし、垢擦りにも固まって付着している。

新助は誰にもわからない様《よう》に、その垢を一寸《ちょっと》つまんで口に含んだ。脂気のある少し塩っぽい味がした。成《なる》程《ほど》これが女の味だと思った。吉奴や絹奴とは全く違う女臭さの味であり興奮した。それから新助は、垢擦を使う女客の垢を次々と試して見た。

的の湯は一応五ツ半（午後九時）になると終《しま》い湯となり、客の去ったあとの流し場の板敷や湯槽を洗って栓を抜く。

当時の風呂屋は一日の収入が一貫文（千文）から二貫文であるから、一日で百人以上入る。その身体から出る脂垢だけでも大変な量である。

新助は流し場の板を束子《たわし》で力を籠めて洗い流してから、今度は襦袢《じゅばん》も褌《ふんどし》も脱いで、柘榴口《ざくろぐち》を潜り、女性達が入った汚れた湯槽に身を浸した。その中で入浴中の女の姿態に妄想をめぐらせ乍《なが》ら、今日一日もやっと終ったと、のんびりする唯一の時間である。

湯は溝泥《どぶろく》の様《よう》に重みを感じて黒く淀み、朧《おぼろ》気《げ》に湯気でかすんでいる。隅の燈油皿の灯がギラギラ光って、天井から圧迫される様《よう》な暗さである。老若の女性の垢の浮いた異臭のする世界であるが、新助にとっては一人で心行《ゆ》くまで女の肌の臭いを嗅ぐことができる愉楽《ゆらく》の世界だった。

湯の表面にドロリと濁っている膜状のものは、女性からあふれた分泌物だろう。新助は誰にも得られない貴重な液に浸っているのだと思うと、激しく興奮した。

掌で表面をすくって見ると、暗い中でも灰色に漂う物だった。異臭を放ったが、興味を感じて甜めて見た。脂っぽい塩気と何ともいえない複雑な味がする。八百繁のおかみさんの垢とも違う。これが女体から分泌する本当の味だと思い、嬉しくなった。

これらの脂垢を捨てるのは勿体《もったい》なかったが、掃除せねばならぬ。底の栓を抜き、湯槽の側面から底を洗った。

今迄《いままで》はもう一人の三助と交代で男湯と女湯を洗っていたが、それからの新助は女湯を独占して洗うようにした。男湯は塩気と汗臭い垢の固まりの層が厚く浮いていて魅力を感じなかった。

女性の秘部からも洩《も》れたであろう湯に浸って、手ですくって垢を甜める。そして色々と妄想しながら掃除する事の、なんと楽しいことよ。

この異常な心理はどんどん昂進《こうしん》していった。大勢の脂垢の混じった湯垢より、若い吉奴や絹奴、そして姥盛りに近付いている脂肪の乗った八百繁のおかみさんの肌から出る脂垢を直接甜め廻して見たい衝動にかられた。然《しか》し若い芸妓衆は鶯の糞と煎り糠を入れて紅絹《もみ》の小袋で毎日擦るので垢らしいものはでないし、肉体から発する臭いや味は稀薄《きはく》であった。五日置きに来る八百繁のおかみさんの肉体が適当だと思った。

そうしてついに新助は、八百繁のおかみさんの背中を流している内に、思わず垢擦りに垢の捻《ねじ》れの小片が無数に湧くように付着したのを見て、その背中にかじり付いて、甜め廻して了《しま》ったのだった。

驚いたのはおかみさんだった。

「きゃっ」

と叫んで、抱えている新助の腕を振りほどき、振り返って、新助の頬を平手で叩いた。

「何をするんだい。この馬鹿っ」

罵《ののし》って這うように後ずさりする。その顔は恐怖に変わっていた。この気配に周りにいた女達も後退《あとずさ》りしたり立ち上がった。

「気違い。この三助があたしの背中を甜め廻したんだよ。誰か来て」

八百繁のおかみさんは、新助を指さし、「薄気味悪い犬めっ」と罵《ののし》った。他の女達も、

「番台さん早く来て」

「こんな奴を押さえてっ」

と叫んだので、主人も驚いて番台から飛び下り、流し場に馳《か》け付けた。

「新助、てめえ何をしたんだ」

新助は、唯《ただ》ニヤニヤ笑っていた。八百繁のおかみさんの背中を甜《な》めたことに満足しているようでもあった。

埒《らち》が明かないので、主人は八百繁のおかみさんから事情を聞いた。

「お客様に飛んでもねえ事をしやがる。おーい男衆皆来い。新助が狂ったぞっ」

大声は流し場の天井にこだました。男湯の三助や、釜焚き、そればかりか男湯の入湯客までがバラバラと馳《か》け付けた。

「お客様にかじり付いて、背中を甜め廻した相《そう》だ。正気の沙汰《さた》じゃあねえ。ふン縛《じば》ってしまへ」

主人も興奮していた。新助は襦袢《じゅばん》褌《ふんどし》の侭《まま》縛られて自身番《じしんばん》に突き出された。

自身番とは町の家主《いえぬし》達が当番制で勤める街の治安と事務を行なう自治体で、各町の境に木戸番《きどばん》小屋と向かい合っている番屋である。

的《まと》の湯《ゆ》の主人は新助を突き出し、事の成り行きを説明した。自身番に詰めていた連中は顔を見合わせた。風呂屋にはよく板《いた》の間稼《まかせ》ぎという、脱衣場での盗難犯罪はあって、自身番によく捕まってくるが、こんな事件は今迄《いままで》にない。的の湯としては今後の信用にかかわるし、噂は拡めたく無いだろう。第一僅細《ささい》な事でも町内に犯罪人は出したくない。廻り方同心《どうしん》が来ても撲《なぐ》って叱《しか》る程度であろう。それより被害者の八百繁のおかみさんの噂が拡ったら隠し様《よう》もない。入湯の女客の肌を甜め廻したというのは決して見逃しに出来ないが、どう処理するべきか家主達も頭を捻《ひね》った。

「まあ、おかみさんの綺麗な肌を見て発作的に気がおかしくなったのであろうから、雇主に預けるから一時押し込めておけ」

そういう事に落ち着いて、新助は的風呂の裏の棟割《むねわり》長屋に戻された。窓と戸に板を打ち付けて出られな

い様になっているので、新助は六帖の間に一日中呆《ぼう》としていた。食事は雇主が握り飯を竹の皮に包んで隙間から投げ込む丈《だけ》である。甚《はなは》だ手数がかかって雇主も困惑したが、もっと困ったのは的《まと》風呂の風評である。

一般商家の女達ばかりか芸妓衆も来なくなった。男の客迄《まで》減った。的風呂の主人は女風呂の入口に紙を貼って詫び状を書き、新しい真面目な三助を雇ったことを公表したが、客足は途絶えた。

時々見廻りに来て戸の隙間から中を覗いたが、新助は煎餅《せんべい》蒲団の薄《うす》穢《ぎたな》いのをかかえて丸くなって寝ていた。その内自身番から何らかの通知があるだろうと待っている内に十日程経《た》った。

差し入れの握り飯は一つも食べた様子もなく土間に沢山《たくさん》ころがっていた。気になったので的風呂の主人

は「新助」と呼んだ。が返事が無い。不審に思って釜焚きと共に桟《さん》を外すと異臭が漂っていた。新助は干乾《ひから》びて死んでいたのである。

身寄りが無いので、自身番の立会いと、廻り方同心の検死を受けて棺桶に入れ、本所の回向院に送った。

新しく雇った三助は新助にも増してイナセな若い男だった。的風呂の主人が女性に人気を集めて入湯客の復興を狙ったものである。順吉といったがよく働いた。

順吉が終《しま》い湯の後に流し場を掃除し、湯槽を洗おうとして柘榴口《ざくろぐち》を潜《くぐ》って、女湯の中の薄暗い湯気の中を覗いた時、異様な光景に踏み板を外して転げて驚いた。

燈明皿の灯りに照らされた黒いドロドロした湯の中に、裸姿の新助が首だけ出して、湯面を赤い長い舌でペチャペチャ甜めていたのである。

そして順吉の顔を見てニヤリと笑った。

「ば、化け物だっ」

順吉は這って脱衣場の方に逃げた。その声で男湯の三助や釜焚きが「何だ。何だ」といって飛び出して来た。順吉は真っ蒼な顔をして柘榴口《ざくろぐち》を指さし、ガタガタ震え乍《なが》ら、

「お、女湯に、ば、化け物がいる」

というのがやっとであった。

「おめえ、何か見違えじゃあないのか」

といって、揃って柘榴口を潜り女湯の湯槽を覗いてみた。

「うわーっ」

確かに新助が湯の中から首を出して、表面のどろりとした湯垢を甜めている。暗い湯面にその顔が崩れて揺らいでいる。異常に光る目と、赤い舌が明瞭《はっきり》目に映った。

「新助だっ」

「迷って出たかっ」

二人共流し場に滑り転び乍《なが》ら脱衣場に逃げた。流し場と脱衣場の掛《かけ》行燈《あんどん》も薄暗く、柘榴口から洩れる湯気には、霊気が漂っているようだった。このことは的風呂の主人にも知らされ、町内の鳶《とび》の者も馳け付けた。

「新助の幽霊が出たんだと」

鳶の者は片手に鳶口を握って、

「そんな馬鹿なことはあるもんか。おれが確かめてやる」

といって元気よく柘榴口の踏み板に足かけて暗い中を覗いた。ところが「あっ」といって、これも転げ落ちた。

ピチャピチャと湯面の浮いている垢を甜めている音がする。

的風呂の女湯の湯槽に新助の幽霊が出るという噂は忽《たちま》ち町内に拡まったので、女客は一人も来なくなった。

僅かに威勢の良い男客が、

「そんな馬鹿なことがあるか」

と入浴したが、板壁を隔てた女湯の湯槽の方から微かにピチャピチャ音がするのを耳にすると、慌てて出て行った。

結局、的風呂は化け物湯と評判が立って店は廃《や》め、暫《しばら》く空屋になった。やがて取り壊され、空き地となって雑草の生えるにまかせて放置された。

【其の二】

屍人漁《しびとあさ》り

「きさまッ。未《ま》だわからぬのかッ」

怒鳴る声と共に、主人の上西伍兵衛《かみにしごへえ》の鞭《むち》が、槍持《やりもち》甚六の見上げた顔の鼻柱《はなばしら》へ斜めに打据られた。甚六は顔を斬られた様《よう》な痛みを感じて立ちすくんだ。

槍持は馬上の主人が「槍ッ」と言って右手を伸ばした時に、直《す》ぐに渡せるように、馬側の右に従《つ》いていなければならぬのに、左側にいた馬の口取が同じ村の友人であったので、それに話しかけようと馬の左側に出ていたのである。

「はッ」

甚六は慌てて馬の後ろを廻り、右側に戻った。何も鞭で打たなくともいいのにと主人を怨めしく感じた。

今日の主人は朝から何か焦々《いらいら》している。容易ならぬ合戦に出陣するらしい。

甚六は槍持奉公人ではない。嫌応《いやおう》なく狩り出された夫丸《ぶまる》（徴発された人足）である。主人の上西伍兵衛は小田原北条家の武士で、甚六の村の一部を拝領した地頭様、六拾貫《ろくじゅっかん》取りの領主である。

今度の軍勢《ぐんぜい》催促は容易ならぬ軍備が必要と見えて、主人の馬と乗替馬二頭、槍二本、具足《ぐそく》持一人、旗持一人、鉄砲一挺、徒歩侍《かちざむらい》二人、小荷駄二頭、徴発の夫丸を含めて十二人の大動員であった。

甚六は早くより両親を失っている。妹とたった二人暮らしの水呑《みずのみ》百姓であったので、領内に徴用があった時は庄屋も甚六をいつも見逃して呉《く》れていたが、今回の大動員にはどうしても人数が足りなかったため、甚六も夫丸の中に加えられたのである。

妹一人を残して徴用に出ることは、甚六には甚《はなは》だ心残りであり、馴れない武家間の風習にオドオドしていた。

天正十八（一五九〇）年、西方を服従させた豊臣秀吉は、関東に威を張る北条氏を屈服させる為に西国《さいごく》の大名を総動員させ、北から西から小田原攻略に軍を進めた。北条氏も存亡の危機が迫ったために、家臣団も最大限の人数を集めねばならなかった。

甚六は若く逞《たくま》しいので、重い槍持にさせられて先輩から槍持の作法を教えられた。持馴れた鍬鋤《すきくわ》と違って扱い難く、よく叱られた。主人の槍は馬上戦としては長い方で、約二間（約四メートル）の柄に茎《ながつ》が深く入っている大身《おおみ》の槍である。肩に担いでもズシリと重く、田畑の柔らかい土と違って街道筋の道は砂利交じりで固く、草鞋《ぞうり》を履いていても肉刺《まめ》ができて痛かった。徴発された夫丸《ぶまる》は、腹の中で、家族と離れて死地に赴《おもむ》く運命に悲観していたものの、口に出せない自身の運命も呪っていた。

主人は馬上だから、重い甲冑をつけていてもさして苦痛ではないだろう。しかし侍以下は徒歩《かち》で疲労に堪えねばならぬ。

甚六も革製黒漆塗りの陣笠に腹《はら》当《あて》、背には主人の雑具を入れた風呂敷包み、腰に米や食糧を入れた打飼《うちかい》袋《ぶくろ》を巻き、漆《うるし》の鞘《さや》が剥げかかった鈍刀《なまくらがたな》を一本挿して一応軍装をしているが、刀の扱い方も碌《ろく》に知らぬ。

戦《いくさ》は武士のするもので、何の為に農民まで動員されねばならぬのか。田畑を這擦《はいずり》廻って、生産物のあら方《かた》は領主に貢納させられ、牛馬の様《よう》に酷使されている。主人は戦で手柄を立てれば、領地を加増《かぞう》されるが、農民に加増は無く、依然として収奪される。武士は討死しても勝戦であれば、家族は生活を保證《ほしょう》されるが、夫丸は殺されても保證は無く一家の働手が減って苦しむ丈《だけ》である。

働手が死んで貢納が出来なければ、妻や娘が年貢代わりに人身売買されて一層苦しい状況になる。甚六は農民に生まれた事に不満を抱いていていた。腹の中では常に憤《いきどお》りを持っていて、できればここから逃げ出したかったが、その勇気すら無いし、逃亡したら身の破滅である。

俺達は何の為に生きているのだ。

夕刻、一行は小田原の街に着いたが夥《おびただ》しい軍勢で混雑していた。

　上西伍兵衛一行は城内に入ると、軍奉行《いくさぶぎょう》に着到《ちゃくとう》を告げた。人員を確認されると、間宮豊前守《まみやぶぜんのかみ》の部隊に編入されたが、城内は軍兵で一杯だったので城下町に分営する事になった。

　街は殺気立った軍兵で喧騒《けんそう》を極め、あちこちで喧嘩も起きている。甚六は絶えずびくびくしていた。割当てられた民家に到《つく》と、休憩の隙もなく、主人や侍達の食事の準備や、馬の手入れや飼糧《かいば》作りに忙殺された。やっと自分達の席の蓆《むしろ》に胡座《あぐら》をかいて、くつろいだと思ったら、早や夜明となり出発せねばならなかった。

　秀吉方の長曽我部《ちょうそかべ》の軍勢が三島まで進出しているとの情報があった為に、それを迎撃する進軍であった。箱根は別の部隊が進撃するので、間宮の軍は海岸寄りから山を越して熱海《あたみ》に出、更に山を越して三島に向かうのである。しかし整備されていない細い山道を人馬、荷駄《にだ》隊が行くのは容易でなかった。

　部隊は延々と続いている。甚六も、細道の両側から繁り出ている樹の枝に主人の槍鞘が引掛かって脱落《ぬけおち》そうなので、神経を使ったりして、腿《もも》が労《つか》れ切って其侭《そのまま》坐ってしまいたいくらいであった。

　ようやく下り坂になり、樹々の間から三島の街並が見えて来た時に物凄い轟音《ごうおん》が起こり、先の方で長い列の人々がばたばたと斃《たお》れた。やがて硝煙《しょうえん》が立籠《たちこめ》てきて、樹々の繁みも見えなくなった。続く銃声で、武者達は叫び声を上げて次々と斃れる。先頭の武者達が争って後退してくるので、行列は混乱した。

　敵の伏勢《ふくぜい》の銃隊に囲まれて攻撃を受けた事に気が付いた時には前進も後退も出来ない状況になっていた。両側の繁みに退避する事もできない。自滅が迫っていた。

　上西伍兵衛は恐怖に暴れる馬を制御しつつ、

「甚六ッ、槍ッ」

と叫んだ。状況判断もつかず、血走った目で震えていた甚六は、ハッとして担いでいた槍を差出す。伍兵衛は引ったくる様《よう》に右手で取り、高く翳《かざ》して前進しようとしたが、退却して来る味方に阻《はば》まれて前進するより、馬自体が味方に押されて後退させられた。侍も夫丸《ぶまる》も主人を囲んでいるのみである。

　敵の銃撃による硝煙は両側の樹々の繁みも包み、黒い霧に包まれた様だった。轟音《ごうおん》が林にこだまする中で、味方は次々と斃《たお》れていった。甚六も後退する仲間に突飛ばされて転んだ。樹の根に突伏《つっぷ》して顔を両手で覆い、唯々《ただただ》震えていたが、驚怖の目でチラリと横目で見上げると、主人の伍兵衛が槍を片手で挙乍《あげなが》ら退反《のけぞ》つて落馬する姿が見えた。夫丸達も立ち竦《すく》み乍《なが》ら斃れていく。甚六は、驚怖《きょうふ》で木の根に蹲《うづくま》って目を閉じていた。

　随分時間が経った様《よう》な気がした頃、銃声が間ばらになった。やがて止んだと思ったら、前の方から人馬の轟く足音と歓声が上がって、敵が続々と現れ、倒れている人馬を踏み越えて突撃していった。立ち上がって抵抗するものは一人としてなく、後部の味方が潰走《かいそう》するのを敵は追撃して行った。

　甚六は樹の根に獅噛《しがみ》付いて死んだ振りをして薄目《うすめ》をあけて見ていた。敵は間宮豊前守の部隊を全滅させたらしい。暫《しばら》くすると再び人馬の近付く音がする。見ると、夥《おびただ》しい死骸の中から甲冑武者の首を掻いているのだった。

　やがて先刻の硝煙の暗さとは異なる夕暮の空気が、樹々の繁みから漂い始めた。方々で呻《うめ》く声も止んでいた。

　甚六は死骸の中に混っているのが、堪えられなくなった。一刻も早くこの場から逃げ去りたい思ったが、さりとて今後どうして良いかの判断もつかなかった。

　全滅したのに自分だけ助かったといって寒川の妹の所に逃げ帰っても、庄屋はまた夫丸《ぶまる》に徴用するであろうから、すぐには戻れない。とにかく、一刻も早くこの場から去る事だ。

　甚六は嫌なものを捨てるように主人からの御貸の腹当《はらあて》や刀、そして陣笠をかなぐり捨て、やっと立樹にすがって立ち上がり、走り去ろうとして四辺《あたり》を見廻した刹那《せつな》、頭に閃《ひらめ》いたものがあった。

　出陣する際、戦場で不足の品を求

める為に、武士は心得として何がしかの金を用意する。主人の上西伍兵衛も具足《ぐそく》の下に金財布を懐中したところを甚六は見ていた。

　こうした討死だらけの戦場では、後で敵方や土地の農民が戦場整理の折に甲冑《かっちゅう》や目ぼしいものを剥《は》いだり奪ったりするのが常であるから、死骸は大抵《たいてい》裸に近い形で墓穴に投込まれる。ここに延々と続く死骸も、間もなくそうした運命になるのだ。それなら未《ま》だ誰も来ない内に自分が奪って了《しま》おうと思った。

　馬諸共に撃《うち》殺された主人の死骸を発見するのは容易である。先刻敵に首を掻かれた伍兵衛の死骸は直《すぐ》に見付かった。震える手で伍兵衛の具足の引合せの紐を解いて胸の当たりに手を入れると、首から紐で掛けた財布がすぐに手に触れた。財布は血に染まっていたがズシリと重かった。

　主人の金だけと思ったのに、甚六は欲が出た。他の武者の金も取上げて行こうと、甲冑武者のみを探した。足の踏場もない程一面に倒れている死骸を踏み越て歩くと、足裏に不気味な弾力を感じたが、欲が先に立った。あちこちの甲冑武者から金銭を奪っている内に伍兵衛の持っていた財布は一杯になった。それを腰に巻いた打飼袋《うちかいぶくろ》に入れて、更に死骸をあさって行った。

　日は西方の空に落ちて、空が真赤に染まり、樹々の梢は真黒くのしかかる様《よう》である。血腥《ちなまぐさ》い風が吹き抜けて、累々《るいるい》と続く死骸が次々と起き上がって、手を伸ばして縋《すが》り付かれるような鬼気を感じたが、甚六は武者の屍人漁《しびとあさ》りに夢中になった。腰の打飼袋も可成《かなり》重くなって来ると怖ろしさも忘れた。

「甚六。助けてくれ」

微《かす》かな声がしたので、甚六は凝《ぎょっ》として薄暗くなった死骸の列《れつ》の方を見た。そこに、斃《たお》れた荷駄《にだ》の下敷になって手だけ動かしている同村の賢介が、顔を血まみれにして必死の形相《ぎょうそう》を甚六に向けていた。

「おッ。賢介か、生きていたのか」

「腰を撃たれた上に、荷駄の下敷になって動けない。それに敵の人馬に踏み付けられて片目がよく見えないんだ」

「賢介。それじゃあ此処《ここ》で生き残ったのはおいらとお前《めえ》だけか」

「そうだ。お前は屍人漁《しびとあさ》りをしているが、おれを助けて村に帰してくれッ」

「何だと。お前は俺のやっている事を見てたのか」

「うむ。近付いてくるのを待っていたのだからな」

「見ていたとしたら、同じ村の者でも生かしちゃァ置けねえ」

「何を言う。お前は主人の金迄《まで》奪った。主従の仲なら、お前は主人の遺品《かたみ》の品でも持って届けてやるのが、筋というものだ」

「無理に徴発されて主従も糞《くそ》もねえ。それより俺が金を奪った所《ところ》を見てたなら、お前も生かしちゃあ置けねえ」

「何？　おれを殺すとでも言うのか」

「おう。そうだ」

そう言うと甚六は腰の鈍刀《なまくらがたな》に手をやろうとしたが、捨ててしまった事に気が付いた。四辺《あたり》を見廻すと、傍《かたわら》に武者が太刀を握った侭《まま》倒れている。甚六はその刀を奪って、賢介の前に膝を立てて、その胸目がけて刀を刺した。血沫《ちしぶき》が甚六の顔にかかる。と共に、賢介の手が甚六の胸襟をしっかり握《つか》んだ。

「死ねッ」

甚六は二刀、三刀胸を突いた。賢介は怨みの眼で甚六を睨んで、ぐったりとした。胸を握まれているので、甚六も重なるように伏せた。血臭が甚六の鼻を突いた。慌てて起き上がったが賢介の腕は離れなかった。甚六は怖ろしくなって、太刀で力一杯斬り払う。賢介の二の腕は骨の斬れる音がして離れたが、襟胸を握んでいる腕は血潮を流してブラ下がっていた。甚六は握んでいる腕を両手で取ろうとしたが、賢介は最後の力を籠めていたのか取れなかった。腕の切口から出る血は、甚六の胸の襦袢《じゅばん》半纏《はんてん》を濡らした。助けて呉《く》れと歎願《たんがん》した同村の者まで殺した甚六は自責の念で恐ろしさが倍加して、もうそれ以上屍人漁りはできなかった。

益々暗くなって行く山路で、累々と続く死骸が、次々と立ち上がって握みかかろうとするのではないかと恐怖を覚えて、甚六は「わーッ」と叫び乍《なが》ら走った。

走ると胸倉《むなぐら》を握《つか》んでいる賢介の手首が跳上《とびあ》がって甚六の顔に当たり、血が顔中にかかった。

腰の打飼袋《うちかいぶくろ》に入れた盗んだ金が可成《かなり》の量で重い。甚六は下り坂で度々《たびたび》転んだ。

坂を駆降《かけお》ると草原であった。日はすっかり暮れたが、空には三日月がかかり、その微《かす》かな明りを頼りに躓《つまず》きながら走った。

自分の血でなく賢介の返り血を浴びて、顔も衣類もコワ張り気持ちが悪い。殺した賢介が血みどろの姿で、空中を走って来る様《よう》で、振返ることもできなかった。

微かなせせらぎの音を聞いた。近くに小川がある。甚六は身に浴びた血潮を洗い流したいと、その方へ走って行き、叢《くさむら》を滑っていきなり水音を立てて落込んだ。浅い川であるが冷たい流れだった。水をすくって顔を洗ったが、その度に胸襟を握んだ賢介の二の腕が邪魔になった。気が付いて、合印に着ていた襦袢《じゅばん》半袖を脱いだ。

薄い月明かりの中に賢介の腕は青白い光の様に見えて半袖と共に流れて行った。

上半身に水を浴び乍《なが》ら、その冷たさに、甚六は少しづつ落着きを取り戻した。腰の打飼袋《うちかいぶくろ》には甚六が今迄《いままで》に夢にも見た事が無い程の大金が入っている。これだけあれば、他国に行っても悠々と暮らせる。大きな希望に満たされつつ、とりあえず今夜の宿を探そうと四方を見廻した。すると、遠くに蛍火《ほたるび》より暗い灯りが見えた。

甚六は道に這い上ると、田畑を突《つ》切《き》ってその灯りの方に近付いた。真黒な藪《やぶ》を背にした一軒の農家だった。土間の入口の戸の隙間から灯りが洩れている。助かったと思って声かけた。

「お願え申しやす」

「誰だ」

という声が囲爐裡端《いろりばた》から聞こえた。覗くと、農民としては逞しく、目付の悪い男が三人、入口をすかして見ていた。

「旅の者ですが、夜道にはぐれて困って居ります。納屋《なや》の隅でも結構ですから一夜の宿のお情《なさ》けを願《ねが》えます」

「入れ」

甚六の上半身裸の姿を見て驚いたらしい。

甚六はオヅオヅ入った。そして薦められる侭《まま》に囲爐裡《いろり》の端に坐った。

「何だ。お前は裸ではねえか」

「へえ。追剥《おいはぎ》に遭《あ》って身ぐるみ」

「嘘言え。おめえの横筋の入った半衿に血が浸みて、脛巾《きゃはん》と打飼袋《うちかいぶくろ》を腰にしている。手前《てめい》は何処《どこ》かの武士の夫丸《ぶまる》だな。今日、長曽我部《ちょうそかべ》の軍に奇襲されて全滅した中の生残りだろう」

「へッ」

「嘘をついてもすぐわかる。俺達も夫丸をした事があるし、明日は長曽我部様からあの山で全滅した死骸の戦場整理を命ぜられているんだ。丁度、食い物がねえが、お前は何か持っているか」

甚六には、朝食を取ったきり昼飯も夜飯《やしょく》も採っていないので二食分の握り飯がある。

「それを出せ」

甚六は渋々《しぶしぶ》打飼袋を脱して奥に入れた竹の皮包み取ろうとすると金銀の銭がジャラジャラとこぼれた。

「この野郎、夫丸に似合わぬ大金を持っているじゃあねえか。貴様、屍人漁《しびとあさ》りをして来たな」

三人の目が光った。見透かされて甚六は竦《すく》んだ。

「屍骸整理で余徳を得るのが俺達の利分だ。味方の屍体から金を盗むなんて飛んでもねえ奴だ。それを全部出せ」

「勘弁して下せえ。それでは半分位……」

「太《ふて》え野郎だ。全部出せッ」

「怖ろしい思いをしてやっと盗《と》った金です……」

「馬鹿野郎。その金は屍体の片付け料だ。てめえの様《よう》な味方の屍体から盗むような根性の穢《きた》ねえ奴の持つ金ではねえ。此奴《こいつ》もやっつけて取上げて了《しま》へ」

いつしか後ろに廻っていた二人が、いきなり躍《おど》り掛かって甚六の頸《くび》を締《しめ》上げた。甚六はやがて頸をがっくりさせて斃《たお》れた。

「馬鹿な奴だ。有り金全部出せば殺されねえものを。おい此奴のお蔭で他の奴に金を取られないで済む分ができた。此《こ》の野郎は裏の竹藪《たけやぶ》に埋めてしまえ」

二人は甚六の脚をずるずる引張って、裏の竹藪に埋めた。

「俺達百姓は、領主《りょうしゅ》様の命令で、いつ夫丸《ぶまる》に引張《ひっぱ》られて、戦場で惨目《みじめ》な死方《しにかた》をするかわからぬのだ。戦場整理に馳《か》り立てられた時にこうした余徳が無ければ生きている甲斐もねえってもんだ。この金は三当分して

余徳にすべえ」

当時の領主は農民から貢納させた上に、こうした夫丸に使っても保《ほ》證《しょう》は無かったから、農民も悪事と知りつつ敵の死骸から物を奪う事は慣例となっていた。領主も保證代りに黙認していた。

数日経《た》って雨の降る夜に、この農家の裏の竹藪の後ろの路に、惨目な姿の半裸体の男が茫《ぼう》と現れて、物悲し気《げ》な声で、

「金を返してくれーッ」

と言った。通った農民は胆《きも》を潰して逃げた。何故あんな所に、半裸体の幽霊が出るのか、村の人は誰もわからなかった。

甚六の、金に対する執念であろう。竹藪に埋めた甚六の屍体に竹の根が拡がって、屍体を貫いて筍《たけのこ》が出た。しかし成長した葉には、黙々と血の様《よう》な斑《まだら》があるので人々に気味悪がられた。また、竹藪が風にそよ

ぎ、枝擦《ず》れがすると、「金を返してくれーッ」と聞こえた。さらに夜になると、竹藪の枝の揺れる形が人の姿に見えて、村人は皆気味悪がって通らなくなった。

また甚六の腰に付いていた打飼《うちかい》袋《ぶくろ》が、幽霊のようにフワフワと竹藪から家の中へとさ迷《まよ》うので、甚六を絞め殺した農家の住人は気味悪くなり、何処《どこ》かに急に姿を消してしまい、その農家は立腐れとなった。

【其の三】

蛇とまぐわう女

ふみは品川在《ざい》の水呑《みずのみ》百姓（穀物も充分に摂れない貧乏農民）の娘であった。十五、六歳頃に女衒《ぜげん》（女を騙して安い身《みの》代金《しろきん》で買い取って婬売窟に売り払う悪辣《あくらつ》な闇商売の者）の手によって品川遊郭に売られた。

東海道を行く旅人は、上方から江戸入りする時も、日本橋を出発して上方に行くにも、品川で一泊する。品川は、輸送の問屋筋から伝馬《てんま》、宿屋、飲食店が立ち列《なら》び、岡場所としての女郎屋から、飯盛女《めしもりおんな》と称する密婬売婦で賑《にぎわ》う宿場町であった。ふみはその品川遊郭の安女郎に売られたのである。旅の恥は掻き捨ての諺《ことわざ》通り、安い売婬代で、旅人相手に毎晩数人の客を取らねばならなかった。

五、六年も稼がされると、ふみの二十代の若肌は張りを失って、労《つか》れ切った身体になっていた。一生懸命稼がぬと抱え主の扱いは冷酷である。稼ぎが悪いと更に低級の売春窟に鞍替《くらがえ》（働く場所を変え、安く売り払われるので、借金が増す制度）させられるので、労れを我慢してでも働かねばならなかった。荒婬《こういん》の為に、身は襤《ぼ》褸《ろ》々々になっていた。

ふみには一つの秘密があった。田《たん》圃《ぼ》の畦《あぜ》で見付けた小蛇を飼っていた事であった。卵から孵《かえ》ったばかりの蚯蚓《みみず》程の大きさの蛇だった。人に噛み付く程の能力もなく、輪の様《よう》に丸くなる。大きくなると獰猛《どうもう》な目付になるのであろうが、未《ま》だ可憐な目でふみを見上げている。その目にふみは愛情を感じた。

ふみは家人に内緒で飼うことにした。家人にわからぬ様《よう》に小箱に入れ、魚の食べ残しの肉や、飯粒《めしつぶ》を与えて大事に飼ったが、やがて二寸（約六センチ）四方位の小箱では飼えなくなり、それより大きい箱に入れて飼った。

ふみが女衒《ぜげん》に買われて品川遊郭に来た時も、蛇を入れた小箱を、着換の衣類と共に風呂敷に包んで持っていた。女衒からその箱は何かと訊かれたが、「髪の手入道具です」といったので知られなかった。

餌《えさ》は、客からもらった心付で鶏卵を買って黄味を匙で飲ませたり、殻毎《ごと》飲ませたりして育てた。遊郭に来てから蛇はどんどん大きくなったが、ふみにはよく馴れており、危害を加えることは無かった。小箱では飼えないくらいになったので、押入れの蒲団《ふとん》を積んだ後ろに隠して育てた。客の居ない時は懐《ふところ》や袂《たもと》に入れ、仲間の女郎にも一切覚《さと》られない様《よう》にした。

やがて蛇は、懐中や袂に隠しきれなくなるほどの大きさになった。そこで押入れの天井板を外して天井裏に隠して育てることにした。

蛇はふみの言葉をよく聞き分けた。ふみが押入れをあけて「あお」と小声で呼ぶと、板の隙間から三寸許《ばか》り垂れ下がって、ふみの方に鎌首《かまくび》を持ち上げたりした。蛇は音も無く這うので屋根裏に蛇が棲んでいるなどという事は抱え主の家では一人も知らなかったし、仲間の女郎にも気付かれなかった。

世俗に蛇蝎《だかつ》の如く嫌うという表現があるが、蛇はその姿が不気味である為に怪奇的動物と思われている。しかし、卵から孵《かえ》ったばかりの時から面倒を見ていると、従順な生物であった。

ふみは一夜に数人の客を取る。客が労《つか》れて寝入った隙に、押入の襖をソーッと開けて小声で「あお」と呼ぶと、蛇は押入れ天井の隙間から首を伸ばして来て、ふみの与える卵を飲み込んだ。頭を撫ぜると手首に絡まるようにして親愛の情を示した。

蛇はどんどん大きくなってついに三尺程（約一メートル）位になっていたが、屋根裏故《ゆえ》に誰にも発見されなかった。その上、以前はよく天井裏を駆けづり廻って騒音を発する鼠がいなくなった。こうした変化は普通の人にはわからない。

夜中に厠《かわや》に行くと、廊下を歩く足音がふみであることがわかるらし

く、厠に蹲《しゃが》んでいると、天井裏から這い下りて来て人肌が恋しいようにふみの懐に入った。用を足してから、

「今お客様がいるからお帰り」

というと、未練気な目付きをして天井に這い上がっていく。春をひさぐ「憂き川竹勤め」のふみにとっては唯一の慰めであり、秘密の愛玩物であった。

唯《ただ》困ったのは、蛇がふみを慕って時々押入れの隙間から這い出て、ふみの蒲団に潜り込む事だった。

或《ある》時、客が下肢の冷たさに目を覚ました。蒲団を撥《は》ねのけ、蛇を発見し驚いて騒いだ。客の叫ぶ恐れ喚《わめ》き声に、隣の女郎や客も目を覚まし、妓夫太郎《ぎうたろう》（遊女屋の使用人で、客引きや用心棒などもするもの）が馳《か》け付けた。

妓夫太郎

蛇はその頃四尺（一・三メートル）程になり、明瞭に青大将の斑文を持っていた。

品川遊郭の裏は田圃や畑、雑木林があるから、蛇が棲んでいてもおかしくはない。また稀《まれ》に人家に入ったり、天井裏に棲む事もある。そのため、ふみが飼っていたとは誰も気が付かなかった。

「この野郎。客を嚇《おど》かしやがって、飛んでもねえ奴だ。ぶっ殺してしまえ」

妓夫太郎は棍棒《こんぼう》を振り上げた。蛇は鎌首を持ち上げてカーッと威嚇した。見付かった以上、仕方が無い。確かに不気味なものを飼っていたから、客は仰天して驚いたのであるが、殺されるのを見るには忍びない。

「待って。殺しちゃあ可哀相《かわいそう》よ。裏には畠などもあるから這い込んだのでしょ。何処かへ捨てて頂戴」

ふみは必死に頼んだ。

「まあ食い付かれなかったただけよかった。おら、蛇は大嫌えだ。早く捨ててくれ」

動顛《どうてん》した客が口をワナワナさせている内に、蛇は障子の隙間から逃げ出て行った。
「大騒ぎさせやがって、今度見付けたら打っ殺してやるぞ」
妓夫太郎《ぎうたろう》も出て行った。

それからふみの部屋には蛇が出るから気を付けろと噂が立ち、やがてふみが蛇を飼っていたのではないかという評判になった。そんな気味の悪い女郎は買えねえという事になって、ふみの所へは客が薩張《さっぱ》り付かなくなった。

それ以来稼ぎの悪くなったふみは、深川にある今より更に下級の岡場所に鞍替《くらがえ》させられ、夜は苛酷にも低廉《ていれん》の客を多く取って稼がせられた。下《しも》の病気にも伝染し、身体は益々荒《すさ》んでいった。

病気になると追出されて野垂れ死するか、夜鷹になって死ねば本所の回向院の無縁塚の大穴に投り込まれる丈《だけ》である。

所《ところ》が、捨てる神あれば助ける神もある。

両国広小路の広場に、蓆掛《むしろがけ》小屋で興行している無頼漢《ぶらいかん》で蛇遣い女の見世物をやっている親分が、ふみを買取った。廃物同前の女であるから、二足三文の言葉通り捨て値である。

「おめえ、蛇を可愛がっていたというから蛇の扱いには馴れているだろう。どうだ、ひと儲けしてみねえか。この世の恥ずかしいことを散々やったおめえだ。蛇と交《つる》んだところを見せるだけで良いのだ。客と交わるより楽だぞ」

蛇遣い女の看所《みどころ》は、両手に蛇を持ったり懐に入れたり、最後に蛇を挿入したりする悪趣味な見世物で、江戸時代末期には江戸の見世物興行として数個所にあった。

明治にかけて生きた彰義《しょうぎ》隊生残りの阿部弘蔵の『日本奴隷史』にも「蛇遣女の類の如きは（中略）或は牝口《ひんこう》（女陰）を露出して（中略）数尾の蛇を翻弄して股間に出没せしめて笑う具《ぐ》に供《きょう》せしめ」とある。

この卑猥《ひわい》な見世物は明治の中頃まで行なわれ、観物《みせもの》取締規則が発布する迄《まで》続いたが、可成《かなり》流行した。

ふみは、この蛇遣い女としてやっ

と露命を繋いだのである。莚掛《むしろがけ》丸太組の興行小屋の入口の絵看板には、弁天様に見紛《みまが》う程の美女が両手に蛇を握んだ図が描かれている。蛇を杙口に出し入れするのが見せ場で、程度の低い庶民の若い衆が興味持って見物に来るのである。

如何《いか》に下級女郎上がりでも、この演技は、

物前に穴に入りたき蛇遣い

の川柳にあるように、悲惨な演技である。

江戸時代の『尤草紙《もっともぞうし》』には、

「蛇を捕まえて口の中に木綿布を無理に押込んでから、勢い良く引出すと、蛇の牙や歯は皆とれてしまい、蛇の身体も木綿布で包んで逆にしごくと鱗の棘《とげ》もとれ、温順《おとな》しくなる。この蛇を鶏卵を掻き交ぜて匙で飲ませて養ったものを用いると温順しくなる」

と記されている。

ふみに与えられた蛇は四尺（約一・四メートル）程の青大将であったが、驚いた事には、一年前迄《まで》ふみが飼っていて、品川宿の遊郭にいた時に客を驚かせて、逃げ出したあの蛇であった。

それは灰褐色地に濃い二本の縞のある青大将で優しい目付をしていた。然《し》かもふみを見て、なつかし気に這い寄り、懐に首を入れて人肌を恋しがる様《よう》であったので、興行主も驚いた。

「これは蛇に好かれる女だ。興行は当たるぞ。うんと稼いでくれ。楽な生活《くらし》にしてやるぞ」

興行主の予想通り、同業の蛇遣いの蛇より大型なので人気を博し、連日大入りであった。ふみも恥ずかしい見世物乍《なが》ら、蛇が従順に演技してくれるので、益々《ますます》蛇に愛情を感じた。

蛇は毎日女性の淫液をかぶるせいか、三月も経《た》つと長さは約一間（約二メートル）を超す大きさになり、その首も逞《たくま》しい男子の部分に似ているので、見物人はなお喜んだ。所《ところ》が半年も経《た》つと三間程（約六メートル）程にも成長し、頭も大きくなった。これではいくら何でも入るまいと見物人が思っているのを、ふみは身もだえして入れるので大評判となり、他の蛇遣い興行の人気をさらった。

「あんな大きな蛇は日本にはいない。きっと南蛮からの輸入であろう」

「あれが蟒蛇《うわばみ》という奴だ。然《しか》しあんな大首がよく入るな。蛇遣いも大《てえ》した女だ」

蛇は更に大きくなった。ふみを長い身体にやんわり捲きしめてから、首をブスッと突っ込むので、見物衆は狂喜したが、ふみも毎日の演技のため身体が衰弱していき、ついに興行に出るにも辻駕籠で運ばれる様《よう》になった。

また蛇も、時々檻《おり》を抜け出して広小路界隈に出没し、猫や犬を飲み込んだりして被害が出る様《よう》になった。

町奉行所も内偵し始めた。大蛇を何処《どこ》から手に入れたかと興行主に訊《き》いたが、

「これは品川辺の田舎から買ったもので、七ヶ月位前には三尺に足らぬ青大将でした。どうしてあんなに大きくなったか一向にわかりません。南蛮からの密輸入では決してありません。あの蛇を譲ってくれた男も、それを證明《しょうめい》してくれます」

というのみであった。

一方ふみは、愈《いよいよ》身体が尽きる事を覚《さと》って、病床から起き直り、最後の演技をして見せるといって、見世物小屋に向った。

小屋は溢れんばかりの見物で、花《おい》魁《らん》髷《まげ》に花魁の打掛姿に盛装したふみが舞台に立つと観衆はワッとどよめいた。

愈《いよいよ》大蛇の登場である。舞台をくねくねと廻り、ふみを巻くように抱きしめる。太い首から細い赤い舌をチョロチョロ出して、ふみの顔を甜め廻すと、ふみも大蛇に接吻《せっぷん》した。観衆も異様な光景に騒然となった。ふみが静々と裾をめくる。若い女の白い下腹が露出し、蛇の頭がその方に近付く。序々《じょじょ》に鼻先を下げて静かに顔を突っ込んで行く。

ふみが深いあえぎと共に蛇の胴体

を抱きしめた時に、蛇の首は完全に没した。刹那《せつな》、ふみが「あっ」と叫んでぐったりとした。観衆が大騒ぎしたが、ふみは絶命していた。

町奉行の見廻り同心が出張し、町医者が駆け付けた。ふみの倒れた姿に皆が注目する間に大蛇は楽屋の方に這って行き、姿をくらました。

こうして両国広小路の蛇遣い興行は禁止された。

それから以後、本所《ほんじょ》にある興行主の家に怪異が起こった。夜になると家がミシミシいって微かに揺れるのである。未《ま》だ北風が吹き荒《すさ》ぶ季節ではないのに、柱のキシム音と、障子、襖がガタガタ鳴るのである。「地震かな」と疑ったが、両隣の家では騒ぐ様子が無い。

「おかしいな」

と思っていると天井裏で、何か重いものが這い廻る様《よう》な音がする。

「誰かの悪戯《いたずら》か」

本所、深川辺《あたり》はよく河童《かっぱ》や狸の悪戯がある。興行主の家族は怖がった。

「畜生。ふざけるな」

興行主が表に飛び出して家のまわりを調べたが、異常は無い。

「妙だな」

家に入ると、またガタガタと家鳴りする。天井裏で重いものが這う音がする。しまいに家は根太《ねだ》から揺れて、夜暗い中で大揺れに揺れて倒壊した。隣近所の人々が提灯《ちょうちん》をつけて駆け付けた時は、興行主の家は完全に潰れていた。家族が梁《はり》の下敷になって大怪我をし、近所中大騒ぎになった。興行主は提灯の灯りの中で尻餅をつき、真っ蒼な顔して闇の中を指さした。

「何か黒い長いものがあっちに行った」

それから数日後、品川のふみのいた女郎屋が、夜になるとミシミシ音がして、障子がガタガタ鳴った。

「地震だっ」

泊まり客や女郎がしどけ無い姿で廊下を走ったり、階段を踏み外《はず》して落ちたりした。

楼中が大騒ぎになったが、他の家では何事も無かった。

家鳴りは、毎晩続いた。登楼した漂客《うかれきゃく》も不気味がって、その女郎屋に来なくなった。

「何でうちだけ家鳴りするのか、埋立地だから地盤が悪いのか」

根太《ねだ》や床下を調べたが異常は無い。一軒だけが揺れるのである。毎晩のように揺れ、天井裏を何か重いものが這うような音も絶えない。

「それは家鳴りという妖怪の仕業《しわざ》だよ」

という者があった。そんな妖怪の話なんぞ今迄《いままで》に聞いた事が無いという者があると、いや本所にも似た話の噂があったという者もいた。

それから一月程も経った安政二（一八五五）年乙卯十月二日、激しい家鳴が起こった。楼中の客も女郎も大慌てで、立って走れないほどの揺れだった。それはこの楼だけでなく、隣近所も震動していた。

「地震だあっ」

「助けてくれっ」

あちこちで叫ぶ声がした。そして軒並家が倒壊した。これは江戸を中心として関東を襲った大震災だった。江戸市街の諸方から火の手が上がり、翌日にかけて続く地震と共に江戸市街の大部分が焼けた。

品川宿の遊郭も殆《ほとん》ど焼けてしまった。生き残った人々は呆然とした。

ふみの居た女郎屋が焼け跡《あと》を整理した折、焼けた柱や瓦の破片の下から、細長く続く肋骨の動物の残骸が出てきたのである。どう見ても大蛇の骨のようであるが、何故こんな所にそれがあるのか、人々には一向にわからなかった。

のっぺら棒《ぼう》

　内田銀之丞は、江戸幕府大御番《おおごばん》組衆《くみしゅう》二百俵高の欽之助の弟であった。大御番とは、将軍の親衛隊のことである。武術に優れた者から選ばれるので、弟の銀之丞も幼少の頃から文武を学んでいたが、家督は兄欽之助が継いだ。銀之丞は自立するため、他家の家督を継ぐ為の養子に行くか、禄高の高い家の陪臣《ばいしん》として用人か侍・若党になるしか道は無かった。兄の屋敷に居る間は冷飯食《ひやめしぐい》の厄介者でしかなく、肩身の狭い思いをしていた。

　銀之丞は二十歳を越したが、分を心得て温厚であり、色白の美男子であった。組屋敷中の若い娘にも評判であったが、冷飯食としては、勿論《もちろん》妻を迎える事もできなかった。

　銀之丞は毎日武道に励んだり、読書で過ごしていた。

　或日《あるひ》、深川八幡宮の藤の花が見事で人々が見物に出ているという事を聞いて、気晴らしに行ってみようと出掛けた。

　成程《なるほど》藤の花が池畔の藤棚より垂れて、池面に映じて咲いている様《さ》子《ま》は見事だった。銀之丞は休み茶屋の緋毛氈《ひもうせん》を敷いた縁台に腰掛けて、微温《ぬる》い茶を飲み乍《なが》ら眺めていた。すると参道の方から女の声が聞こえた。

「きゃーッ、何をするんですか。助けて……」

　銀之丞が何事かとその方に目をやると、風態の悪い無頼漢《やくざ》の様《よう》な男三人が若い女を囲んでいる。女は丸髷《まるまげ》に眉を剃落《そり》とした若い人妻風で、腕捲りした男達に威嚇《おど》されている。

　銀之丞は茶碗を盆の上に置くと、懐中から財布を出し、「鳥目《ちょうもく》は此処《ここ》に置くぞ」と言って、傍《かたわら》に置いた大刀《だいとう》を腰に挿して悠《ゆ》っくりとその方に歩いて行った。

「手前《てめえ》の因業《いんごう》亭主に、おれ達は随分苦しめられているんだ。今度催促に来やがったら、只《ただ》ではおかねえぞ」

男達は他の通行人に聞こえる様《よう》に怒鳴っていた。

「おれ達の恐ろしさをこの女に味あわしてやれ」

一人が拳を振上げた。そこへ銀之丞は静かに近付いていった。

「此処《ここ》は八幡様の境内だ。大勢の参詣人もいる中で、可弱《かよわ》い女を大の男が三人掛かりで苛《いじ》めるのはみっともないぞ」

「おっ、何だ手前は。さむれえかッ」

男たちは、優男《やさおとこ》に見える銀之丞を甜《な》めてかかった。

「手前《てめえ》の出る幕じゃァねえ。引込《すっこん》でろ。おれ達ァ、こいつの亭主に苦しめられているんだ」

一人がせせら笑って、

「邪魔でえ。退《ど》いてくんな」

と言い乍《なが》ら、女に撲《なぐ》りかかろうとして手を振上げた。それを銀之丞は静かに押えた。

「この女の亭主が何であるか知らぬが、女を苛《いじ》めることはあるまい」

「何だと、余慶《よけい》な口をきく三一《さんぴん》だ。退《ど》きやがれ」

銀之丞の行動は素早かった。一人の脇腹に当《あ》て身《み》、一人の下腹部に突きを入れ、体を開いて片足で一人の股間に蹴りを入れていたのである。一瞬の動きであった。三人共《とも》尻餅をついた。皆度胆《どぎも》を抜かれ、後ろ手と脚で這う様《よう》に後退《あとじさ》りし、

「覚えてやがれッ」

と捨台詞《すてぜりふ》を吐いて逃げて行った。

この手練《しゅれん》に呆然としていた女房風の女は、震え乍《なが》ら、縋《すが》る様《よう》に銀之丞を見上げた。

「危ない所《ところ》を御助け下さいまして有難う御座います。一時はどんな目に遭うかと命の縮む思いでしたが、御武家様のお蔭で助かりました」

女は廿《にじゅう》四、五位の美貌の年増であった。銀之丞は照れて何も言えなかった。

女は八幡裏の通りに住む金貸甚兵衛の妻だった。亭主が先刻の無頼漢に金を貸したが、恐れずに強引に貸金を取り立てた恨みである事がわかった。

「御礼の御挨拶を、亭主《やど》にもして

もらいたいのです。すぐそこですから、大変恐縮ですが、一寸《ちょっと》御足労《そくろう》下さいませんか」

「そんな、大した事ではない。悪い奴を見兼ねて懲《こ》らしめてやった丈《だけ》です」

「いえ。是非御願い申し上げます」

女の顔を見下ろしていた銀之丞は、反《かえ》ってドギマギした。髪油か化粧か、武家の女性には感じないうっとりする様《よう》な香《かおり》に絆《ほだ》されたのか、銀之丞は遂に女の願いに従った。

女の亭主の店は八幡裏通りの間口三間程の小さい店だった。軒下に両替商の看板がさがっていたが、本業は庶民に高利貸をする家らしい。

銀之丞は、奥座敷に無理に案内された。するとすぐに女房に事情を聞いたらしく赫《あか》ら顔の四十を越した程の男が出て来て、女房が助けられた事に、平身低頭して礼を言った。

「ところで、お武家様は御直参《ごじきさん》で……」

「うむ。兄が家督を継いで大御番を勧めて居るが、わしは二男で冷飯《ひやめし》食《ぐい》だ」

「飛んだ事をお訊ねして申し訳ありませんでした。御立派なお家柄の御方に妻が御助け戴きましたのも何かの縁で、これを機会に御近付き願えられますれば幸いと存じます。また大変御無礼な話ですが、必要の時は御命じ下さいますればできるかぎりの御用立てを申上げます」

と馴々《なれなれ》しく言い、女房に命じて酒肴まで運んでこさせた。

世間馴れのしていない銀之丞であったが、この男は中々抜け目のない商売達者であると思った。それにしても妻君が親子程違う。後妻なのであろうか。

盃を重ねる程に銀之丞は陶然《とうぜん》としてきて、無遠慮に妻君の顔を見詰めたりした。名は澄《すみ》というらしい。

「所《ところ》で内田様。あっしはこうした因業《いんごう》な金貸し稼業《かぎょう》で、随分強引な取立《とりたて》もしなければ商売になりません。故《ゆえ》に憎まれる事もありやす。嫌がらせや嚇《おど》しに遭う事も度々《たびたび》ですが、そうした折に、いや甚《はなは》だ失礼なお願いですが、内田様の御助けを戴くわけには参りませんでしょうか」

「何？　身共《みども》に用人棒をしろ申すのか」

「飛《と》んでも御座いません。そんな積《つ》もりで申し上げたのでは。唯《ただ》時々御立寄り下さいますだけで宜しいので……」

「身共は商売の事は一向にわからんぞ」

「いえ。客と話がこじれた時に、お顔を出して戴ければ、それで宜しいだけで。失礼乍《なが》らお小遣いに御不自由はなさいませんでしょうか。僅《さ》少《しょう》ではありますが、月々の御手当《おてあて》を差上げたく存じます」

　家録二百俵の家庭では生活を切詰めざるを得ない。稀《まれ》に兄嫁が気を遣って小遣いを呉《く》れるが、友達と飲みに行ったりする余裕は無かった。

　何処《どこ》かに武家奉公するまでの間、僅かでも収入があれば助かる。武士として商人から手当をもらうのは恥ずかしい事であるが、魅力もある。道場で遅く迄《まで》残っていたと家に言えば、時々甚兵衛の店を訪れる事もできる。

「うーむ。考えて置く」

　そう言って戻っていった。然《しか》し妻君の面影も目の中にチラ付いて、早くも翌日の午後に、銀之丞は甚兵衛の店を訪れた。

「まあ、奥にお通りになって、お茶でもどうぞ」

　甚兵衛は喜んで招《しょう》じ入れ、女房に酒肴の用意をさせた。「それは困る」といっても、

「いえ。しょッ中粉々《ちゅうごたごた》があるわけではありません。まあ肴などおつまみ下さい」

　と持てなされて親しくなり、結局、銀之丞は店の用心棒になった。

　借金期限切れで相手が性悪《しょうわる》の時には、袴《はかま》を脱いで着流《きなが》し姿となって付いて行ったりした。相手は用心棒と思って恐れて返済した。

「流石《さすが》に御武家様の御威光は大し

た物だ」

と甚兵衛は喜んだ。

此頃《このころ》銀之丞の外出が多くなったので、兄の欽之助は不審に思って詰問した。銀之丞も隠し立てせず一切の経過を喋《しゃべ》った。

「うむ。吾家は微禄《びろく》だから、そう充分に小遣いもやれない。また現在は人減《べら》しをしている世だから、他家に奉公の口もないし、養子の口もない。止むを得まい。目立たぬ様《よう》にやれよ。お前の行動は見て見ぬ振りをしてやろう」

兄が黙認して呉《く》れたので、銀之丞は甚兵衛の店に行き易くなった。三日置き位に行く様《よう》になった。

大身《たいしん》の旗本に侍として雇われても、三両一人扶持で妻を迎えることもできないが、甚兵衛の所に行けば歓迎される。女房の澄も好意を示してくれ、銀之丞が心を躍らす事もあった。亭主の甚兵衛に覚《さと》られない様《よう》に気を配っているが、留守だと危なく澄の誘いに乗り相《そう》な時もある。

甚兵衛は、若い澄が銀之丞に好意を持っている事は見抜いていたが、万一《まんいち》二人が間違いを起こしても、銀之丞の弱みを掴んで自由に利用する事もできるという打算を持っていた。

或《あ》る日、甚兵衛が手代《てだい》を連れて大坂に出張する事になった。某藩の大坂蔵屋敷の勘定方《かんじょうがた》が濫費をして大穴をあけ、収支決算に困って百両ほど用立てたが、借金をした侭《まま》素知らぬ振りを二年も続けている。甚兵衛は業を煮やして取立てに行くのだが、これには約往復一カ月はかかる。その留守中に銀之丞と澄がただならぬ仲になるであろう事も予測していた。

「内田様。あっしは手代を連れて上方《かみがた》に出張しますが、その間、店を閉めて置くので、お澄が鼠に引かれぬ様《よう》、御監督も願いやす」

といって旅立って行った。

甚兵衛を品川迄《まで》見送った晩から、澄は銀之丞を泊めてしまった。

本来武士は部屋住の身でも外泊はできない立場であるが、澄の強引な誘いと媚態《びたい》に、銀之丞は籠絡《ろうらく》してしまったのだ。

枕元の有明行燈《ありあけあんどん》のかすかな灯りの中で二人は夢中になって合歓《ごうかん》し

た。労《つか》れを覚えて列《なら》んで天井を見上げている時に、澄が述懐する様《よう》に言った。

「銀之丞様は、わたしが親子程年《と》齢《し》が違う甚兵衛と夫婦《めおと》になっているのを不思議とお思いでしょう。実はわたしの父が甚兵衛に借金をしたまま亡《なく》なりましたので、その代償に強制的に引取られました。妻だか妾《めかけ》だかわからない立場です。甚兵衛は女遊びに使う金は吝《けち》です。わたしは毎夜くたくたになる迄《まで》玩具《おもちゃ》にされているのです。本当は銀之丞様の様《よう》な御立派な方と夫婦になりたいと、はじめて御逢いした時から想い続けて居りました。駆落《かけ》ちしたいくらいです」

「わしも、そなたを見た時から心魅《ひ》かれた。然《しか》し武家に生まれた以上、駆落ちなどできない」

「銀之丞様の御腕前で、甚兵衛を殺《や》ってはくれませんか」

「お前は何という恐ろしい事を言うのだ」

「わたくしは今、銀之丞様無しでは生きて居られません。そのくらい、わたくしは銀之丞様をお慕いしています。甚兵衛を斬ってくれとは申しません。甚兵衛は大勢の人に恨まれていますから、いつかは誰かに殺《や》られます。然《しか》し銀之丞様のお刀にかけられては、血の汚《けが》れ。そこであたしは考えました。これで殺って下さい」

　差出されたのは、白布の裏に紙を貼った袋である。銀之丞は、澄が此《こ》処迄《こまで》考えていたことに凝《ぎょっ》として、その顔を見詰めた。

　やがて甚兵衛が江戸に戻って来た。

「今夜甚兵衛は両替商仲間の寄合で吉原土手の傍《かたわら》の佃屋《つくだや》という料亭へ行く事になっています。それを待受けていて、この袋を頭から頸《くび》までかぶせ、咽喉《のど》を締めれば殺せます。甚兵衛の遺産は、身寄りが無いからあたしのもの。それで二人で他の所に行って暮らしましょう」

　銀之丞は自分の将来に希望の無いことを思い、甚兵衛の用人棒を務めたり、甚兵衛の目を盗んでビクビクし乍《なが》ら、澄と愛欲にふけっている自分自身が惨目《みじめ》であり、思案したが澄の提案を実行するしか無いと思った。

　斬殺すれば、刃に血脂《ちあぶら》が残って

発覚するおそれがある。やはり澄の考えた方法が良策かも知れない。

銀之丞は午後に甚兵衛宅を出ると、浅草寺境内で日の暮れるのを待った。

あちこちの店で行燈《あんどん》の灯りがともる頃、銀之丞は田圃《たんぼ》を横切って吉原土手に上り、柳の蔭に潜んで甚兵衛の来るのを待った。

武士として女の愛情に溺れ、大変な犯罪を犯す事を強いられても拒否もできない程《ほど》精神が堕落《だらく》した自分が浅間《あさま》しく、止めて帰ってしまおうかとも思った。

暗い夜空を見上げ、それから虚《うつ》ろな目で土手の彼方《かなた》を見ると、手提《てさげ》提灯《ちょうちん》の明かりが目についた。提灯には確かに丸の中に甚の字が墨書きされている。

「来た」

銀之丞は木蔭に息を凝らして他に人の通る気配の無いのを確かめると、通り過ぎる甚兵衛の後ろに駆け寄り、振返った甚兵衛の首にサッと白布の袋を素早くかぶせた。

喚《うめ》く声が籠って聞こえたが、袋を頸《くび》まで下げ、用意していた細紐で袋口の咽喉《のど》を力を籠めて締上げて結んだ。甚兵衛は片手で紐に手をやり藻《も》掻《が》き、片手の提灯を足許《あしもと》にばさっと落とした。蝋燭《ろうそく》の火が提灯にめらめらと燃え移った。

咽喉の骨が折れる程締め付けたので、甚兵衛はぐったりと寄掛かって来た。それを突放すと、バッタリ前に倒れた。提灯の火が燃え尽きる頃、甚兵衛はコト切れて手足も動かなくなった。

銀之丞は取返しのつかない罪を犯した事を後悔しながら、四辺《あたり》に目を配って人影が無いのを確認して闇に消えた。

それから一刻《いっこく》程たって、遠くから小田原提灯を棒鼻に揺らせた駕籠が景気良い掛声かけて走って来た。吉原に繰込む客である。

先棒《さきぼう》が土手の上に人が倒れているのに気付き、

「誰でい。こんな往来で寝ている奴は」

と足踏みした。後棒《あとぼう》の者も近付き、棒鼻の提灯を外して燈《あか》りで照らして見た。

「わっ。死人だが、白首だッ」

「何、白首だと」

白首とは、頸御白粉《くびおしろい》だけした低級の娼婦であるが、それと間違ったのである。先棒がうつ伏せになっている甚兵衛を足で仰向けに引繰返して覗き込んだ。

「ぎゃーッ、目も鼻も口もねえ。白いのっぺら棒だッ」

後棒も「化物だッ」と叫んだ、慌てて二人は駕籠を舁《か》いて走り去った。

其後《そのご》大騒ぎとなり、吉原大門脇の番屋にも知らされ、大勢の人が馳《か》け付けた。

沢山《たくさん》の提灯の輪の中に、確かに縞の着物を着て、髪も目鼻口もない白いのっぺら棒の死体があった。同心《どうしん》は白袋をかぶせられて絞殺されている事に気付き、懐中の財布などを調べた結果、八幡裏の金貸甚兵衛とわかった。

番屋で色々と検《しら》べた上で、翌日、澄の所に送られた。

澄は銀之丞が殺《や》ってくれた事を知って腹の中では喜んだが、表面では歎き悲しむ態度をとって一通りの葬儀を済ませた。亡くなった夫のことより、ここ四・五日姿を見せない銀之丞の事が気になった。

色々話したい事がある。身寄りの無い甚兵衛の遺産は、妻である澄が受継ぐ事になる。一切が計画通りになったので、これで銀之丞と一緒の生活もできる。

今迄の貸金は手代に回収《かいしゅう》に廻らせたが、返済しない者も多く、手許《てもと》には三百両余りしかなかった。手代は多額の手当を与えて解雇した。あとは此《こ》の土地と家を売って、他の場所に銀之丞と共に住む丈《だけ》である。

慌ただしい初七日《しょなのか》が過ぎたが、銀之丞は未《ま》だ現れなかった。人殺しの嫌疑を避ける為か、計画を立てた女を懼《おそ》れて見限ってしまったのか。澄は毎晩悶《もだ》えた。

その内、妙な噂が深川界隈《かいわい》に拡がった。甚兵衛に借金しても頑として返済しない家の門口に、夜中になるとのっぺら棒のお化けが立っているというのである。吉原土手にも折々のっぺら棒の幽霊が出て、遊客を驚かすという噂も立った。

あたしが銀之丞様をそそのかして甚兵衛を殺させた。あたしの前にものっぺら棒のお化けが出るのではないかと、澄は恐ろしくて碌《ろく》に寝られなかった。

銀之丞様が来て呉《く》れれば心強いのにと、一人暮らしになった澄は待ち焦れた。それとも甚兵衛を殺したのは銀之丞様であるから、そこにのっぺら棒が出て苦しまされているのかとも思ったりした。

夜も碌《ろく》に寝られないようになった澄は、だんだん窶《やつ》れていった。

それから十日程経《た》った。外の闇が恐ろしいので、澄は早くから雨戸を閉《た》てた。薄暗い部屋も何となく恐ろしいので、行燈《あんどん》を部屋の四隅に置いて襖を閉めて閉籠《とじこ》もっていると、雨戸を叩く音がした。慌てて立上がったが、雨戸を開けたらのっぺら棒のお化けが立っていたらどうしようと、戸惑《とまど》った。

「おい。銀之丞だ。開けてくれ」

その声に澄は飛上がる程喜び、店の土間に転び相《そう》になって雨戸を開けた。

「銀之丞様ッ。逢いたかったわ」

「暫《しばら》く来られなかったが、元気だったか」

と言って踏込んで来た。澄は銀之丞の手を執る様《よう》にして座敷に上がると、床が敷っ放しにしてある部屋に連れ込んで、囓《かじ》り付いた。

「わしも後味が悪くて、つい来そびれてしまった。直《す》ぐに行くと疑われる恐れもあるからな。然《しか》しお澄、大分窶《やつ》れたな」

「大それた事を御願いしたので、呆れてもういらっしゃらないかと悲しんでおりました」

「確かに大それた事を考えたもんだ。お前は恐い女だ」

「それくらい銀之丞様と御一緒になりたかったのです。もう銀之丞様無しには、あたくしは生きて居られません。一生喰《く》っていくのに不自由しない位のお金を持っていますから、決してあたしを捨てないで下さい」

「兄夫婦は、わしが悪事を働いた事は一切知らぬが、万一兄達に迷惑が掛り、御家《おいえ》に障《さわ》る事になったら大変だと思って、今宵は兄に義絶され た積《つ》もりで家を飛出して来た。もう屋敷には戻らん。お前と人目のつかん所に逃げて、暮らしていこう」

「まあ嬉しい。やっと決心して下さいましたのね」

澄は銀之丞に獅噛《しがみ》付き、夢中にな

って接吻《せっぷん》した。

「今夜は二人の固めの盃として、大いに飲みましょう。葬式《とむらい》の時に出した酒が沢山《たくさん》余っていますから、今支度して来ますわ」

嫌なことをいうと、銀之丞は凝《ぎょ》ッとした。

「葬式酒《とむらいざけ》の残りだって?」

「どうせ、此処《ここ》を引越すのでしょう。残して置くのは勿体《もったい》ないわ」

澄は銅壺の中に燗徳利《かんどっくり》を二本入れて温め、台所から有り合わせの摘《つま》み物を探し出して、盆に乗せて、二人の寝蒲団の前に持って来た。

「狭い部屋の四隅に四つも行燈《あんどん》を置いていると一寸《ちょっと》明るすぎるな」

「一人寝だから恐かったのよ」

二人は酒を差しつ差されつしている内に気分がほぐれ、やがて抱き合った侭《まま》蒲団の上に倒れ、一切を忘れて佳境に入った。

その時、コトリコトリと音がした。

二人が何気なくその方に目をやると、閉めた筈《はず》の細格子の仏壇の障子が開いている。しかも二人の枕元に甚兵衛の戒名を書いた位牌が落ちて立っていた。二人が吃驚《びっくり》して顔を見合わせた刹那《せつな》、澄が退反《のけぞ》るように銀之丞を指さして、

「あッ、貴方。甚兵衛」

と言って後退した。

「何を言うか。わしは銀之丞だ」

「だって、目も鼻も口もない」

「おい。しっかりしろよ。お澄」

銀之丞は澄の肩を揺すった。すると四隅の行燈が急に暗くなり、澄の顔がボウと白く見えた。澄の顔から目も鼻も口も消えている。髪の色も無くなった卵型の顔らしきものが、宙に浮かんでいるように見えた。

「お、お前こそのっぺら棒だ」

銀之丞も驚いたが、目の錯覚と思って、両手を出して澄の肩を揺すって凝視する。すると澄の頸は紫黒色に変色していた。絞殺した紐の痕の様《よう》であった。甚兵衛に白い袋をかぶせて紐で頸《くび》を絞めた時と全く同じだった。銀之丞は思わず、

「貴様、甚兵衛かッ」

と怒鳴った。すると畳の上の位牌のあたりから、

「澄に頼まれて、俺を殺した怨み、決して許さぬぞ。お前達を苦しめてやるから思い知れ」

と聞こえた。

「甚兵衛、わしは澄の言によって お前を殺した事を後悔している。済まぬ」

「あたしが悪いんです。許して……」

その言葉を最後に、のっぺら棒の澄が蒲団の上に仰向けに倒れた。四隅の行燈《あんどん》が瞬《まばた》きする様《よう》に少しづゝ明るくなったので、銀之丞は恐る恐る覗き込んでみた。そこには、目を白くしてのけぞった澄がいた。そしていつのまにか、銀之丞の手には澄の汲帯《しごき》が握られていた。

銀之丞は中腰の侭《まま》呆然として動けなかったが、少しづゝ正気を取り戻した。そして幻覚によって澄を絞殺していた事を知った。

いくら相手が庶民でも、二人も殺してしまった。武士として恥ずかしい行為である。割腹して詫びよう。

部屋の隅に置いた小刀を引寄せたが、此処《ここ》で切腹したら、これも兄に迷惑のかかる。思い直して止め、大小を腰にすると立ち上がり、二人の菩提を葬おうと決心した。そして潜かに裏口から外に出た。

夜はホノボノと明けかゝり、何処《どこ》かで鶏の関《とき》を作る声がした。銀之丞はその近くの大栄山金剛院永代寺の庫裡《くり》を訪れた。

和尚に逢って一切を白状した銀之丞は、和尚の導きで、罪亡ぼしに一生二人の菩提を葬う為に剃髪して諸国の寺々を遍歴する事にした。

それから暫《しばら》くして、吉原土手の、のっぺら棒は現われなくなり噂は次第に止んだ。

銀之丞の姿は杳《よう》として知れない。

【其の五】

男根遊離《だんこんゆうり》

　加代は谷中の法乗寺《ほうじょうじ》境内にある葭簾張《よしずばり》の水茶屋の茶汲《ちゃくみ》女《おんな》である。年は番茶も出花《でばな》の十八、持って生れた美貌が益々冴《さ》えて、今年の春には浮世絵の名人として名高い鈴村《すずむら》阿《あ》喜信《きのぶ》の「水茶屋三人娘」の一人に選ばれて、大首絵《おおくびえ》に描かれた評判の女性である。法乗寺は、境内にある弁天池も有名で、その池にまで張り出した藤棚は初夏の花時には江戸市中の人々が花見を目当てに参詣に集まる所でもあるが、加代を見に来る客も多く、可成《かなり》の人が集まった。池際の緋毛氈《ひもうせん》を敷いた縁台は、加代の女振りを見、あわよくば誘惑しようとする男客でいつも一杯である。

　加代は母親と二人暮しで、家は坂本の傍《かたわら》の入谷田圃《いりやたんぼ》に面した裏長屋だった。

　父親は元、日本橋で物産を手広く扱っていた大店《おおだな》で、蔵前の札差《ふださし》の丹波屋と張り合っていた。その同業者の河内屋権兵衛の一人息子の重吉は金遣いの荒い放蕩児で、加代に目をつけ嫁に欲しいと申込んできたが、女蕩《たら》しの噂があった重吉の若気《にやけ》たのっぺりとした顔が生理的にも嫌であったから、この話は断った。

　それを怨みに思ったのか、河内屋は丹波屋と組んで、加代の父親に必ず騰貴《とうき》するから某藩の物資を買占める様《よう》に根拠のない商いを勧め、それを真に受けた父親は土地や家まで担保にして買ってしまった。その物資は案の定暴落して、破産の憂目《うきめ》に遭い、父親はそれを苦にして自殺し、家、土地を手放す破目《はめ》になった。そうして加代と母親は、裏長屋にわび住《すま》いする様《よう》になったのである。

　父親の死を苦にして、母親は未だ若いのに病身となり、この陋屋《ろうおく》に移ってから臥《ふ》せる様《よう》になったので、医療費も生活費も侭《まま》ならぬ為に、加代は葭簾茶屋で働くようになったのである。評判の美人娘であるから茶屋は繁昌するが、お嬢様育ちの加代にとっては重労働であった。特に好色な男たちの群がる茶屋での働きは、笑顔の下に涙を隠す程の苦痛であった。どうせ茶汲女風情であるから、金払いを良くすれば靡《なび》くであろうという下心の若い者が多く、嫌らしい誘惑が多かった。とりわけ不愉快なのは、阿喜信の「水茶屋三人娘」の浮世絵で加代の所在を知った河内屋の重吉である。

別に信心でお寺詣りするわけではないのに、毎日のように来て、加代の動きを眺め廻し、茶を運んで来ると、つかまえて色々誘惑する。加代にとっては怨みの男であるが、こうした水商売で働いている以上、大勢の客の前で毛嫌いな素振りもできない。

重吉は吉原でも岡場所でも金を見せれば女に持てるという自惚《うぬぼれ》た卑《いや》しい根性であるから、加代が嫌っていることも気にしないし、今迄の経験で押しの一手でやれば女なんて大抵《たいてい》物になると思っていた。

「お加代ちゃん。俺の嫁になってくれてれば、こんなしがない仕事をしないでもよかったのに。今じゃ、浦《うら》ぶれた裏長屋の娘じゃ河内屋の体面からも嫁にはできねえ。まあ妾《めかけ》になってくれるなら楽な暮らしはさせてやるがね」

重吉はこうした侮蔑《ぶべつ》の言葉を平気で口にした。加代は涙を飲んで堪えるしかなかった。この店を辞めたいと思うものの、母親の薬代、家賃などの生活費を稼ぐ方法は他に無かった。いっそ身体《からだ》を売って稼ごうかとも思ったが、そうした立場になれば、余慶《よけい》重吉の手が伸びるおそれがある。

「母親が重病だっていうでねえか。ひと晩俺と寝ねえか。そうすれば一両やるよ。おめえ一両といえば、吉原の最高級の花魁《おいらん》並だぜ。どうだ。惨目《みじめ》な生活するより、一度だけ俺に身体まかしなよ。可愛がってやるぜ」

「わたしは貧しい生活で、病身の母親を抱《かか》えていますが、遊女の様《よう》にあなたに身を任せることはできません」

「わからねえ女だ。痩せ我慢したって、薬代すら払えめえ。俺の妾になって呉《く》りゃ、母親だって悠《ゆっ》くり養生させられるぜ」

重吉はのっぺりした顔で得意気に冷笑しながら加代を眺め廻した。

その内に加代の母親の容態が悪化した。医者も深刻な顔して、

「わしの所の薬では手のほどこし様《よう》がない状態になった。高価でとても買うことはできまいが、あとは高麗《こうらい》人参《にんじん》を煎《せん》じて飲ませれば或《ある》いは治るかも知れぬが……無理であろうな」

といった。葭簾《よしず》茶屋での僅かな給金と心付けで生活している苦しい身には、何両もする貴重な輸入品である高麗人参など、買える筈《はず》も無い。色々悩んだ揚句《あげく》、男に身体を許して金を作るより他に方法が無いが、加代に言い寄る色餓鬼《いろがき》は、大抵《たいてい》岡場所の女並位しか支払わぬであろうし、一度身体を許すと評判になって、売女と同じ地位にさがってしまう。女郎屋に身を売れば、嫌な重吉に居続けられるであろう。この際一回だけ重吉に身を許して三両程都合《つごう》をつけてもらおうと加代は決心した。

喜んだのは重吉であるが、そこは親譲りの狡猾《ずる》い男。

「では言う事を聞いて呉《く》れるかい。だが一回で三両は花魁でも聞いた事がない。いくら初物《はつもの》でも三両じゃあ高いよ。三回逢って三両ということにしよう。これもお加代ちゃんの親孝行に免じての事だ。初めは一両だけ渡すから、先の事もよく考えておくんだな」

散々恩着せがましい事をいわれた加代は涙が出る程口惜しかったが、重病の母親を治療《なお》すには、いまはじっと我慢するしか仕方が無かった。

「では明日の夜。池之端《いけはた》の蓮見亭《はすみてい》という待合《まちあい》で逢おう。暮六ツ（午後六時頃）の鐘を聞いたら来てくれ」

重吉は喜色満面だった。人間万事金の世の中。金の威光で何でもできる。お武家様だって札差《ふださし》には頭を下げるし、つんと澄ました高級女郎だって金を払えば思う通りの満足を与えてくれる。いくら加代が未通女《おぼこ》だって一両は高い。思うさま弄《もてあそ》ぼう。重吉は懐手《ふところで》の胸を反らせて帰っ

て行った。

　重吉に頼んだものの、加代は後悔の念が募《つの》り、みじめな思いであった。沈鬱な気持を押隠して茶を運んでいた。

　先刻から縁台の隅で静かに茶を飲んでいる僧があった。網代編《あじろあみ》の旅笠を脱いだ容貌は、頭の毛が伸び放題で、日に灼けて痩せた顔は目付だけ鋭かった。法衣も色褪《あ》せて、脚絆《きゃはん》も汚れている。腰に法螺貝《ほらがい》をつけ、傍《かたわら》に錫状《しゃくじょう》が立てかけてあった。先刻から加代の一挙一動を見守っていたが、客が少なくなると、

「ねえさん。あなたは今悩んでいるね。あなたの身には今大厄《たいやく》が振りかかっているよ。若《も》し宜《よろ》しかったら拙僧がそれを払ってやるよ。どうも容易な悩みではなさ相《そう》だ」

　といった。加代は自分の憂《うれ》いが面《おもて》にまで現れ、客の目に留まったことを恥入った。

「申し訳ありません。一寸《ちょっと》心配事があって、ついそれが顔に現れてしまって、お客様に不愉快な思いをさせて……」

「いやな悩みは誰にでもある。悩んでいる時は辛《つら》いものだ。解決つかぬと死をもたらす事もある。恐らくあなたの手では、どうしようもあるまい。宜しかったら、その悩みを拙僧に話して御覧。その憂いを取払って進ぜよう」

　この見すぼらしい旅の修験僧に話した所《ところ》で解決が付く筈《はず》は無い。加代がためらっていると、

「一人で悩んでいても無駄じゃ。拙僧がみずぼらしい姿であるから信用できぬとお思いであろう。拙僧は信濃国《しなののくに》の飯綱山《いいづなやま》に二十年も籠もって修行し、通力自在の飯綱《いづな》の法を会得した身じゃ。あなたの悩みが何であるかも、大凡《おおよそ》見通しておる。まあ、助けて進ぜよう」

　加代は吃驚《びっくり》した。そこで素直に母が重病であり、それに必要な高麗人参を買う為に憎き男に身を任せなければならない事などを話した。

「そうした心配事であろうかと思っていた。母御の病は拙僧の法力で忽《たちま》ち治療《なお》して見せるし、その不逞な淫乱息子は拙僧が懲《こ》らしめてやることもできる。店を閉めてから、あなたの家に案内しなさい」

一見みすぼらしい修験僧であるが、鋭い目付で心の底まで見透かされたようであり、何処《どこ》まで力になってくれるかわからぬが、逆境に追い詰められた現在、修験僧の祈禱《きとう》が効果あればこんな嬉しい事はない。母親の病気が治れば、重吉に玩具《おもちゃ》にされる必要もなくなる。

加代は言われたとおり暮六ツの鐘を聞くと店を閉めた。

「お願い致します。見苦しい住居《すまい》ですが御足労願います」

と修験僧を入谷田圃《たんぼ》に面した長屋に連れて来た。修験僧は母親の枕上《がみ》に座って、その寝顔をじーっと眺めていたが、やがて珠数《じゅず》とり出して押し揉《も》み、つぶやく様《よう》に陀羅尼《だらに》を唱え始め、その声は次第に大きくなって、合掌の手を上下に振っていたが、やがて「喝《カッ》」と叫んだ。その声に加代も驚いたが、母親は枕から顔を上げて、四辺《あたり》を見廻した。

「これは病気ではない。誰かが悪い狐を憑《つ》けて身体を弱らせたのぢゃ。娘さんを手に入れたい為に悪い修験僧を使ったのじゃろう。じゃが、もう狐は法力《ほうりき》に恐れて退散した。母御は日増に快方に向かうであろう」

修験僧は加代を見詰めていった。

「有難う御座います。今迄身体《からだ》を押し付けられていた様《よう》な苦痛でしたが、急に軽くなりました。有難う御座います」

母親も嬉し涙を流して修験僧を俯し拝んだ。加代もその功験《こうげん》にただ驚くのみで、平身低頭して感謝の礼を述べた。この身すぼらしい修験僧は、大寺でそっくり反って偉そうに見せる僧にもでき得ない法力を持っている。すると修験僧は、

「これで一つ解決《かたづい》た。あとはその五月蝿《うるさ》く付きまとう男の始末であるが、此処《ここ》ではでき兼ねる。明日、早朝に谷中に蓮華院という寺がある。その奥に仁証房《にんしょうぼう》という庵室《あんしつ》があって、拙僧は其処《そこ》に居るから参られよ。重吉という男を懲《こら》しめる法を授けて進ぜる」

といった。

その晩から母親は起き上がれるようになった。兎《と》に角《かく》有難い験力《げんりき》を示してくれたので加代も元気付いた。

翌日夜明から起きて、留守中の母

親の食事の仕度をして、朝霧籠める寛永寺坂《かんえいじざか》を上り、蓮華院の境内に入った。

裏の墓地と雑木林の間を通って加代は目指す仁証庵に着いた。小さい庵室で一方に障子が閉っていた。

「おう。参ったか」

正面の壁に見た事も無い曼陀羅《まんだら》が懸かっているのと、隅の方に網代《あじろ》笠や錫状《しゃくじょう》が置いてあるきりであった。修験僧は鋭い目付で加代を見据えて、

「今宵は約束した男と逢わねばならぬのであろう。その男が二度とそなたに近付けぬように法を行なってやる。但し、何でも拙僧の言うことに従がわねばならぬが、約束出来るか」

「はい。仰言《おっしゃ》る通りに致します」

修験僧は頷《うなず》いてから、「それでは、先《ま》ず裸になれ」といった。あれだけの法験を示して母親から狐を追出し

てくれたのであるが、何で裸にならねばならないのか。この修験僧も俗人の様《よう》に女性の身体を求めようと思っているのか。第一男性の前で裸体を見せるのは恥ずかしい。ためらっていると、「早く脱げ」と催促された。加代は不安に戦《おのの》き乍《なが》ら着物を脱いだ。

「その湯文字《ゆもじ》(腰巻)も脱ぐのじゃ」

修験僧は厳しく言った。未経験乍《なが》ら、男女の愛歓《あいかん》の部分をさらけ出すことは堪え難い羞恥であった。こんな人気の無い密室で、修験僧にいどまれたら防ぎ様《よう》もない。然《しか》し加代がためらい乍《なが》らも湯文字を脱ぎかけると、

「決して、そちの身体には触れはせぬ。安心せい。それより股を広げて、わしの前に立つのじゃ」

加代は恥ずかしさに震えたが、命ぜられる侭《まま》の姿態《ポーズ》をとった。

すると修験僧は目の前の加代の股

の付根の中心に向かって、両臂《りょうひじ》を張り、珠数《じゅず》を押し揉んで陀羅尼を唱え始めた。その声はだんだん高くなって、障子が震える程だった。加代は正気を失った様《よう》に立ちつくした。

やがて修験僧は合掌を解《と》くと、右手を上に上げ、二本指を手刀《てがたな》のように上下左右に振って、

「オーン・ダキニ・サハハラキヤテイ・ソワカ（おお、食人肉神とその眷族《けんぞく》よ。人肉を食する強い花よ。畏《おそ》れ申す）」

と唱え乍《なが》ら、「喝《カツ》ッ」と叫んだ。続いて修験僧の二本指が、加代の恥部を突差さんばかりの勢いで伸ばされ、真言《しんごん》が三度繰り返された。全身に力をこめ、精神が集中されていたらしく、顔面からも頸《くび》からも汗が筋となって流れ光っていた。

しばらくしてから、おもむろに加代の下腹部に深々と拝礼し、茫然としている加代に、「これで呪《まじない》は終わり申した。着物をつけなさい」といった。

加代は我に反り、急いで身支度をすると修験僧の前に坐り、両手をついて頭を下げた。どんな効験《こうげん》が授けられたのであろうか。何等《なんら》かの護身の術を行なってくれたのであろうか。

「今宵はあの男と逢って寝所に誘われるであろうが、決して臆《おく》してはならない。大きく股を拡げて、逆に誘惑しなさい。そしていざという時に拙僧が唱えた真言《マントラ》を胸内《むねのうち》で三度唱えなさい。そうすればあなたは助かる」

修験僧はそう言った。身を護ってくれるというが、それでは重吉の言いなりになってしまうのではないかと思った。然《しか》し昨夜、母親に憑いた悪狐《わるぎつね》を払ってくれた効験《こうげん》を間近で見てもいる。加代は逡巡《しゅんじゅん》し、また信じた。

加代は修験僧に厚く礼を述べて法乗寺の境内に入り、葭簾《よしず》を開いて茶汲女の仕事にかかった。相不変《あいかわらず》、客は次々とやって来る。

午後になると、重吉が洒落《しゃれ》めかしてゾロリとした服装でやって来た。今宵こそ念願の初物を充分に味わえる。商売女とは又違った初々しさを充分に堪能しよう。一両といったが、後《あと》を引くように二分（一両の半分）や

ればいい。倍の逢瀬《おうせ》を重ねて楽しみ尽くしてから、散散恩に着せて三両与えてやろうという吝嗇《けち》な腹積《はらづも》りであった。

「暮六ツの鐘が鳴ったら必ず来いよ。池之端《いけのはた》の蓮見亭だぞ。間違えるな」

重吉は珍しく茶代を弾んで懐《ふところ》手《で》をして反り身になって去って行った。加代は日暮が近付いてくると、いくら修験僧が呪《まじない》をしてくれたといっても内心は不安であった。自分から誘うポーズをとったら余慶《よけい》重吉の良い玩具《おもちゃ》になるのではないかと思った。

暮六ツの鐘を聞いて加代は店を閉め、池之端に出て、蓮見亭の敷石を踏んだ。玄関に立つと女中が現れ、興味津々《しんしん》の風情で満面に笑みを浮かべ、

「お客様は先刻からお待兼でございます。どうぞ」

といって廊下を案内した。廊下は柱行燈《はしらあんどん》のあたりが明るく、両側は障子が薄赤く見えるだけであった。加代は不安に胸を高鳴らせ乍《なが》ら、一部屋に押し込まれるように案内された。

そこには床柱を背にして、すでに酒で顔を赤く染めた重吉が胡坐《あぐら》をかいて酒肴の膳を前にしていた。

「おう約束違《たが》えず来たな。待遠しかったぜ。まあ坐れ」

すでに卑猥《ひわい》な笑みを溢《たた》えている。こんな男に恥ずかしいことをされる必要はない。もう高価な高麗人参を買うこともなく母親は元気になったのであるが、何故に修験僧はこんな憎い男に身を依《まか》せるよう仕向けたか、疑問と不安で一杯であった。

「今宵は悠《ゆ》っくりと可愛がってやるからな。まあ一杯やれ」

そう言うと盃を出した。嫌な男の口に含んだ盃など拒否したいが、そこには茶汲女としての作法《マナー》、仕方なく盃を受けた。

「何も取って食おうというのではない。おっと反対じゃ。俺が食われるのだ」

と下品な冗談を言って笑った。此《こ》処《こ》迄来たら仕方がない。生理的に好かない男であるが、もしかしたら修験僧が術を使って現れて助けて呉《く》れるのかも知れない。加代の気持は極《きま》

った。酔わせようとすすめられる酒も飲み陶然となり、成《な》る様《よう》になれと覚悟もできた。

「さあ初物《はつもの》のお味《あじ》拝見だ。用意してあるから、こっちへ来い」

重吉はよろめき乍《なが》ら立ち上がって加代の手を引き、襖《ふすま》を開けた。其《そ》処《こ》にはすでに寝《ね》蒲《ぶ》団《とん》が敷かれ、枕が二つ並べてある。

「それへ寝ろよ」

重吉は掛蒲団をはねのけて、加代を押し倒した。そして手早く着物と湯《ゆ》文《も》字《じ》の裾を割り、すぼめる股を押し拡げた。加代は羞恥に身を堅くしたが、重吉は加代の下腹の黒い毛の固まりの下のふっくらした白い丘の間に縦に刻まれた桃色の襞《ひだ》を見つめて興奮した。重吉は目をギラギラさせて加代に跨《また》がり、

「恥ずかしがる事ではない。男と女はこういう事をするのが自然で楽しいことなのだ。初めての時は少し痛いかも知れぬが、何《なに》すぐに良い気持になる」

といって、己《おのれ》の褌《ふんどし》を外し、堅くなった己《おのれ》のモノに手を添え様《よう》とした。加代は身を堅くして目をつぶり、修験僧の言葉を思い出して、口の中で「オーン・ダキニ・サハハラキヤテイ・ソワカ」と三遍《さんべん》繰り返した。

重吉は、散々女を泣かせたと自負する自慢の逸物《いちもつ》に手を添えた。しかし逸物を囲んでいる強毛《ごうもう》に触れたがそれがなかった。しかもそこは股のようにつるんとしている。重吉は慌てて褌を片股に除《よ》け、毛の下を撫ぜ廻したが、やはり出張《でっぱ》が無い平らな皮膚だけだった。こんな小《こ》娘《むすめ》に念願叶ったからといって慌てて錯覚を起こしたのであろうか。女漁《おんなあさ》りで鍛えた俺が狼狽《うろたえ》るのは心外だと思って、落付け落付くのだと心に言いきかせ、股のあたりを撫ぜ廻した。物凄く興奮しているのに、やはりそれに応じてくれる己れの逸物が無かった。

重吉は、「ううっ」と唸《うな》って、加代の上から降りた。枕元の有明行燈《あんどん》の所まで褌を引擦って這い寄り、灯りで己れの下腹部を見下ろした。密生した毛はあるが、その下から天を衝《つ》く勢いで勃起《ぼっき》している筈《はず》の自慢の逸物は全く見られない。恐る恐る

撫ぜた下腹のあたりはツルンとした平滑さ。見間違いではないことを現実に確認するだけであった。重吉は得体の知れぬ不気味さと、錯覚か現実かの判断に迷って、気が狂った様《よう》になって言葉にならぬ叫び声を上げた。

これが無かったら折角《せっかく》加代を手に入れても何にもならない。また明日からも女を泣かして喜悦させることができない。何故取り外すことのできぬモノが不意に無くなったのか。

理解出来ない恐怖に襲われて重吉は喚《わめ》いて部屋を飛出した。

其晩《そのばん》、池之端の通りを一人の商人が丁稚《でっち》に提灯《ちょうちん》を持たせて歩いていた。月が出ていないので右側の上野山は闇に溶け込んでいたが、何となく圧迫される様《よう》な樹々の息吹《いき》が漂っていた。地面を照らす薄明るい提灯の灯《ひ》が揺れ乍《なが》ら進んで行くと、そ

の明かりの中を何か鼠位の大きさのものがチョロチョロと横切った。丁稚がその方に提灯を向けると、笠の開いていない松茸《まつたけ》のような形の赤黒いものに小さな足がついていて、体を前後に剽軽《ひょうきん》に揺らし乍《なが》ら歩いているのだった。

旦那が「何だあれは」といった。丁稚も提灯の明かりで追い掛けるようにしたが山下の藪に隠れてしまった。

「さあ、何でしょうね。見えなくなってしまいました」

そう言って叢《くさむら》を足先で分けたが、何も見えなかった。

「妙な形だったな。鼠でもないし。何か肉の固まりのような動物だったな」

二人は不思議がった。その妙な生き物は其後《そのご》夜になると通る人々によく目撃され、池の端には変な動物が出没すると評判になった。

やがてその生き物は昼でも目撃されるようになった。明るい所で見ると、男のアレに似ていると噂された。

上野山下には、荷車や荷駄《にだ》の集まる立場《たちば》があり、沢山《たくさん》の駄馬《だば》が集まる。

一頭の馬が急に暴れ出したので、他の馬が不安がってうろたえた。暴れ馬の主の馬方《うまかた》が慌てて口縄をとって押さえにかかったが、尻尾を振り乱して後足で立ち上がったり、前肢をバタバタさせて、後足で蹴ったりして唯事《ただごと》でない。駄馬には牝馬も牡馬もいて、時々春情期になると暴れて騒動になる事があるので、馬方は暴れ馬を去勢することもあった。暴れた馬は牝馬であったので、口縄を二、三人掛りで引いて群から遠避《とおざ》け様《よう》とした。

五、六間引離すと、馬の下腹からポトンと肉棒のようなものが落ちた。そのモノは暴れる馬の足を避けようと狼狽《ろうばい》している様《よう》であった。笠の開かない松茸状の赤黒いモノで、濡れて光っていた。小さい足が生えていて、騒ぎに戸惑っている様《よう》であったが、遂に馬に蹴られ、それは空中を飛ぶ様《よう》にして不忍《しのばず》の池の中に落ちて行った。

「何だあれは。まるで人間の魔羅《まら》のような形じゃあないか」

こうして池之端界隈《かいわい》では評判になって、瓦版《かわらばん》に刷られたりして珍獣として宣伝された。

重吉はあの夜狂った様《よう》に待合茶屋を飛出して池の端を走っている時に、武士に突当った。謝るどころか喚《わめ》いていたので、怒った武士に無礼討にされ死んでしまった。

河内屋は後継ぎを失った上に、今迄の不正が暴露《ばれ》て身代は没収されて一家離散した。

加代は其後《そのご》浅草の紅屋《べにや》という化粧品店の息子に見染められて嫁となり、母親も一緒に引き取られた。

浮游《ふゆう》する手首

慶長《けいちょう》五（一六〇〇）年九月、後世《こうせい》天下分け目の戦といわれる石田三《いしだみつ》成《なり》を盟主《めいしゅ》とする西軍と、徳川家康に従った東軍が関が原で激突した。最初は優勢であった石田方であるが、同盟を離反する部隊多く、午後には敗戦濃厚となり、敗走する武士が続出した。

簗瀬新兵衛《やなせしんべえ》は石田三成の臣で、戦場では勇敢な武士として知られていた。敵が敗走する時は、鬨《とき》の声で全身が震い立ち、仲間よりも一歩でも先に出ようと右手の槍を振り上げ、泥障《あおり》の上から鐙《あぶみ》で馬腹《ばふく》を蹴って功名心で気持が一杯になる。自分が討死するかも知れぬという懸念は全く念頭になかった。新兵衛は、逃げ惑う敵武者の背に槍を突き刺したり、徒歩《かち》の雑兵を蹴散らして片手斬りするのが得意であった。

それが、今では敗退の立場。殿《しんがり》をして踏みとどまって戦うどころか、同僚の武者に釣られて一目散に逃げ出す始末。こんな事で死にたく無いという臆病心が全身を貫き、先に逃げる仲間や駆足《かけあし》で逃げる雑兵《ぞうひょう》を邪魔にさえ思った。追撃戦の時自分がした様《よう》に、いつ背中に敵の槍が突っ込まれるかわからない。

集団で逃げると追撃して来る敵に囲まれるかも知れぬ。そう考えて、畠を突っ切り、姿をくらます為に雑木林に馳《か》け込んだ。然《しか》し今朝からの戦闘で労《つか》れ切った馬が樹の根に躓《つまず》いて倒れると、片足が馬の胴の下敷になった。狼狽《うろたえ》て足を抜き取り、馬を置き去りにして林の中を馳けたが、今度は林の中で槍が邪魔になり、投げ捨てた。更に兜《かぶと》や具足《ぐそく》が重く煩《わずら》わしいので脱いで、太刀と腰刀《こしがたな》と巾着《きんちゃく》だけを腰にして走った。

未《ま》だ遠くで鬨《とき》の声や喚声《かんせい》が聞こ

える。焦《あせ》る心ばかりでホッと息をつく隙もない。兎《と》に角《かく》山の中に隠れるよりほかに方法が無いと、北に見える伊吹山《いぶきやま》を目指して夜昼《よるひる》走った。

昨日から食事もしていないので疲労困憊《こんぱい》していた。渓川《たにがわ》で水を飲み、そこに映る我が身を見て、見るも無惨な落武者に変貌した事を明瞭《はっき》り自覚した。

東軍方の一斉攻撃で、西軍は恐らく潰滅したであろう。潔《いさぎよ》く討死していれば良かったものを、なまじ臆病風に吹かれて逃げ出してしまったことを後悔したが、いまとなっては落武者狩から逃げ、隠れて生きていかねばならぬ。

前途は真っ暗であった。

武士である以上、主人の命《めい》で戦わねばならぬ。然《しか》しながら何故《なにゆえ》主人の命で戦い、敵を殺すことが忠義なのか。昔、北面《ほくめん》の武士であった佐藤義清は武士の立場を諦観《ていかん》して、

執《と》れば憂《う》し　執らねばものの
数《かず》ならず
棄《す》つべきものは弓矢なりけり

と詠《うた》って剃髪《ていはつ》し西行法師となった。今この様《よう》な惨目《みじめ》な敗者の境遇に堕《お》ちると、憎しみも無い敵を殺し、手柄として生きる武士の生様《いきざま》に対する疑問を、敗者の身になって初めて自覚した。さりとて、いつも何処《どこ》かで戦のある今日《こんにち》、生まれた時から武士として育った新兵衛に、他に生きる道も無いのだ。

三日も伊吹山中をさまよって、遂に大樹の根元に蹲《うずくま》ってウトウトと睡《ねむ》ってしまった。そして頭を押えられてる気がして目がさめた。すると目の前に、髪も髭《ひげ》も真っ白の老人が立っていて、杖《つえ》で新兵衛の頭を押さえていた。

「関が原の落武者だな。助けてやるからおれの庵《いおり》に来い。だが、その前にどのくらいの技量あるか試してやる。頭の上の杖が退《の》けられるか」

助けてやるという言葉につられて、新兵衛は立ち上ろうとした。が、軽く押さえられているはずの杖が、磐《ばん》石《じゃく》のような重味《おもみ》で立つことができなかった。

「何だ、こんな杖すら押し払えないのか。それでは碌《ろく》な働きもできぬ

な。まあ良い。わしについて来い」

そういって、杖を退けた。新兵衛は老人に意外な力がある事に驚いたが、助けてやるという言葉に力を得て後に従った。

老人にしては存外《ぞんがい》足が軽くて速い。疲労の限度を超しているといっても、新兵衛は未《ま》だ二十代の青年である。然《しか》し従《つ》いて行くのがやっとであった。

一寸《ちょっと》した崖際《がけぎわ》にあばら屋に近い小屋があった。中には囲炉裡《いろり》がある。人里離れた山家暮らしの一人者のようであった。雑炊《ぞうすい》を振舞われて人心《ひとごこ》持《ち》つき、これでやっと助かったと思った。礼を述べながら遠慮勝《がち》に色々問うたり、自分の今迄《いままで》の戦歴を話したりした。すると老人は、

「わしも元は主君に仕える身じゃった」

と打ち明けた。信長公の家臣であったが、天正十（一五八二）年に、信長が明智光秀に京都の本能寺で殺され、その折に防戦して逃《のが》れて以来、この山に籠って一人で武道を励み、今では仙人の様《よう》な暮らしに馴れたといった。

武道は人を殺す為ではない。己の身を守る為のものであると若い頃から思っていたから、本能寺で防戦した時にも、決して明智方を殺すことはせず、攻撃出来ないように腕を斬るだけに止《とど》めたという。戦場を逃れこの山に籠ること五十年余り、それから手首斬りの修業しているといった。

成程《なるほど》、新兵衛も同感であった。特に首獲《くびが》り競争に励んで、敵首三十を獲《と》っては首供養《くびくよう》して自慢する同僚を軽蔑していた。自分も死にたくはないし、相手も殺したくは無い。殺さずに攻撃を封じるには相手の手首を斬り落とすしか方法は無いが、相手が槍《やり》・薙刀《なぎなた》・太刀《たち》等で攻撃してき

た場合に、逸早《いちはや》くその手首を斬り落とす妙技が果たしてあるのだろうか。

「試しに、その太刀でわしに斬り懸かって見なされ」

老人は杖をついて立った。新兵衛も太刀打には自信がある。

「本当に斬り付けても良う御座るか。何処《どこ》を斬るかもわかりませぬぞ」

「何処でも遠慮なく懸かられよ」

老人は平然としている。新兵衛は八双《はっそう》に構え、頭か胴か判断できぬように太刀《たち》を振り下ろした。太刀が動くと同時に杖にしていた棒が、新兵衛の右手首にぴしりと当たった。新兵衛は、まるで斬られた様《よう》な痛みを感じてよろめいた。

「加減せずとも良い。思いッ切り斬ってこられよ」

老人は、再び杖先を地上に突いて透《す》ましている。

痛みを堪えて新兵衛は本気になって斬り懸かるが、杖がいつ動いたかも確認できず、太刀を握った右手首を打ち据《す》えられて、遂に太刀を落とした。

「参った。恐れ入った神技《しんぎ》。杖で打たれた丈で手首が落ちた様《よう》に痛みます。御老人と見て甜《な》めてかかった心得違《こころえちが》い。伏して御詫び申し上げる」

新兵衛は土下座して詫びた。

「某《それがし》も、主命とは申せ敵を殺す事に疑問を持っておりました。この方法で敵を封じる事こそ最良《さいりょう》の方法と存じます。何卒お仕え致しますので、この技を御教授下さい」

新兵衛の右手首は脹《は》れ上がっていた。

こうして新兵衛は名乗りもしない老人に就いて、攻撃の出鼻に手首を打ち据える修業に励んだ。勿論《もちろん》太刀であれば手首は斬り落とせるのである。将来主君に仕えるにせよ、浪人の侭《まま》道場を開くにせよ、当時流行した剣、槍の武術に見られない技である。

相手が行動を開始した瞬間に、その行動の一瞬の無防禦《むぼうぎょ》な部分に攻撃するのであるから、相手のどの部分にも効果を発揮する技であった。太刀であろうと槍《やり》・薙刀《なぎなた》であろうと、相手の手首を斬り落として攻撃を封じてしまうことを、新兵衛は素晴らしい武術だと思った。

　老人に仕えて五年程経《た》ち、新兵衛はこの武術を修得した。

「もう大体《だいたい》技は会得《えとく》したであろう。そちは未《ま》だ若いから里《さと》に降り、主君に仕えるなり、武術の道場なりを開いて生活《たつき》とせい。わしはこの年じゃから世に出ることは避けて居ったが、どうやらわしの術を伝えて呉《く》れ相《そう》じゃから、更に工夫して武道の一派を立ててい」

　老人は、新兵衛が縋《すが》り付く隙もなく山から姿を消してしまった。

「あの方は天狗《てんぐ》の化身《けしん》だったかも知れない」

　新兵衛はそう思いつつ、伊吹山を降りた。

　天下の大勢《たいせい》はあらかた徳川氏の手に帰し、大坂城に住む豊臣秀頼を擁する旧勢力の大名が諸方で孤立する状態であった。いつかは徳川方と衝突して合戦が起こるという気配が漂っている。故《ゆえ》に大坂方は浪人をいくらでも募集していた。簗瀬《やなせ》新兵衛も応募して、後藤又兵衛基次《ごとうまたべえもとつぐ》の配下に組み入れられた。

　後藤又兵衛基次の前に呼ばれた時、新兵衛はこう言った。

「それがしは御家《おいえ》に忠を尽くすために戦場では充分に働いて御目にかけます。然《しか》し手柄のしるしとして敵の首は一切持参致しません」

「では敵を討ち取らぬと申すのか」

「はい。敵は殺しません。然《しか》し敵の活動は封じます」

「何と。一体それはどういう事か」

「敵の手首を斬る丈で充分です」

「妙な事を申す奴ぢゃな。殺さずに敵の活動を封じるなど、戦場では通用せんぞ」

「では、お目に掛けます。どなたか某《それがし》と御立合い下さい」

　生意気な奴と、腕自慢の抱え浪人が立ち上がった。

「実戦の様《よう》に真剣で御掛り下さい」

新兵衛は木刀片手に下げて立った。

「斬り殺されても知らんぞっ」

浪人は怒った。

　猛然と斬り掛かった浪人は、次の瞬間刀を落としていた。右手首を押さえ、たじろぎ、痛さに尻餅をついた。見ている人々には何が起こったのかわからなかった。

「これが、拙者《せっしゃ》の武道です。相手を殺さずに抵抗力を失わせる丈《だけ》です」

「妙な剣法じゃ」

人々はどよめき、感嘆した。

「然《しか》し入り乱れての戦場で、そんな事が出来るか」

「はい。拙者さえ冷静であれば、何人かかって来ようが、敵の攻撃を封じる事ができます」

新兵衛は、慶長十九（一六一四）年十一月の大坂冬の陣も、翌年五月の夏の陣にもそうした戦い方で働いたが、結局大坂城は陥ちて再び落武者となった。落武者狩りの武士や、農民達を、その業《わざ》をもって斬り抜けて播州《ばんしゅう》まで逃げた。

豊臣家が滅びて、江戸幕府が天下を支配した。泰平になった今、浪人を抱えてくれる大名もいなくなった。

新兵衛は姫路の城下街に流れ付いた。その不思議な剣法に惚《ほ》れ込んだ池田三十二万石の家臣、楠田十郎《くすだじゅうろ》兵衛《べえ》が町道場を作ってくれた。

新兵衛は伊吹山の仙人の様《よう》な人物はきっと天狗に違いないと思い、天狗直伝電光流《てんぐじきでんでんこうりゅう》という看板を出した。

相手の攻撃の直前に機先《きせん》を制するその剣法は人気を呼んだ。池田藩士の門弟《もんてい》も増え、生活も安定して十郎兵衛の世話で妻まで嫁《めと》った。

こうして新兵衛は初めて落ち付くと、様々な過去の事を想い出した。

主君に生命を捧げて忠節を尽くすという事に対する疑問が間違いでなかったと思ったが、できるだけ敵を殺さないで戦闘力を奪うため丈《だけ》に手首を斬るという事が、果たして正しいかどうかという疑問を持つようになった。

手首斬りの早業《はやわざ》は、池田藩の若い武士にとって魅力的であった。門弟の中には、手向かいもせぬ通行の町人にその技《わざ》を試す者も出て、天狗直伝電光流の弟子の仕業《しわざ》との噂が流れて、新兵衛は気に病んだ。

こうなると己の剣法は平和時でも被害が出る。やはり生命を奪わないで相手を損傷させるという剣術が正しいかどうかは甚《はなは》だ疑問である。手首を斬り落とされた者は一生不自由で、斬った者を怨みに思うであろう。

新兵衛自身、数回の戦場で、どれだけ敵の手首を斬り落とした事か。

敵の首を数多く獲《と》った者は、武勇を誇ると共《とも》に、反面殺人行為の悔《かい》悟《ご》の為に首塚を築いて僧侶を招いて首供養《くびくよう》をする。然《しか》し合戦中に斬り落とされた手首は戦場で朽ち果て、斬られた者は己の手首を拾うこともなく、一生不自由に生きなければならない。

蛇の生殺《なまごろ》しと同じだ。殺すよりももっと残酷な事ではなかったろうか。然《しか》も戦国気質《きしつ》の未《ま》だ収まらぬ昨今、弟子になった若い武士の中には生命を奪うのでないから良いであろうと、無抵抗の町人の手首を斬って腕前を試すことをしている。自分が手首を奪われた立場にならない限り、その苦痛は理解し得ないのだ。

戦争が終って平和になった今日、武士は何の為に敵を殺さねばならなかったのか、疑問は拡がるばかりであった。新兵衛は、現在主君に仕えて居ないから主従の束縛は無いが、武術を教えている以上、武士という体面《たいめん》に益々疑問を感じた。

こうした感情が黒雲の拡がる如く心の中に渦巻くと、新兵衛は頗《すこぶ》る気が弱くなった。

夜寝ていて隣の蒲団《ふとん》から出ている妻の細腕を見たりすると、幻想を見るようになった。薄暗い行燈《あんどん》の灯《あか》りで、上から押しかぶせる様《よう》な天井板に胸が圧迫されるようで、ふと目を外《そ》らして枕屏風《まくらびょうぶ》を見ると、その縁に何か白いものが蠢《うごめ》いている。

目を凝《こ》らすとそれは四本の指で、手の甲《こう》も微かに見える。

屏風の裏に誰か居て、手を掛けたのかと思い、枕元の刀掛《かたながけ》に左手を伸ばす。

「誰だ。其処《そこ》に居るのは……」

小声で呼ぶも、反応はない。その内指は五本になり、それが屏風の上《うわ》縁《べり》を小人《こびと》が歩く様《よう》に移動する。

新兵衛は起き上がって、抜き打ちできるように腰を構えて見詰める。すると五本指は宙に浮き上がり、掌《てのひら》を見せて動いた。

明らかに手首だけであった。新兵衛は過去の事を気に病んでいるから幻覚だと悟ったが、薄暗い部屋の片隅から、もう一つ手首が現れ、畳の上を指が足で歩くように移動した。

　更に襖が音も無く開くと、暗い廊下から次々と手首が現われ、あるものは浮游《ふゆう》し、あるものは指を足の様《よう》に動かして座敷に入って来た。なかには亀が甲羅《こうら》をつけた様《よう》に手甲《てこう》を付けた手首もあった。

「かつて戦場で斬った敵の手首か」

　手首の指は歩く様《よう》に動き、畳の上を這《は》い廻る音すら聞こえる。

　終《つい》に俺も妄念《もうねん》に駆られる程《ほど》気が弱くなったかと、頭を振って、目をしばたいたが、幻覚では無いらしい。確かに数多くの手甲が指で歩き廻っている。

　こんな錯覚にだまされるかと、近付いた手首を居合《いあ》いの構えでサッと斬った。

　手首は間違いなく二分《にぶん》されると、行燈《あんどん》の灯《あか》りがかげる程血沫《ちしぶき》を上げた。すると今度はそれぞれが二本の指で歩き始めた。新兵衛の蒲団の裾の方から近付いて来る手甲もいる。

　新兵衛はそれを目掛けて刀を突き出した。

　その気配に、隣の蒲団で寝ていた妻女が目を覚ます。そこには新兵衛が狂った様《よう》な顔して刀を突き出しているので驚いた。

「手首の妖怪が襲って来たのだ」

「貴男《あなた》。何を仰言《おっしゃ》るのですか。そんな物は見えません」

「いや。確かに沢山《たくさん》の手首が部屋の中を浮游し、走り廻っている」

「しっかりして下さい。戦場往来の強い貴方《あなた》が、そんな事におびえて」

　妻に言われて新兵衛はハッと気が付いた。四方を見廻しても手首など何処にも無い。矢張り幻覚であったか。

　新兵衛は妻女の手前、赤面するより青い顔をして冷汗を流した。

「うーむ。面目《めんもく》ない。此頃《このごろ》妙に気が弱くなってのう」

「夢でも御覧になったのでしょう」

　妻女に慰められて、気恥ずかし相《そう》に刀を鞘《さや》に収めて枕元の刀掛《かたながけ》に置くと蒲団に横になって目を閉じた。

　今は手首は一つとして無いが、あれは幻覚ではない。沢山の手首が部屋の中を歩き廻っていたのだ。

　翌晩も、沢山の手首が宙を動き廻った。妻女は新兵衛の行動を恐がって別の部屋に寝たので、手首は畳の上を動き廻った。宙に浮いた手首は新兵衛の顔の近くにまで寄ってくる。それを振り払うと確かに手応《てごた》えがある。手首は畳の上に叩き付けられ、人間が起き上がる様《よう》に指で立ち上がり、部屋の隅に逃げた。

矢張《やは》り妄想では無い。

新兵衛は、斬り掛かろうとする敵の手首を一瞬に撃ち落すように、宙を浮き沈みする手首を斬った。パッと血潮《ちしお》が行燈《あんどん》の障子《しょうじ》にまでかかって、本当に敵の手首が落ちた様《よう》に、畳の上に落ちて、血が浸《にじ》んだ。

然《しか》し無数の手首は前からも、後からも新兵衛の咽喉《のど》元を目がけて迫って来るのだった。

刀で払い、首を避けたりして、

「己《おの》れっ。妖怪」

と喚《わめ》いて蒲団の上で暴れた。

その内、二つの手首が遂に新兵衛の咽喉に飛び付く。それは、締め上

げるように力が篭《こも》っている。

新兵衛がその手首をもぎ取ろうと両手に力を篭めたが、取れない。呼吸が苦しくなり、呻《うめ》き声を出して蒲団の上を転げ廻った。

翌朝、いつも早起きの新兵衛が中中起きて来ないので、妻女が襖を開けて見ると、新兵衛は自分の両手で、自分の咽喉を締めて死んでいた。

果たして自分の手で咽喉を締めることができるのだろうか。それはわからないが、新兵衛は確かに飛び付いてきた二つの手首によって殺されたのだ。

猫又《ねこまた》

杉樹立の間から彼方を見ると、鹿が一頭横向きに立留まって一点を凝視していた。

猟師の甚兵衛は良き獲物とばかりに、肩にした火縄銃を下《おろ》ろして両手に持った。今日は朝から山中を歩き廻っても一匹の獲物にも有付《ありつ》けなかった。火縄を取り換えたのも二度目、それも今は火挟みに残る程短く、もう少しで燃え尽きようとしている。やっと獲物に有り付けたと甚兵衛は嬉しくなって静かに折敷《おりしけ》をし、火縄の燃え滓《かす》を吹き飛ばした。そしてゆっくりと狙い定めつつ火蓋《ひぶた》を開いた。

途端に鹿は岩の上から跳躍して消えた。甚兵衛は舌打ちして、あとを追った。すると先を横切った獣があった。栗鼠《りす》の様《よう》なものを啣《くわ》えた狼である。飛んだ邪魔者であるが、狼でもいい。甚兵衛は樹立に身をひそめて銃を構え直した。鹿は狼の姿を認めて逃げたのであろう。狼は後姿を見せて悠々と歩いている。

甚兵衛は自信をもって引鉄《ひきがね》を引いた。轟然《ごうぜん》と音響が山に谺《こだま》し、目の前に黒煙が立ち籠めた。やったぞ、と甚兵衛は煙の中を突っ切って走った。狼は腰から胸の方に弾丸が入ったらしく腰砕けに倒れたが、辛うじて立ち上がった。啣えた獲物は離さず、よろよろと歩いて行く。もう急ぐ事はない。血を滴《したた》らせてよろめいて行く狼に近付いて銃の台尻で撲り殺せば良いのである。愛犬のタロも小走りに甚兵衛の先に立つ。

目の前の小さな崖の下に岩組の洞窟がある。甚兵衛とタロは其処《そこ》迄追いつめた。恐ろしい目付の狼が牙をむいて振り返るのを、甚兵衛は銃の台尻で頭が砕ける程撲った。狼は横倒れになると絶命した。

するとタロが洞窟に近付き、ワンワンと叫び、甚兵衛の方を振り返る。ミャウミャウという鳴声が聞こえた。甚兵衛が何気なく中を覗くと、三匹の小動物が口を開けて鳴き乍《なが》らうごめいている。タロはそれに襲いかかろうとしたので甚兵衛は、「タロ」と叫んで制した。

クウクウという鳴声もする。よく見ると二匹の狼の仔と、一匹は未だ目の開かない仔猫の様である。妙な取合せと思った。狼はこれらの仔に餌を運ぼうとしていたのであろうか。タロの体臭を感じとったか、狼の子はクウクウ鳴き乍ら首を伸ばし、仔猫は乳を求める様にミャウミャウと鳴いていた。

初めて見た狼の仔も、犬の仔の如く可愛い姿をしている。目の開かない猫の仔も、いたいけな口を開いて一心に首を伸ばして鳴いている。親を慕っている様で可憐であった。

「タロ。噛み付いてはいけない」

甚兵衛は飼犬に念を押し、この三匹をしみじみと眺めた。

山猫の巣を襲って仔猫を狼の仔の餌として運んで来たが、仔猫が狼を親と間違えて乳を求めたので喰い殺すのを止めたのか。それとも迷い出た仔猫を啣えて来たが母性愛が刺激されて、自分の仔と一緒に乳を飲ませていたのか。いづれにしても撃ち殺した狼は、この仔らに餌を運び込む途中であった事は確かだろう。

三匹の中で灰黄色の毛に包まれた仔猫のみが一番いたいけで可憐《かれん》で興味をそそった。甚兵衛は仔猫をそっと両掌《てのひら》で抱き上げた。仔猫は肌で親を確かめる様《よう》に首を揺り動かして盛んに鳴いた。生まれ立ての猫に言葉が通じる筈《はず》は無いが、甚兵衛は柄《がら》にも無い優しい声を出して「おお、よしよし」と愛撫した。そして一寸《ちょっと》迷ったが仔猫を懐《ふところ》に入れた。仔猫は母親の温か味に似た人肌に触れて何か安堵を感じたらしく、暴れることもなく甘え声で鳴いた。

残った二匹の狼の子は拾い上げなかった。成長すれば人畜を襲う獰猛《どうもう》な害獣になるから、飢死してしまえと思った。

甚兵衛は狼の死屍を背負《しょい》ごにくくり付けて、タロを連れて山を降りた。懐の仔猫は親を慕うのか空腹なのかミャウミャウと鳴いて甘えた。甚兵衛はその度にごつい手を懐に入れて仔猫の頭を撫ぜた。

麓の小屋に戻った甚兵衛は、仔猫が未だ乳飲児であることに気が付いてハタと困った。考えた末に粥《かゆ》を炊《た》き、獣肉の汁を加えて舐《な》めさせた。母乳とは違う味であるはずだが、それを舐めるようになり、やがて目が開くと粥も食べるようになった。

犬を飼うだけの一人暮らしの甚兵衛にとっては、絶えず付きまとう仔猫は心の安らぎとなり、仔猫もよくなついた。目が開いて一番先に認識したのは、熊の毛皮の袖無しを着た甚兵衛の姿だったし、餌を呉《く》れるので親と思ったようだった。

殺生《せっしょう》を業《なりわい》とする甚兵衛にとって、仔猫は特別の愛玩物であった。三月《みつき》も経つと、仔猫は庭に繋がれている飼犬のタロの所にも近付いて行った。タロは唸って威嚇《いかく》したが、仔猫は馴々《なれなれ》しく近寄り、身体中の臭いを嗅ぎ廻った。タロも呆れたのか、嚇《おど》さなくなって迷惑そうに見ている丈《だけ》であった。

猟師の家であるからタロも仔猫も米の飯よりも獣肉を与えられる事が多くなった。仔猫もいろいろの獣の臭いを知った。また、外にはよく木の枠に熊や鹿、猿の毛皮が貼り付けて乾かしてあるので山の獣の臭いを自然に覚えた。

一年も経たない内に大きくなった猫は、タロとも戯《たわむ》れて遊ぶ様《よう》になった。甚兵衛はタロを連れて山に猟に行くので、いっしょに猟に行けない猫は、嫉妬するようになった。腹慰《い》せに家の中のあちこちや庭中に小便をしかけて、自分の行動範囲を拡げて行ったので、先住のタロの方が逆に遠慮めいた行動をとるようになってきた。成長した猫は甚兵衛の夜具に潜り込むこともせず、孤立して囲炉裏端《いろりばた》に寝るようになった。微かな物音にも顔をもたげ、外に走り出したかと思うと大きな蛇を啣《くわ》えて来て、むしゃ振り付いて喰べ尽くしたりした。

ある日、甚兵衛が街に毛皮を売りに出掛けた時のことである。帰ってみると、いつもは喜んで吠え付くタロの姿が見えなかった。よく飼い馴らされた、甚兵衛にとっては狩に必要な協力者であったから、タロ、タロと呼んで探し廻ったが姿は見えなかった。

　猫を飼ったことで悲観して家出したかとも思ったが、忠実な犬であるからそんな筈《はず》は無い。熊や狼に襲われて食われてしまったかと思ったのは、犬の骨らしいものが家の裏に散乱していたのを見つけたからだ。然《しか》し猟に馴れた利口な犬のことである。他の獣に食われることもあるまいと言い聞かせた。

　人語が喋れないと思いつつも猫に、

「おい。タロは何処《どこ》に行ったか知らぬか」

　と訊《き》いたが、猫は舌舐擦《したなめず》りして顔を洗う丈《だけ》である。明日からの猟に差し支える。猫では役に立たない。新しく犬を飼って猟犬に仕立てるには期間がかかる。甚兵衛は思案した。

　そんな時、城下町の外《はず》れの一廓に集団で住んでいる皮多《かわた》の頭目の藤右衛門が訪ねて来た。獣の毛皮を買い求めてくれる上得意である。藤右衛門は鹿や熊、猿の皮等を加工したり牛馬の革をなめして売る職業である。その日も熊の皮と猿革を需《もと》めたが、縁に腰掛けていて甚兵衛の後に前肢を揃えて坐っている猫に目をやった。

「珍しい毛色の猫じゃな。これは山猫じゃ。よく飼い馴らしたな」

　甚兵衛はその経過を話した。

「山猫は絶対馴れぬものじゃ。特に狼の乳を吸って育てられたとしたら狂暴だが、よく馴れているな。どうじゃ俺に譲ってくれぬか」

「他人は山猫は馴れぬというが、乳飲児から飼えば家猫と変わりません。それより犬を飼いたいと思っていますから、犬を世話して下されば譲りましょう」

「そうか。よく訓練された犬を連れて来てやるから、この猫は今もって行く」

　藤右衛門は連れて来た部下の皮多の背負櫃《しょいびつ》に、熊皮や鹿皮と共に猫を入れて戻って行った。

　猫は藤右衛門の家で牛馬から犬、猫、鶏の肉や皮の臭いを充分嗅いで覚えたし、こうした家には鼠が多いので、忽《たちま》ち退治して重宝がられた。また灰黄色に黒の斑点のある変わった毛並が一般の家猫と違い、自慢の種となった。部落中の猫も藤右衛門の所の猫の一嚇《いっかつ》には驚いて、いつしかこの地域のボスになっていたが、藤右衛門の家族には従順であった。

この部落は城下街や村で死んだ馬や牛を引き取って、皮を剥ぎ製革する業であるから、肉はいつでも食えた。そのため猫は常に毛並がつやつやして大猫になった。

こうして半年も経った頃に、城下街に住む、甲冑師の岩井清八が訪ねて来た。甲冑師は甲冑にも武具類にも獣革を多く使う。猿皮は空穂《うつぼ》に、牛革は甲冑部品に、馬革は太鼓に、猪や熊の皮は箙《えびら》や沓《くつ》に使われるので藤右衛門の部下が板目革や梳き韋《なめし》にして売るのである。清八は甲冑用の牛革を買いに来た。

「しっかりした牛の背革が四、五枚欲しいのだが」

「御気に入る様《よう》なのがあります」

藤右衛門は部下に命じて清八の前に五、六枚の板目革《いためがわ》を列べた。その時、藤右衛門の傍《かたわら》から猫がづかづかと進んで胡散《うさん》臭そうに清八の膝に近付き、臭《にお》いを嗅《か》ぎ廻った。

「ほう。これは山猫の毛並ぢゃな。立派な体格だし、容貌《きりょう》も良い。これなら鼠もよく獲るであろう」

甲冑師の家も皮革を扱うので鼠が多く、その害には困っていた。一匹の飼猫がいたが家出してしまったきり帰って来なかった。

「その牛革を三枚程買うが、どうだ、この猫も譲ってくれぬか」

「へい。御気に入った様《よう》ですが、馴らすのに苦労しましたので、少々高う御座いますぞ」

「うむ。如何程出せば良いか」

「さあ。銀十匁《もんめ》程では如何ですか」

「宜しい。それでは牛革三枚含めて銀五十匁程でどうかな」

「もう十匁程足《た》して下さいまし」

「うむ。気に入ったのであるから仕方が無い」

こうして猫は清八の家に引き取られた。

清八の家は前から猫を飼っていた。皮革も扱うから鼠害も多い。鼠を捕るのは上手であったが温順しい猫だったため、清八の買ってきた大きな猫と座敷で逢った時にカーッと威嚇され、先住の猫は小さくなって、ひれ伏した。

「何だ意気地の無い奴」

清八は猫の社会を知らぬのでおとなしい猫を蔑《さげす》んだ。大猫にはかなわないと思ったのか、その猫は姿を消してしまった。買い取った猫は清八が主人である事を見抜いて柔順であったが、弟子達には馴染まず、うっかり頭を撫でようならハーッといって威嚇した。

すぐに爪を立てるので可愛気のない猫として嫌われたが、清八にはよく甘えて、具足《ぐそく》の威《おど》しの時に胡坐《あぐら》をかいている脚の間に入って咽喉をゴロゴロ鳴らしたりしていた。

それから間もなくして、

「御免」

と言って訪ねて来た者があった。城下街に屋敷を構える二百五十石取りの物頭《ものがしら》、木下三左衛門であった。後《あと》に十四歳の娘千代と槍持と下僕を従えていた。

清八は三左衛門から甲冑の製作を依頼されていたが約束の期限より遅れていたので、催促に来たのかと思って平身低頭して挨拶した。

「御約束の期日に遅延して何とも申し訳もありません。態々《わざわざ》木下様御直々《じきじき》に御見え下さいまして唯々恐縮この上ありません。弁解がましゅう御座いますが、実は気に入った撓《いた》革《がわ》がありません。先《せん》だってやっと手に入りましたから、これを細工致しましてご満足の戴ける様《よう》な御品に仕上げる積もりで居りますから、今少しの御猶予を戴きたく御願い致します」

と先手を打って謝った。三左衛門は微笑して、

「いや、急に戦があるわけでは無いから、具足は急がなくとも良い。念入りに仕上げて呉れれば良いのじゃ。今日訪れたのは別の所に所用があって参った帰りに立ち寄った迄じゃ。それで娘も同道して居るのじゃ」

といって傍《かたわら》の千代を見たが、千代が目を一線にそそいでいるので、それをたどって行くと、清八の脇に座っている大猫に目が行った。

「おう。変わった毛色の猫じゃの

う。其方の飼猫か」

「はい。去る所から手に入れましたが、私にはよく馴れていますが、中々《なかなか》強情な奴でして」

千代が思わず手を出して、「ネコ。おいで」と言った。猫も先程から千代の顔ばかり眺めていたが、腰を浮かすと千代の方に歩み寄った。

「おお。好い子、好い子」

千代が頭を撫でると、猫は身体を擦り付けて甘える風情に、清八も驚いて、

「お嬢様がお優しいということがわかるのでしょう。お嬢様は猫が御好きですか」

「大好きよ」

千代は言って猫を抱き上げた。清八は更に吃驚《びっくり》した。

「わし以外に馴れない猫ですが、お嬢様に抱かれるとは驚きました」

「変わった毛色で気に入ったわ。可愛い子ね」

といって千代は猫に頬擦りした。

「若し、およろしかったら、その猫お嬢様に差し上げます。遅れている仕事のお詫びを致す積もりで……」

「本当?」

「これ千代。はしたない事を申すでない」

三左衛門が慌てて千代を嗜《たしな》めた。

「いえ、本当です。お気に入ったら飼ってやって下さい」

こうして猫は三左衛門の仲間《ちゅうげん》の担ぐ挟箱《はさみばこ》に入れられて木下家の門を潜った。

猫は鳴き声からミコと名付けられ、千代の愛玩物となった。四六時中千代について廻り、夜は千代の蒲《ふ》団《とん》に潜り込んで寝た。

木下家の猫は有名になった。灰黄色に黒の斑点のある変わった毛色だけでなく、近所の屋敷の飼猫の中では一番強く、夜になると一寸《ちょっと》姿をくらましたかと思うと、暗い往来に集まった猫達の親分格になっている所を人々はよく見掛けた。

昼間は千代の行く所には必ず従《つ》いて行き、厠《かわや》に迄ついて行った。厠の戸を開けると千代より先に入ってしまい、婢女《はしため》が遮《さえぎ》っても効果がなかった。千代が蹲《しゃが》んでいると、その柔らかい尻の肌に、猫は顔をこす

り付けて媚態を示した。

「嫌な猫だよ」

婢女は嫌がった。母親も不愉快な顔した。用人が、「猫はあまり可愛がると憑かれるよ」と噂し合ったが、ミコは千代にだけは素直で、他の者には馴染まなかった。但し三左衛門が此《こ》の屋敷の主人であるという事は心得ているらしく、叱られても爪を立てなかったが、婢女に注意されると牙を剥いて威嚇した。時には蛇を啣《くわ》えて来て婢女を嫌がらせた。

こうして四年経《た》った。


木下家は男の子が居ないので、同僚の大谷権八郎の次男の二十歳になる清之進を婿として十八歳になった千代と夫婦にして家督を継がせようとしていた。秋には婚儀が行なわれる予定だが、その頃から千代は塞《ふさ》ぎ込む様《よう》になった。ミコは千代の膝に座って、ジッと千代の顔を見上げて

いる。

思春期としては遅いが、夫婦になるという精神的不安定からであろうか。それとも清之進と見合いした時は互いに気に入ったらしかったが他に愛《いと》しい男でもいたのか、と両親は気に懸かったが訊《き》くこともできずにいた。そのうち千代は妙な動作をするようになった。

ミコが千代の傍《かたわら》に坐って、掌を舐めては顔をこすると、千代が同じ様《よう》なことをする。

舌を出して掌を舐めると顔中にこするのである。

母親が、

「これ。何て見っともない真似をするの、止《や》めなさい」

というと素直に止める。しかし食膳に魚が付くと、頭からムシャムシャ音を立てて食った。躾《しつけ》厳しい武家の家庭であるから、女性は淑《しと》やかでなければならない。三左衛門も、

「千代。何だその喰べ方は」

と注意したりした。

中秋の頃になって、愈々《いよいよ》婚礼の日となった。

木下家では夕刻から門前に定紋入りの高張提灯《たかはりじょうちん》を燈《とも》し、門には定紋入りの幕を張った。襖《ふすま》を払った大広間には続々と両家の親戚知人が肩衣《かたぎぬ》姿で集まった。床の間を背に一双の金屏風が立てられ、蝋燭燭台《しょくだい》が列《なら》べられた。

しばらくしてから大谷家の定紋の描かれた箱提灯を二つ持った仲間《ちゅうげん》の次に、仲人夫妻、麻上下《かみしも》姿で馬上の清之進が馬の口取《くちと》を連れ、大谷権八郎夫妻と数人の下僕が現れて木下家の玄関に入った。木下夫妻の出迎えで、大谷家の人々は大広間の上座に入り、来賓《らいひん》もそれぞれの定位置につき、清之進も金屏風を背に威儀を正して坐った。やがて綿帽子と白小袖に白の打掛《うちかけ》の裾を引いて千代が仲人に手を引かれ、婿の隣に坐った。

仲人の披露で、続いて『高砂《たかさご》』の謡《うた》いが朗々と広間に響き渡る中を、組下から選んだ少年と少女が雄蝶《おちょう》雌蝶《めちょう》の提子《ひさげ》を捧げて清之進の前に進む。清之進は千代との間に置かれた三宝の上の三ツ盃の一番上の盃をとったのに、少年が提子《ひさげ》の酒をつぐ。酒を飲み干した盃は千代の手に渡る。細く白い指の手が盃を受けて、少年が酒をチョロッ、チョロッ、タラタラとついで満たした時、少年は赤塗りの盃に何か青く光るものを発見し、思わず千代の顔を見た。その刹那、千代の目が青くキラッと光った。盃を口に持って行く千代をのぞくと、口は耳の下まで裂けて真赤な舌が見えた。少年、少女はアッと叫んで提子を投げ出して後退する。

これに驚いた人々は思わず腰を浮かせた。盃事《さかづきごと》の始終を見詰めていた両家夫妻と仲人夫妻が、意外な事態に目を疑って千代の顔付を見る。すると千代の目は青く光る猫の目である。驚いて立ち上がると列席の人人も騒然となる。三左衛門もこんな事は有り得ないと思ったが、猫の妖怪と一瞬に悟り、

「己れは千代ではないっ。猫又《ねこまた》じゃ」

と叫び、腰刀に手をかけて片膝上

げた。

「化猫ッ」

という声と共に千代の胸目《め》がけて刀を突き刺した。千代の胸から白小袖を通して血が拡がって行くと共に、綿帽子と打掛をつけた何かの固まりが、颯《さつ》と天井に届く程飛び上がり、それが白い生き物の様に宙に浮いて拡がり、両袖・裾を振ってふわりと座敷の中央に落ちた。そしてその先に小犬大の灰黄色に黒斑のある尾が二つにわかれた猫が青い眼を光らせて、物凄い口を開けて四方を威嚇し、その侭《まま》暗い廊下を走って消えた。

千代は小袖の胸を血に染ませて、やがて前に突伏した。その姿は今迄の晴れ化粧の千代と異なって、痩せ衰え骸骨の様《よう》になった惨めな姿であった。

千代を刺した三左衛門は、前後の判断が付かず血刀《ちがたな》を下げて呆然としていた。婚儀は滅茶滅茶になり、

婿達や列席の客もうろたえて引き上げる。

木下家はこれで終《しまい》だ。三左衛門は混乱した頭の侭《まま》、覚悟をしたのか肩衣《かたぎぬ》をはね、両腕を懐に入れると熨《の》斗目《しめ》の小袖の胸を腹までくつろげ、腰刀を腹に刺して無念の形相で俯し、死んでいる千代に重なって呻《うめ》いた。

「おのれ、猫又め」

三左衛門は叫び乍《なが》ら、四辺《あたり》を見渡してから顔をガックリ俯せた。盛大な婚儀を一瞬にして壊してしまった責任と恥ずかしさで、自決するより他に方法が無かったのである。

こうして木下家は後継ぎ無きまま断絶し、城下町の評判となった。

其後《そのご》暫《しばら》くしてから近くの足柄山《あしがらやま》に時折山猫《やまねこ》が出て、旅人を襲うという噂が流れたがこれが千代の飼っていた山猫であろうか。しかし退治されたという話は聞かない。

【其の八】

羅城門《らじょうもん》の鬼

中太《ちゅうた》は、京洛《みやこ》の北方の十三石山と城山の中程の山林を開拓して炭焼業を営んでいた元助の仕事を受け継いで、親子・元助の四人の生活を支えていた。

中太親子は元は山窩《さんか》であった。父親太吉・母すみ、妹くみの四人家族で、西は長門《ながと》、周防《すおう》から東は上野《こうづけ》、武蔵《むさし》、相模《さがみ》、伊豆《いず》にかけての山々を渡り歩いて瀬降《せぶり》（仮の住居を作って宿泊する。また山窩言葉で泊まることもいう）し、その山林に生えている竹や藤蔓を採って箕《シャナヒデリ》や箒《ナデ》を作り、村や町に降りてそれを売って食料を得るという漂泊生活を送っていた。

山窩は、傀儡子《くぐつ》とも山男とも又鬼《マタギ》とも違う、古代からの山歩きの漂泊民である。日本の国家体制が整うと、その王化に浴す事を嫌って山奥に集団で逃げ込んだらしいが、次々と「王化にまつろわぬ者」として滅ぼされたり、帰順したりしてしまい、僅かに家族単位で諸地に孤立していた。土地に定住する事なく、その住居を逐《お》われると移動する。その伝統的生き方が全く原始的であった。

太吉を父親とする四人もそうして日本中の山中を移動して歩いた。山男や山賊《やまだち》のように人を襲って殺したり物を奪ったりしないのが山窩の道徳《モラル》である。逆に山賊にまで襲われて迫害を受ける事もあった。現に鈴鹿山で山賊に襲われた時は中太の妹くみが攫《さら》われ、親子三人が生命《いのち》からがら西方の山に逃げ込んだ。

それから西に移動しては瀬降ったが、食料を得る為の収入源である箕《ジャナヒデリ》作り、箒《ナデ》作りができず、渓《たに》川《がわ》で魚や山椒魚《さんしょううお》、そして野兎、栗《り》鼠《す》を捕らえて餓えをしのいだ。中々腰を落ち付けて瀬降る所が無く、遂に山城国の北方にたどり付いた。

　折りしも十一月の寒い頃で、葉の落ちた枯枝ばかりの山林では屋根を葺《ふ》く事もできない。冷たい大地に焚き火をして露天で夜を明かしたが、北風が吹き降ろして凍えると飢え死しそうであった。

　此辺《このあたり》に瀬降っている山窩がいればー夜の宿を頼めるが、山賊《やまだち》の小屋すら見当たらなかった。

　太吉親子三人は寒さと飢えに震えながら野垂れ死を覚悟して、この所《ところ》足が特に弱った母すみを励まして、道無き藪や山を登って行った。運悪く霙《みぞれ》交じりの雨に変わって了《しま》い、葉の落ちた林ということもって雨も避けられなかった。

　太吉が四辺を見廻すと樹立の続く先の方に屋根らしいものが見えて、何か薄蒼い煙が上がっているようだった。太吉は中太に、

「おい。あれを見ろ」

　といった。中太も指さされた方を見て、「あ、小屋がある」と歓喜の声を上げた。

　猟師の住む小屋か、又鬼《マタギ》の住む小屋かわからないが、此際《このさい》山窩の瀬降《せぶり》に泊まるという掟を捨ててもー夜の情《なさけ》に頼りたい。三人は精根尽きた躰《からだ》を励まして山林を抜け、山小屋風の建物に近付いた。

　霙の中を薄い煙が低く漂っている。それを見た丈《だけ》でも建物の中は暖気が満ちていそうだ。屋根は斜面に沿って細長い。炭焼小屋だった。

　中太は勇《ゆう》を鼓《こ》して小屋の戸を叩いた。

「おねげえでごぜいやす。山渡りの者ですが、この天候《ソラ》で瀬降が出来ず、凍え死に相《そう》なのでお助け下さんせ。一寸《ちょっと》の寝えで結構ですから、一夜のお情をかけて下さい」

　一寸の寝えとは山窩言葉で他人の小屋《ボウロウ》に寝る場合に、隅の方の壁に背をつけて膝頭を顎に付くように抱えて寝る時の表現で、膝頭と顎の距離をいう言葉である。

　戸が細目に開いて、六十歳位の皺だらけの老人の顔が覗いた。

「誰だ。あ。おめえら山窩だな。この寒さに瀬降る所が無くて迷い込んで来たのだな。仕方が無《ね》え。まあ入れ」

　と戸を開けた。小屋の中は別天地

の様《よう》に暖かく、土間の炉には火がちょろちょろ燃えていた。炭焼竈《すみやきかまど》の焚口からも焔《ほのお》が見えていた。今迄《いままで》の山窩《さんか》の瀬降から見たら極楽である。三人は感謝の念でいっぱいになった。

炉には鉄鍋が掛けてあり、何かを煮て湯気を上げている。

「有難うごぜえやす。御世話になりやす」

三人はオヅオズ隅の方に座った。

老人は、

「寒かったろう。遠慮せずに火の傍《そば》に寄りねえ」

と親切に言った。そして「腹が空いてるんだろう。おらの一人分しかねえが、すぐ炊《た》いてやるから、少しでも先に食え」とまで言って呉《く》れた。

山窩《さんか》の孤立した生活仲間と違って三人はしみじみとその情《なさけ》に感謝した。

元助という老人は、永年の一人暮らしに淋しかったのであろうか、太吉達に山窩の様子を色々尋ねたり、また炭焼の生活状況も話した。

元助は父の代から炭焼業であったが、今は一人で行なっている。いつ迄《まで》この仕事を続けていられるか先行きに心細かったという。出来上がった炭を俵に詰めて背負子《しょいご》にくくり付け、山を降りて京の町まで売りに行くのも、樹を伐って斧で割ったりして揃えて炭焼竈に詰めるのも骨が折れる様《よう》になってきたと話した。

色々話している内に、若い中太に目を付け、

「どうだい、この炭焼小屋をすっかり譲《ゆず》るから炭焼にならねえかい。一生山から山を渡り歩いて不安におびえているより、この際此所《ここ》に住んで炭焼きとなり、生活を安定させた方が良くはないかい。炭焼きは骨の折れる仕事だが、暮しは安定し、金を蓄めたら京の町におりて、人並みの生活をした方が良いのじゃあねえか。俺も親の代から炭焼きだったが、後継ぎがねえ。おめえは若いからいくらでも稼げる。どうだね」

意外な申出《もうしで》に太吉親子は驚いたが、話はすぐにまとまった。その代わり元助の面倒を見ることになった。

翌日から、元助は太吉と中太に、樹の伐り方から斧の使い方、炭焼竈に薪《たきぎ》の並べ方、火加減を指導した。

中太は若くて力があるからと、背負《しょい》子《ご》に炭を三俵積んで背負わせて山を降り、京の町に出て炭の売り方や御《お》顧客《とくい》を紹介したり、稼いだ金で米や食料品を需《もと》めて山に帰る事を教えた。

若い中太にとって、そんな労働は苦痛でなかった。人におびえながら暮らす山渡りの不安定な生活より、ずっと楽で張り合いがあった。

炭は京の公卿でも官人でも庶民でも必要品であり、特に冬には暖房用に欠かせない燃料であるからよく売れた。

こうした生き方もあったのだと中太は大いに悟った。僅かに箕《ジャナヒデリ》や箒《ナデ》を作って売っては山を移動して一生を終ってしまう山窩暮らしは、何と愚かな運命《さだめ》であったろうか。それに較べ、今は町の様子もわかり、人並みに人と接する事もできる。炭焼を続ければ、店を持って京の町に暮らすことも出来るし、嫁さえもら

える。山中の炭焼小屋も、元助と両親とそれぞれ四人が分担すれば無理なくやれるし、安穏な生活を営める。

中太は今日も張り切って背負子に炭俵を四俵も積んで山を降り、京の町を売り歩いていた。

丁度、其頃《そのころ》に山仕度をした逞《たくま》しい武士五人が炭焼小屋を発見して扉を叩いていた。

「この炭焼小屋はいつからあるのだ」

武士の頭分らしい者が厳しい調子でいった。元助が応対に出る。

「へい。親の代からやって居ります」

「この山は今度、堂前右膳様の領土となったのだが、前の領主の時の様《よう》に年貢を納めねばいかぬ。良いか」

元助は不思議相《そう》な顔をして、

「年貢と申しますと、一体何で?」

「愚か者、領主の所有している土地に住して生活している者は、皆、年貢を納めるのが当たり前じゃ」

「そんなもの今迄《いままで》に納めた事はありません」

「何だって？　領主所有の山の木を伐《き》って散々稼《かせ》いでいて、年貢も納めなかったのか。怪《け》しからん奴じゃ」

その時、太吉が口を出した。

「山は誰のものでもない。昔から天の神様が人に与えてくれたものじゃ。勝手に領主の所有とするのはおかしい」

「おのれら、何ていう事を言う奴じゃ。今迄に年貢も納めずに生活《くらし》おって、逆に文句をいうとは許せん奴じゃ」

「言う事を聞かねば、ここを引き払って立ち去れっ」

太吉が堪り兼ねて口を出した。

「わしは今迄、日本中の山を渡り歩いて住んだが、そんな事は一度も言われた事がねえ」

「何だ。貴様。山窩《さんか》か」

「おお。そうだ」

武士の頭《かしら》らしい者が怒鳴った。

「わからん奴は、斬れっ」

他の四人が太刀を抜いた。

「斬る気かっ」

太吉もむきになった。山を渡り歩く山窩上がりは、武士の恐ろしさを知らない。

太吉が山刀を抜いた途端、武士の一人が、太吉の肩を深々と斬りおろした。

「何も斬らなくてもっ」

と叫んだ元助も他の武士に斬られた。ひるむ母すみも斬られた。

「えい。面倒だ。炭焼小屋ごと燃して了《しま》え」

火が掛けられ、折角《せっかく》焼いている土竈も棒で叩き壊された。

その日も炭が全部売れ、望外の金が入ったので、中太は米や色々な食料を買って、背負子《しょいご》に入れ、両親や元助の満足する顔を想像しながら、馴れた山道を登って行った。

雑木林の隙間から上の方を見ると、煙が立ち登っている。炭焼の煙ではない。真逆《まさか》炭焼小屋が火事になったのではあるまいか。山窩は火に付いては随分と要心深い。

上の方から山仕度をした武士が五人程、杖をついて降りて来るのが見えた。中太は山窩であった頃の癖で、素早く傍《かたわら》の藪に身を隠したが、目ざとい武士達は直《す》ぐに声を掛けた。

「おい。そこに隠れた者。出て来いっ」

中太は恐る恐る立ち上がった。

「貴様。山賊《やまだち》か。炭焼か」

武士達は駆け下りて来た。

「へい。炭焼で……」

「未だ炭焼の片割れがいたぞ。斬れっ」

何で斬られねばならぬかわからない。突嗟《とっさ》に身の危険を感じて、後退《あとずさ》すると身を翻《ひるがえ》して逃げた。山走りは馴れている。断崖があったので飛び降り、森林を駆け抜けた。

追って来ないことがわかると、林の中を迂回《うかい》して炭焼小屋のある広場に出た。小屋はすっかり焼け落ちて、竈《かまど》ごと壊され原形をとどめない惨状《さんじょう》である。元助や両親の姿も見えない。

「おやじっ。おふくろっ」

と叫んだが、徒《いたず》らに木霊《こだま》する丈《だけ》である。未《ま》だ燻《くすぶ》っている焼け跡から刀の切り傷の残る三人の死骸が見付かった。失火ではない。先刻の武士達の仕業である。

何故こんな事をした。他人に迷惑もかけずに、静かに山の中に暮らしているだけなのに。何でこんな酷《むご》い事をするのか。

山窩であった時、瀬降《せぶり》で人目を避けた理由も此処《ここ》にある。世の中の人は山窩を警戒し嫌《きら》っているのだ。どんな危害を加えられるか知れないから、瀬降を見られると、山窩の民は急いで後始末をして移動するのだ。

然《しか》し今は違う。元助と同じく親の代から定住している様《よう》に、山渡りを止めて、世間の人と同じ様《よう》な生活《くらし》をしているのだ。それなのに何故……。

激しい憤《いきどお》りを感じた。涙を流し乍《なが》ら穴を掘って三人の遺骸を埋めるしかなかった。

中太は今後一人で瀬降らねばならぬ事に途方に暮れた。山の獣を捕らえて食っていける自信はあっても、たった一人の孤独には堪えられ相《そう》も無かった。

山窩であっても深い絆《きずな》で結ばれた親子四人であった。妹を山賊に奪われたが、炭焼元助と逢い一家団欒《だんらん》の安定した生活を得ることもできた。

また金を貯めて京の町に住み、他人に怯《おび》える事なく生活するという希望も持ったが、今では泡沫夢幻《ほうまつむげん》。つくづく自分の立場に悲哀を感じ、自分以外の者に憤《いきどお》りを感じた。

どうして自分は山窩《さんか》の子に生まれたのだろう。町には立派な邸《やしき》に住む公家や武家も居り、商売して安穏な生活をしている庶民もいる。何故、山窩や山で生活している者を人々は警戒し、時には敵視するのだろう。弱い立場の者を迫害するのは愉快かも知れぬが、迫害される側の事を考えた事はないのだろうか。

炭焼小屋を焼き払い、三人を殺して行った武士達の行為は決して許せない。いや、いまの世の中に存在するすべての武士や領土を主張する階級の者すべてが許せない。

三人を殺した武士達には必ず復讐してやる。復讐してやる……。

今迄《いままで》の山窩のように人目を避けて山渡りしないで、堂々と社会に対して挑戦してやる。復讐のためには躊躇《ちゅうちょ》しないで山賊《やまだち》にも野盗にもなれる。

それから京の町を夜歩いている武士がよく殺され、物を奪われる事件が起こるようになった。大抵、棒状のもので後頭部を撲《なぐ》り砕かれ即死であった。いつ忍び寄ったか気付かれぬ内に、後から首を絞められ物を奪われて殺された商人もいた。検非《けび》違使《いし》の庁は犯人探しに躍起《やっき》となったが、手掛かりはつかめなかった。

その頃、中太は瓢箪崩山《ひょうたくずれやま》の洞窟に一人で住んでいた。馬借《ばしゃく》（馬を用いて荷物を運ぶ仕事を請け負っている労働者）から奪った馬に乗って夜な夜な、中太は町を駆け抜け山路を走った。

中太は、盗んだ太刀、刀、衣類を街に売りに出て食料を得ていた。なかには粗末な人相の悪い者が似合わしくない太刀や衣類を売りに来るので、怪しいと感じて、秘かに使いの者を検非違使の庁に走らせる商人もいた。すると中太は動物的感覚で危険を覚り、検非違使の随兵が馳け付ける前に、遠くへと逃げ去った。

或《あ》る日、山の洞窟から焚き火の煙が洩れているので四、五人の山窩が訪ねて頼って来た。中太は元助の炭焼小屋を訪ねて宿泊の情にあずかった事を想いだした。

「おめえら、一寸《ちょっと》の寝え、五寸の寝えの仁義を守ることはねえ。もっと火の傍《そば》によって充分に暖《あた》りな。それより俺の仕事を手伝ってくれぬか」

「仕事って何だ」

「時々町へ降りて、豊かな家に押し入ってモノを奪って来るのだ」

「何、それでは盗賊でねえか」

「そうだ。そうしなければ俺達は食っていけない」

「それは山窩の掟《おきて》に反する」

「俺達は、いつも世間の目を恐れて山から山へと移って生きてきたが、こんな馬鹿なことは無え。俺達だって生きて行く為にはどんな事でもしなければならない」

「だけど、町や山の人々に迷惑をかけては山窩の仁義に外れるだ」

「俺も初めはそう思っていた。だが山窩はいつも賤しめられ、町の人から嫌われてきた。それで俺は炭焼きになった。然《しか》し他人の土地で勝手に炭を焼いていると言われて小屋は焼かれ、親も殺された。こうした目に遭ってまでも俺達は生きていかねばならぬのか。同じ人間で俺達だけがいつもひどい目に遭う世の中なんて無くたっていいのだ」

相手の山窩達も、そのような不満は常に持っていた。

「それはそうだ」

「俺達を下げすみ、立派な邸《やしき》に住んで偉張《いば》っている奴等に復讐してやる。貧しい者からは盗ってはならない。豊かな奴だけを狙うのだ。これが俺の掟だ。公卿だの武士だのは俺たちの敵だ。殺してもかまわない」

「よし手伝おう」

皆が賛同した。それ以来、頭目になった中太は皆を従え、夕刻になると山を降り、夜陰《やいん》に紛《まぎ》れて裕福な邸に押し入っては略奪を繰り返した。山窩達は松明《たいまつ》を焚かなくとも闇で目が利いた。山渡りした連中だから行動も早かった。

当時の京は、日本一の街で、あらゆる行政の中心地であったが、中太達の様《よう》に不満の多い流民化した貧民や逃亡した犯罪人などによる盗賊団が横行していた。これを人々は百鬼夜行《ひゃっきやぎょう》といって恐れていた。公卿や大身の武家は警固の武士達を雇って備えていたし、宮廷も諸門や辻に篝火《かがりび》を焚いて警戒していた。そのため富裕な商人の家が多く狙われた。野盗となった中太達の復讐心はますます激化し、襲われた所は皆殺しになっていた。

検非違使《けびいし》の庁は、通報を受けても直ぐに出動できなかった。あまりにも諸方に盗賊団が出没するので、手が廻らなかったと共《とも》に、その猛威に恐れていたのである。然《しか》し、諸方に密偵《いぬ》として放たれていた放免《ほうべん》（軽犯罪の者を免して、犯罪者捜索に用いる手先）から、京の北方の瓢箪崩山《ひょうたくずれやま》の洞窟に、盗賊の一団がいる事を突き留めた。

その頃、中太の配下には小集団の盗賊が集まって来ていて三十人程になっていた。世の中に不満を持つ貧しい者や無法者《アウトロー》ばかりで、節操を失って残虐を物ともしない連中である。時には婦女迄《まで》略奪して凌辱することもあった。

瓢箪崩山には、鬼が棲んでいると京洛《みやこ》では有名になった。

完全に理性を失った中太にとっては、これが世の中に対する復讐だった。奪った物が増えるのに満足し、掘立小屋を幾つも作り、柵を廻らし山塞《さんさい》を築いた。

瓢箪崩山の鬼退治の勅命が、検非違使の尉《じょう》藤原実通《さねみち》に下った。実通は随兵《ずいひょう》二十騎、それの下部《しもべ》四十人、衛門府からの応援の舎人《とねり》三十人を引率して向った。山路に入ると馬は使えない。全員徒歩で山路を進んだ。

中太の方でも、いずれ討伐軍が来るであろうと、崖以外は柵を廻らして待っていた。

実通は謀《はかりごと》を廻らして、柵の外側から火を付けたので山賊達は狼《ろう》狽《ばい》した。統制のとれていない山賊たちは焔を越えて斬って出たが、武士団には適わず、煙に噎《むせ》せてあちらこちで斬り倒された。中太はこの有様に大いに怒り、これが自分の最後だと悟って、太い樫の木で作った金砕《かなさい》棒《ぼう》を振り廻して暴れた。その形相《ぎょうそう》は正《まさ》に鬼の様《よう》であったが、矢の集中攻撃を浴びて遂《つい》に斃《たお》れた。

直《ただ》ちに随兵が馳け寄って来て、鬼の形相をした中太の首を掻いた。目を怒らした侭《まま》で、顔は髭だらけで、口は裂けたかと思う計《ばか》りに大きく開いていた。

「鬼の首を取ったぞーっ」

随兵は叫んだ。中太の首は打板《うちいた》に載せられ、下部《しもべ》に担がれて山を降りた。

瓢箪崩山の鬼を退治したと宣伝され、軍兵はその首を誇示して都大路を練り歩き、やがて西の獄の棟門《むねもん》の懸魚《げぎょ》の所に懸《かけ》て晒《さら》した。

怒った侭《まま》の形相の中太の首は、なかなか腐らなかった。

「あれが京洛《みやこ》を荒らした鬼の首か」

人々は恐れて見上げた。

やがて中太の首は腐乱し、骸骨が大きく口を開けた。ついには紐が外れて下に落ちた。西の獄の下部がそれを拾って賀茂川の河原に捨てた。

頭骸骨は、虚《うつ》ろな大きい目を開け、下顎は耳の下まで裂けていて、普通の頭骸骨より恐ろしい表情であったので人々も近付かなかった。

それから暫《しばら》くすると京洛の正面入口の羅城門《らじょうもん》に鬼が現れて、人を襲って食うという噂が流れた。遭遇した人の話によると、丁度、地獄変相図に描かれている地獄の獄卒《ごくそつ》の鬼の様《よう》な姿の蒼黒い裸体で、鉄の金《かな》砕棒《さいぼう》を持ち、通行の武士を見ると一撃で斃《たお》したという。

鬼とは中国でも人の怨霊《おんりょう》の事であるといわれているが、羅城門の鬼は恐らく万斛《ばんこく》の怨みを抱いて死んだ中太の怨霊だったかも知れない。

怨霊だとすると、如何《いか》に勇敢な武士でも退治する事はできない。

都の南門に当たる羅城門は人々が恐れて、暗くなると人々は出入りしなくなったし、衛士《えじ》も嫌がってやがて無人の門となった。

二つ髪の女

理恵《りえ》は甲斐国の山村から売られて来た遊女であった。鄙《ひな》には稀《まれ》なという言葉通り、頗《すこぶ》る美貌であったので女衒《ぜげん》（人買いで女性を遊女に売り込む職業）に買い取られ、江戸は吉原の梅川楼という大籬《おおまがき》（大店）に売られた。

梅川楼の主人は理恵を見て、これはお職《しょく》（その店の代表的遊女）になるぞと、僅か十二歳でも高価で買取り、店の看板花魁《おいらん》の花川太夫《はなかわだゆう》の禿《かむろ》役に付けて厳しい躾《しつけ》をした。そして十三、四歳頃から花川付属の新造《しんぞ》として琴・三味線・踊りから礼儀作法まで仕込んだ。色里で磨かれた美貌はいよいよ冴えて、花川花魁を買う客の中には理恵に好色相な目で眺め、ややもすると手を出さんばかりの状態であった。

そこで抱え主も、十六歳の時に十八歳と偽って一本立の花魁に仕立てようとした。

新造でも姉遊女が許せば客を取れる事もあるが、何しろ吉原随一の美少女と評判になった理恵である。お職、花魁でなくて客を取らせる事は将来の人気に関わるので、花川花魁や遣手《やりて》と相談した上で、年を偽って一本立にする事にきめたのだ。抱え主としては一年も早く稼がせることにもなる。

花川花魁から離れて一本立になるには部屋も別に与えねばならぬし、水揚《みずあげ》といって最初に手をつける客を選ばねばならない。水揚料は莫大な金がかかるので、水揚は大抵大金持の旦那衆にお願いするのが慣《ならい》だった。

花魁と客用の豪華な夜具、部屋の調度品から煙草盆、絹張《きぬばり》の丸行燈《あんどん》から、花魁の衣装一切、化粧道具から髪飾り、つまり花魁道中に用いる一切の道具と、禿の衣装のほかに新しく付けられた新造、禿の衣装のほかに御披露《おひろ》目《め》の御祝儀《ごしゅうぎ》等、旦那になるのには並大抵の費用ではない。尾張屋金兵衛は札差としては名代の金持だった。過去に三回も水揚した事が自慢の好色旦那であったが、理恵の一本立ちを梅川楼から相談されると、好き相《そう》な脂《あぶら》ぎった顔を綻《ほころ》ばせた。

「よし。わしが水揚《みずあげ》をしてやる。ところで理恵のお職名は何とつけた」

「はい。先代の飛鳥《あすか》太夫が、吉原の歴史に残る程でしたから、その名蹟を継がして二代目飛鳥太夫としたいと思います」

「飛鳥太夫か。良い名だ。初代に劣らぬ美女だから、わしが廓中をあっと言わせる程の立派な披露目《ひろめ》をしてやる」

こうして理恵は、二代目飛鳥太夫として御披露目される当日となった。

梅川楼の大広間には先輩花魁はじめ付属の女から遣手《やりて》、主人夫婦に、三味線、太鼓の芸人、末社《まっしゃ》連中が居並《いなら》び、豪華な膳が並べられて賑やかに始まった。床の間を背にした上座には、尾張屋金兵衛が金に糸目をつけず費用をかけた理恵の飛鳥太夫が恥ずかしげにうつ向いて座し、その隣に如何にも鷹揚相《おうようそう》な金兵衛が片手を懐に入れて胸を反らし得意相《そう》ににやにやして一座を見廻していた。

夫婦《めおと》の固めの様《よう》な盃事《さかずきごと》が済み、音曲の囃しで一座は賑やかさを増し、往来の素見《ひやかし》客が一杯集まって浦山《うらやま》しがらせる程であった。

祝儀は充分ばら撒《ま》いた。早く飛鳥太夫の味見をしたくて、年配の癖に金兵衛は廓の掟《しきたり》に焦々《じりじり》していた。

この弁天様の像にも見られないほどの初々しい美女の初物を開眼、味見するのは金のあるわしだからこそできるのだと自惚《うぬぼ》れ乍《なが》ら、態《わざ》と鷹《おう》揚《よう》に振舞っていたが、内心は一刻も早く床入りして充分に一夜の楽しみを味わいたいと気持が昂《たかぶ》っていた。

やがて遣手が立ち上がって飛鳥太夫の手をとって廊下に出た。その後に新造《しんぞ》、禿《かむろ》が続く。もう一人の遣手が金兵衛を促した。

飛鳥太夫の与えられた部屋は三部屋で、金兵衛が金にあかして贈った調度品で一杯の部屋、次が客と寝る

部屋、奥が新造《しんぞ》、禿《かむろ》の寝る部屋である。金兵衛が部屋に入ると、飛鳥太夫は両手をついて、

「宜しく今後共御願い致します」

と挨拶をして、遣手《やりて》の手で打掛《うちかけ》、帯を解いた。金兵衛はすでに豪華な掛蒲団をはねて敷蒲団の上に胡坐《あぐら》をかいて煙草をふかせている。

新造、禿達が手伝って飛鳥太夫や金兵衛の衣装を丁寧に畳《たた》んで次の間に引き下がる。遣手は長襦袢《ながじゅばん》と緋《ひ》縮緬《ちりめん》の湯文字《ゆもじ》姿になった飛鳥太夫を蒲団《ふとん》に寝かし付けた。以降、毎夜の様《よう》に男に接する仕事が続くのだと思うと飛鳥は自然と身体が震えて固くなった。金兵衛は目で遣手に合図して去らせる。絹張《きぬばり》の丸行燈《あんどん》が飛鳥には眩しくて目を閉じた。

「これから、わしが太夫の後楯となってやるからな」

金兵衛は近寄ったが、

「わしは、他人と変わった趣味があってな。それをやらせてもらうよ」

と懐《ふところ》からおもむろに布で包んだものを出して拡げた。剃刀《かみそり》だった。

「わしはこれで三度水揚さしたが、その記念にその女の毛を剃らせてもらい、それを蒐集《あつめ》る趣味を持っているから、太夫のも剃らせてもらうよ」

そう言うと金兵衛は、片手で長襦袢と緋縮緬の裾を割って下腹迄露出させた。内風呂で梅川楼中の女性の裸体や、姉花魁であった花川の下半身は見馴れていたが、自分がこれから破瓜《はか》される為に露出させる事は堪らなく恥ずかしかった。

「ほう。可愛い若草じゃ。矢張《やは》り処女《むすめ》は普通の女郎とは違う」

といい乍《なが》ら、手で下腹の叢《くさむら》を撫ぜ、つまんだりし、その下の白いふっくらした岡に挟まれた一筋の凹みの線を指でまさぐった。飛鳥はビクッと震えた。

金兵衛は左指に唾をつけて剃刀で叢を剃り始めた。黒い丸い叢は八日月形になり、半月形になり、やがてそこは白いふっくらした肌となった。金兵衛は剃った毛を拡げた懐紙《かいし》に置き、こぼれた毛まで端念《たんねん》に摘んで集めると、懐紙を畳んで、大事相《そう》に財布に入れた。そしてつるつるになったあたりを指先で楽しむようにしてから、下の割目に指を入れ、興奮

の極致になって飛鳥の身体に重なった。

飛鳥は初めて女になる時は皆こうされるのかと思った。後で手を下腹にやるとまるで子供の様《よう》に滑らかで、その辺りを撫ぜると妙に興奮した。ただ、姉遊女達と内風呂に入った時に、皆その部分は黒い毛の叢《くさむら》になっているが、自分だけつるつるになっているのは恥ずかしかった。

金兵衛は翌日も居続けして愛撫してくれ、いろんな技巧を使って快感を教授してくれた。

三日程経《た》つと剃られたあたりが少しざらついた手ざわりになった。その触感はまた刺激になった。尾張屋金兵衛が水揚したというので、飛鳥を指名する客が直《す》ぐについた。

江戸時代中期頃の『吉原細見《よしわらさいけん》』という刷物《すりもの》では、その楼《ろう》の太夫は銀九十目（匁《もんめ》）、金にして一両二分であるから一晩の揚代は当時としては高価であった。

料理などを取り寄せると、普通の飲食店より高い金一分、纏頭《はな》（チップ）を与えたりすると二両以上かかる。貧乏人一人の一年分位の米の値段が一夜で消えてしまうのであるから、並の客ではお職《しょく》（太夫級）は買えない。

お職、花魁になると客に指名された日から客に身体《からだ》をまかせない。これは廓の勿体《もったい》つけた掟《おきて》で、初めての客は揚代《あげだい》を払っても、「初会《しょかい》」といって、酒肴を出して話したりして終ってしまう。客の資産、金放れの良いかどうかを見る為と花魁の権威付けである。二回目に登楼するのを、「裏を返す」といって、やや親しくなるが未だ身体はまかせない。三度目になると熱心に恋い慕って来る客と見定めて「馴染《なじみ》」といい、太夫との比翼紋《ひよくもん》を描いた箸袋《はしぶくろ》を用意し、それ以降は身体を許すのであるが、これ迄に最低十両はかかり、金払いの良い客は二十両も三十両も振舞って上客の振《ふり》をする。従ってお職、花魁を買うのには並大抵の客では手が出ない。それでも吉原廓《くるわ》の超一流の花魁を情人《かち》に持つという事は自慢の種であるから、飛鳥太夫にはかなりの客が付き、遣手婆《やりてばばあ》はその割り振りに苦労するくらいであった。

金兵衛に剃られた部分の毛は、春の若草の芽のように生え始め、未だ男を知らぬ少女の様《よう》であるから、接した客は喜んだ。

十日程も経《た》つと五分（約一・五センチ）程も伸びたので、客は下腹への刺激となったり、その毛を撫ぜて興奮した。

一月《ひとつき》程経つと約三寸（約十センチ）程になり、元通り以上の毛並となって秘部を隠した。

所《ところ》が男の精が付いて発育が良くなったのか、二月《ふたつき》程経つと六寸程（約十八センチ）にも伸びてきた。此所《このところ》の毛は男女が合歓する時に絡《から》まって時には毛切れといって外傷を与え黴菌《ばいきん》が付着するおそれがあるので、女性の長目の毛は危険であった。此所の毛は秘部に興味をそそるほどにこんもり茂った叢《くさむら》であればいいので、長い場合には鋏《はさみ》で剪《き》り揃えるか、内風呂の流し場の隅にある大小二個の毛切石《けきりいし》で叩いて剪り揃えるのが慣《ならわし》であった。所《ところ》が、遣手《やりて》がそれを教えなかったのか、客が飛鳥太夫の下腹をまさぐる愛撫を楽しむ為だったのか、飛鳥太夫はそこの整毛をしなかった。

三月《みつき》も経つとそこの毛は七寸程（約二十センチ）になり、秘部を覆うばかりか、ももの中程まで長くなった。髪の毛の様《よう》に直毛であったので、客は指でそれを左右に分けて、その下の部分をまさぐる楽しみがあって好まれていた。そのため飛鳥太夫は毛を剪る事もしなかったし、気が付いた遣手婆も、これを名物として売り出す為に剪《き》らせなかった。

その毛はどんどん伸び、一年も経つと足許に届く程になった。こうなると髪の毛のようにその毛がいとおしくなって尚更剪れなくなった。梅川楼の名物花魁として楼主も遣手も剪らせないばかりか、反って椿油などをつけて櫛で梳《と》かして、真直《まっすぐ》な黒い艶のある見事な毛として毎日手入された。

やがて緋縮緬《ひぢりめん》の湯文字《ゆもじ》の裾から毛がはみ出たが、まるで、宮中の女官の盛装の折の髪の毛のように引き擦る程優美であった。

内風呂に入ると白い肉体のまわりに藻の様《よう》に浮き上がって、人魚の如《ごと》くに見えた。

飛鳥太夫は江戸中の評判になり、喜久川善麿《きくがわよしまろ》が『北国美人競《ほっこくびじんくら》べ』（北国とは、吉原遊郭が江戸城の北にある一廓ということを意味する）の中に飛鳥花魁を大首絵《おおくびえ》で描いて「二つ髪の女」として五枚物の一枚に載ったので余《よ》慶《けい》有名になり、こうした変わった女性を一度抱いて見たいという客が益々《ますます》増えて、梅川楼の主《あるじ》は頗《すこぶ》るもうけ、見付外《みつけそと》の浅草橋に別荘を持つ程裕福になった。

毛長遊女は福の神であるとして大事に扱われる。普通新造は二人位つけるのであるが、飛鳥太夫の場合には三人もつけて権勢を誇った。但し妹分の新造《しんぞ》、禿《かむろ》の衣装一切の費用は飛鳥太夫の負担になるのである。

上野山下に駿河屋という金物問屋があった。南部藩や出雲藩の鉄材や金物細工を一手に引き受ける裕福な商人であった。そこの息子の虎太郎《とらたろう》は放蕩《どら》太郎といわれる程の遊び好きで、一流とまではいかぬが吉原の中級女郎や岡場所女郎の間では浮名を流した男であった。大した男振りでもないし気腑《きっぷ》の良い方ではないが、喜久川善麿の『北国美人競べ』で飛鳥太夫の大首絵に注目し、「二つ髪の女」の評判に俺も是非この女を抱いて確かめて見たいという野心を持った。

番頭を威《おど》して店の金を十両位胡《ご》麻化《まか》すのは何でもない。虎太郎は梅川楼に登楼《あがっ》て、「初会」「裏を返す」「馴染み」となって、やっと憧《あこが》れの飛鳥太夫と床《とこ》を共にした。

慌《あわただ》しく長襦袢《ながじゅばん》や緋縮緬《ひぢりめん》の裾を割って手を下腹部に這わせた。そして、そこにある、髪の毛ではないかと思われる程に見事な毛が白い下肢の両側に渦巻いているのを見て、狂喜した。下腹部に手をまさぐって左右に分ける手触りの良さにも増して、これから愛歓《あいかん》する目的の部分を見た喜びに、虎太郎は夢中になって獅《し》噛《が》み付いた。

到頭《とうとう》念願の想いが叶えられる。悪友達の手の届かない相手を征服したのだという満足感と、格子《こうし》女郎や散《さん》茶《ちゃ》級の女性とは全く違うと感じながら虎太郎は夢中になって行為を繰り返した。

飛鳥太夫にとっては唯《ただ》色欲だけで情緒もない嫌な相手であるが、莫大な借金を背負う「憂《う》き川竹の勤め」の我身を思い、客の需《もと》めを拒否することは、尾張屋金兵衛に水揚げされて以来あきらめている。

じっと目を閉じてされるが侭《まま》にさせていた。感情が拒否しても肉体が絶頂に達すると頭が空白になり、相手の好嫌《すききらい》すら忘却してしまう。滅多に買える相手でないから虎太郎は労れ切るまで挑んで来るのだ。やっと終って虎太郎は飛鳥太夫と列んで仰向になった。

「花魁《おいらん》、一つ頼みがある」

「何でありんす?」

「太夫のあすこの毛を三本頒《わ》けてくれねえか」

「嫌でありんす。あれは売物ではありんせん」

「たつて頼むのだ。こんな良い思いをした思い出に、記念に欲しいのだ」

「あちきは身を売っても、毛までは売りんせん」

「そこを何とか頼《たの》むんだ。お守《まも》りとして大事にするから、な、頼む」

飛鳥太夫には虎太郎の肚《はら》の底が見えていた。飛鳥太夫と寝たという自慢の証拠にしたいのであろう。虎太郎は起上がって下腹に指先を這わせ、艶々した毛を数本絡《から》めてぐっと引き抜いた。

「痛いっ。何てことをしなんす。もう二度と来ないでくんなまし」

虎太郎はその毛を拡げた二本指に輪のように巻いて、「もらったぜ」といって懐紙に包んで財布に入れた。

もう一人飛鳥太夫に憧れている青年がいた。御成街道の紙問屋の息子、近江屋龍吉《りょうきち》である。友達に女遊びを誘われても内気で滅多《めった》に同行しない温順《おとな》しい好青年だった。

その日も、友達がからかい半分に龍吉を吉原の素見《ひやかし》に誘った。

丁度飛鳥太夫《あすかだゆう》の花魁《おいらん》道中の行事の日で、仲の町の街並の桜が満開で、各楼から洩れる灯りや雪洞《ぼんぼり》に映《は》えて、唯《ただ》でさえ遣瀬《やるせ》なく浮々した夕暮であったから、飛鳥太夫を一目見たいという人々で道の両側は一杯であった。

やがて彼方から、シャンシャン

と金棒で突く音が聞こえ、暗い中を華やかな集団が近付いて来た。先頭に立つ金棒曳《かなぼうひ》きは髷《まげ》を畳んだ豆しぼり模様の手拭《てぬぐい》で包んだ若い男で、紺地に白抜の吉原繋ぎに梅川楼の紋を染め抜いた半纏《はんてん》を羽織り、竪縞《たてじま》の短い帯を前にキリリと緊め、紺股引に白足袋、白鼻緒の雪駄《せった》のイナセな姿である。

　次に縞物着流しの粋な男衆が、梅川楼の紋を画いた箱提灯を持っている。花簪《はなかんざし》にピラピラをつけた島田髷の華麗な揃い模様の衣装をまとった新造《しんぞ》三人もいる。

　龍吉は群衆に混じって、この一行を待って見詰めていた。

　しばらくすると、横兵庫髷《よこひょうごまげ》に、花簪、鼈甲《べっこう》の櫛、笄《こうがい》、縹《はなだ》色に金糸銀糸で孔雀《くじゃく》を刺繍した帯を前結びして垂れ、紅の縮緬《ちりめん》唐草模様の小袖、繻子《しゅす》に牡丹と笹をあしらった刺繍の打掛《うちかけ》つけて褄《つま》を取った隙間から覗く緋縮緬《ひぢりめん》の湯文字《ゆもじ》、その下の白い素足が黒漆塗の三本歯高下駄《たかげた》を履き、内八方に静々《しずしず》と歩いて来る飛鳥太夫の面貌《おもえり》のさまは、華麗という言葉以外では尽くせなかった。然《しか》し龍吉が目を奪われたのは、その扮装《いでたち》ではなく、重い髪飾りに堪えるように、首を前方に向けたままの大夫の顔であった。

　此《こ》の世の女性であるのかと思う程美しく、龍吉は唯《ただ》呆然と眺めていた。これがあの有名な飛鳥太夫なのか。錦絵《にしきえ》の一枚絵など遥かに及ばない美貌で静々と歩いてくる。

　魂を天外に飛ばすという俗っぽい表現通り、龍吉は息を呑んでその動きを見ていた。

　振袖口に鈴と房をつけた禿《かむろ》二人、男衆が両手を背後に廻して長柄傘《ながえがさ》をさしかけ、遣手《やりて》、男衆があとに続いたが、そんなものは邪魔な存在でしかなかった。

群衆の感嘆と羨望《せんぼう》の眼《まなこ》に見送られ、次々とお職《しょく》と呼ばれる花魁《おいらん》が通ったが、龍吉には、飛鳥太夫以外は目に入らなかった。こんなに美しい人は見た事が無い。同じ人間だろうか。間近で見て初めて美しさを知った。この女性を妻としたい。龍吉は友と別れ、願望と傷心の思いを抱いて浅草田圃《たんぼ》を横切り御成街道の家に戻った。

龍吉の物思いにふける態度は両親にも覚《さと》られるところとなった。母親に訊かれて龍吉は正直に飛鳥太夫に対する恋慕の情を喋った。

「それは江戸中の男が惚れる程の有名な花魁だから、お前が惚れるのは当たり前だよ」

母親は頷《うなず》き理解を示してくれた。

「然し、あの花魁だけは嫁には出来ないよ。あの花魁を落籍《ひか》せるには千両以上の身受け金がかかるんだよ。とても家の身代ではあの女を落籍せる余裕は無い。あきらめなさい」

「わたしも、それは無理だと承知して居ります。だけど、ああした美しい女と一緒に暮らせたらいいと思います。また世の中にはああした女を自由にする人がいるかと思うと口惜しくなります」

「お前の若い一途な気持はよくわかる。誰でも美しいものは美しいと思う。それは当たり前のことだよ」

と同情して呉《く》れた。すると父親が、

「よし。それ程慕うなら、その飛鳥太夫に二度だけ逢わせてやろう。二度だけだぞ。あとはあきらめて家業に励み、家を継いでくれ。約束できるか」

といった。父親の言葉に龍吉は感謝した。どう考えたって無理な事であるのを叱りもせず、逢う機会を与えてやるという。許してくれたのであるから二度だけ逢って、キッパリあきらめよう。父親が十両の金をくれたので、龍吉は梅川楼に行き、日を打合せて登楼した。

初会の夜は酒食を共にした丈《だけ》であるが、見れば見る程美しく、あしらいもうっとりするくらいであった。帰り際に、

「わしは実は太夫の事で恋い悩んだのを両親に知られ、かなわぬ恋と思っていた所《ところ》、二度だけ通って良いと十両の金をもらった。あと一回

だけ逢うことが出来るが、馴染にならなければ太夫を抱く事はできない。淋しいが、これも一生の思い出としてあきらめる積もりだ」

「主《ぬし》の気持は今宵御逢いしてよくわかりんした。あちきも主と一緒になりたい気持でありんすが、自由にならない身の上、せめて次の逢瀬だけでも一生の思い出にしたいと思ってありんす」

龍吉は翌日再び登楼した。これが最後である。一般にいう「裏を返す」という段階で、未だ肌に触ることができない。

何故三回目の逢瀬の馴染として肌を許すまでの事を許可しないで、二回だけ逢って良いと父親は言ったのか。反《かえ》って未練が増す丈《だけ》ではないか。龍吉は飛鳥太夫に逢っているだけ余《よ》慶《けい》に苦悩が増すように思えた。

所《ところ》が、「主の御気持はよくわかりんす。今宵は主さんと床を共にする積もりでありんす」と飛鳥太夫に言われて驚いた。

「本当か。本当に一緒に寝る事が出来るのか」

「あい」

飛鳥太夫は優しいまなざしで龍吉を見詰めた。花魁《おいらん》の気持次第で稀に裏を返すという二度目の逢瀬に身体を許すこともある。これを「裏馴《うらな》染《じみ》」というが、飛鳥太夫は遣手《やりて》その他に言い含めて一切の手筈《てはず》を整えたらしい。龍吉の純情に心を打たれたのである。

龍吉は夢の様《よう》であった。飛鳥太夫は龍吉の手を執って蒲団《ふとん》の中に入ると、生《う》ぶな青年を指導する様《よう》に、龍吉に肌を触れさせ、交わりの仕方を教え、そして龍吉と同じく佳境に入った。龍吉も夢中になって飛鳥太夫の下腹の毛を分けて、その驚くべき長い毛を指で愛撫した。その夜、龍吉と飛鳥太夫は暁方《あけがた》まで睦《むつ》み合った。夢の様《よう》な満足感からさめて、これが絹々《きぬぎぬ》の別れであった。

「わちきの事は思い出にしてくんなまし。これを遺品《かたみ》と思って、受けてくんなまし」

飛鳥太夫が龍吉に渡したのは、艶やかな長い下腹の毛を五本ばかり輪にして、懐紙に包んだものであった。

「有難う。一生の良い思い出になった。わたしもこれから家業に励み、折があったらまた太夫と逢おう」

龍吉は感激して戻った。

金物問屋の放蕩《どら》（虎）太郎は飛鳥太夫を買ったという証拠が欲しくて登楼し、強引に飛鳥太夫の毛をむしり取ったが、日頃遊びに行くのは吉原でも散茶《さんちゃ》女郎か岡場所の安女郎であった。

「おれはおめえ達相手に遊ぶ客とは、わけが違うんだ。梅川楼の飛鳥太夫がおれの情人だ。見ろ、これが飛鳥太夫の毛だ。どうでい、毛の色からして違うだろう。背丈ぐれえ長い貴重な毛だ」

といって懐紙に包んだ巻毛を見せびらかした。

女郎達は陰口をきいた。

「あれは飛鳥太夫のあすこの毛だっていうが、怪しいもんだ。きっと宿場の飯盛女の髪の毛だよ」

放蕩太郎は相手を選ばずの好色漢であったので、ついに梅毒に犯されて自慢の逸物が用に立たなくなった。

ある藪医者が言った。

「それを治すには女の陰毛を三本燃やして、その灰を飲めば治癒する」

漁村などで毒の棘《とげ》のある魚に刺されて苦しんだ時に、この方法をとると治るという俗信に過ぎなかったが、放蕩太郎はこれを信じた。有名な飛鳥太夫の特別長い毛である。勿体ないがこれを焼いて飲めば治るであろう。放蕩太郎は自慢の秘蔵の飛鳥太夫の毛を焼いて、その灰を飲んだ。

勿論《もちろん》そんな事で効《き》く筈《はず》はなく、自慢のモノが腐った様《よう》になって落ちたばかりでなく、鼻も崩れ、やがて脳梅毒となって狂って死んだ。

寛政二（一七九〇）年の山東京伝の『錦の袋』にも、女郎の陰毛が梅毒に効くというのは低俗な迷信と嘲《あざけ》って、
三すじだけが大わらいなり
と川柳が詠まれている。

飛鳥太夫の働きで、梅川楼は随分豊かになったにもかかわらず、もっと働かせようと廻《まわ》しをとる事を強制した。廻しとは幾部屋かに分けて登楼させた客の所を、順に廻って稼がせることである。普通、太夫とい

われるお職《しょく》の花魁には権威上させないのであるが、欲の深い楼主は、飛鳥太夫にそれを強制したのである。

　また妹分の新造《しんぞ》、禿《かむろ》の年中行事一切の費用も飛鳥太夫の負担とされるので借金は多くなり、身受けの話があっても楼主が法外の値をいうので落籍《ひか》せる者も無かった。

　有名な遊女だけに廻しをとるということがわかると毎晩多くの客の指名があるので、飛鳥太夫は次第に衰弱して行った。力の無い咳《せき》をし、白い肌に椀《わん》を伏せた様《よう》な胸は痩せ、肋骨が見える程になった。下腹の毛の長いのを見たさに集まる客も「あれは労咳《ろうがい》（肺結核）だ。伝染《うつ》るぜ」といって近付かなくなった。

　太夫様とたてまつられても、働きが悪くなると待遇も冷酷になる。

　飛鳥太夫が寝込む様になると、楼主は飛鳥太夫を奥の隅の行燈《あんどん》部屋（多数の行燈をしまって置く部屋）に押込め、医者の費用すら惜しんだ。妹分の新造、禿が気の毒に思って面倒見るが、労咳は不治の病。楼主は冷酷であった。新造の古参を一本立の花魁として、又、金持商人に水揚させて旦那とした。

　あれ程名声を博した飛鳥太夫は厄介者にされて粥《かゆ》すら与えられず、妹分であった新造達が、こっそり面倒を見るだけだった。そして飛鳥太夫は楼主を恨みつつ死んだ。

　遊郭で死んだ遊女の扱いは酷《こく》であった。

　遊郭の主人を「忘八《ぼうはち》」というのは、八つの人倫「孝悌忠信礼義廉恥《こうていちゅうしんれいぎれんち》」を忘れた者でなければ、こうした悪どい稼業はできないというところから付けられた仇名《あだな》であるが、遊女が病死すると人並みの葬礼は行なわず、夜中に投込寺の門前に棺桶を置いて去るのである。吉原の投込寺は三輪《みのわ》の浄閑寺《じょうかんじ》である。ここで無縁仏となるのである。飛鳥太夫もこの寺の投込穴に葬られた。

　それから数日後のことである。梅川楼は相不変《あいかわらず》繁昌していて、飛鳥太夫の居た部屋も次の花魁が使用していた。登楼した客の部屋は広い廊下を挟んで、皆障子を閉め、部屋の灯りで廊下がぼんやり浮かび上がっていた。宵に賑やかであった各座敷も、今は遊女と客の合歓の時間で、稀《まれ》にひそひそ話や、さざめき笑いが洩れるくらいであった。

その廊下に面した障子に、何かサラサラと衣擦《きぬず》れの様《よう》な音がした。客も遊女も気にも留めなかったが、再びサラサラと音がした。

その気配に気の付いたある部屋の客が「誰だ」といった。又さらさらと物の触れる音がする。

普通、部屋に入るのは注文の酒肴を届ける婢女《はしため》か、各部屋に行燈《あんどん》の油を足しに来る油差しの下男かで、大抵声をかけて入ってくるが、いまは部屋の中を窺うように髪の毛の触れる様《よう》な音だけが聞こえてくる。

「うるせえなあ。丁度好い気分になっているのが……」

音は未だ続く。客は立ち上がって、

「ここは女郎屋だ。部屋を邪魔する野暮《やぼ》は居ねえ筈《はず》だ」

と言い乍《なが》ら障子をさらりと開けた。柱行燈の下だけ、ほの明るいよく磨かれた廊下に、何か黒い三尺位の大きさもののものが髪を引擦って去っていく姿が見えた。

「何だいあれは……」

客は怪訝相《けげんそう》に見送った。全身黒髪の様《よう》なもので覆われ、毛の先端を廊下に引擦り去って行く姿であった。その黒い固まりは、隣の部屋の障子に寄ると頭をつけて黒髪を振る様《よう》にしてサラサラと音を立てる。

「化物だっ……」

客は遊女に獅噛《しが》み付いた。

この全身黒髪の化物は毎晩現れた。行燈の油差しの下男が二階への階段を昇り切ろうとした時にも目の前にいた。長い毛に全身がすっぽり覆われて、その毛を引擦っている得体の知れぬ化物だった。下男と直面した時には、毛の固まりの上部が二つに割れ、そこから真赤な縦に裂けた口が現れた。それは歪《ゆが》んで笑った様《よう》に見えた。

油差しは「ぎゃっ」と叫んで階段から転げ落ちた。その物音で人々が駆け付けたが、油差しは階段の上を指さして、

「ば、化物だ…」

といって腰を抜かしていた。

この得体の知れない化物は元飛鳥太夫のいた部屋のあたりに多く現れた。これが評判になると共に「飛鳥

太夫の怨念の化物だ」という噂が広まり、梅川楼に登楼する客も遠退いた。

「それは毛娼妓《けじょろう》という化物だよ。遊女の怨念が化けて出るのだ」

「女郎屋に化物が出る話はよく聞くが、大抵は萎《やつ》れた立姿の女郎が髪を振り乱して髪の毛で障子を擦って歩く奴だろ。梅川楼のは一寸《ちょっと》違うよ。子供位の大きさで全身の毛を引擦って、顔を覗かせると、ただ縦に裂けた真赤な口だけだというではないか。それぢゃあ、怖ろしいよ」

ニュースに飢えている読売屋が早速瓦版に刷って『梅川楼の一口毛娼妓の幽霊』として江戸市内にバラ撒いたので、梅川楼は全く客が寄り付かなくなり店終《じま》いしてしまった。

一度だけ飛鳥太夫の情けある契りを受けた近江屋の龍吉は、彼女を高《たか》嶺《ね》の花とあきらめて青春の思い出とし、記念として与えて呉《く》れた飛鳥太夫の長い下毛を、大切に守り袋に入

れて肌身につけ、一心に家業に励んでいた。

その内に、あの全盛を誇った飛鳥太夫が病の床に臥し、碌《ろく》に手当も加えられず、投込寺である三輪の浄閑寺の無縁仏となったという噂を聞いた。

役に立たないとなると塵芥の如く捨て去る遊郭の忘八にも腹が立ったが、無宿人や野垂死した者達を投込んでしまう無縁塚に、あの美貌で優しい飛鳥太夫がいるのかと思うと、じっとしていられなかった。

龍吉は両親に事情を話した。「大金を投じて身請けする者の無い遊女の末路はそういったものだよ。卒塔《そとう》婆《ば》の一本でも建て、香花《こうげ》を供えてやりなさい」と両親は龍吉に三両を渡した。

龍吉はその金を持って早速三輪の浄閑寺を訪れ、住職に過去帳を調べてもらった。住職は膨大な無縁死者を記録した過去帳を繰っていたが、

「あった。これじゃ。吉原の遊女は扱いが悪いと見えて、半年間でもこれだけここに運ばれて来る。えーと寛政五　癸丑《みづのとうし》　子《ね》四月二十七日

飛鳥理恵売女　行年二十二歳、これじゃ」

と示した。龍吉は、一般的な戒名であろうと思ったのに、死んで迄も売女と蔑視されて記帳されていることに驚いた。

「ここに供養料三両持参して来ました。何とか飛鳥太夫に卒塔婆を建てて供養してやって下さい」

「うーむ。御芳志は御立派じゃが、無縁塚の下は何百人もの骨で、どれが飛鳥太夫のものか探し様《よう》がない……。宜しい無縁塚の後ろに卒塔婆を建てて供養して進ぜよう」

稼がせるだけ稼がせて、役に立たなくなると遊女は死んでも恥辱を受けるのである。これは吉原に限らず、岡場所の下級遊女でも身請けされない限り末路は同じであった。龍吉はもう決して遊女を買うまいと思った。

初会、裏を返す、馴染になって初めて身体を許す廓の汚い掟にもかかわらず、二度目で裏馴染になってくれた。誰が望んでも与えない、あの長くて黒く艶のある下毛まで記念として呉《く》れた。今となっては飛鳥太夫の唯一の遺品《かたみ》である。

龍吉は家に戻って涙乍《なが》らに投込寺の様子を語った。

「あの社会はそうしたものじゃ。だから抱え主を忘八というのだ。そうした悲惨な運命を知らずに、男という者はあすこで現《うつつ》を抜かしている。龍吉。お前は二度目で飛鳥太夫に情けをかけられたのだから戒名がわからなくても、時々供養してやりなさい」

龍吉は、

「実は飛鳥太夫から遺品をもらってあります」

と言って、守袋の中から飛鳥太夫の長い毛を出し、事情を話した。両親は驚いて、その黒く艶やかな毛をしげしげ見た。やがて「それを位牌代わりに祀《まつ》ってやろう」といった。

「飛鳥太夫の毛は長いのは評判であったが、こんなに長いのは見た事がない。これがたった一つの飛鳥太夫の証拠品じゃ。祀ってやろう」

それから龍吉は風鈴《ふうりん》の様《よう》な丸い

硝子《ビードロ》の玉を買い、それに飛鳥太夫の毛を入れ、木彫で蓮華座を作らして安置した。

「真逆《まさか》飛鳥太夫の恥毛を仏壇に置く事はできない。しかし、女性の長い毛は珍重されて七難濯《そそ》げ（そそ毛とは女性の陰部に生えている毛）ともいわれ、例《たとえ》もある事だから、裏庭の隅に小さい祠《ほこら》を建てて祀ってやろう」

父親もその珍しい毛に興味をもってくれたのか、協力してくれた。

女性の異常に長い毛は、霊力があるものとして昔から信仰がある。伝説では総て異常に長い毛で、江戸時代にはそうした長毛の記録がいくつかある。いづれも人の丈《たけ》を超す程の長い陰毛で「七難濯げ」と尊《とうと》まれ、*1「毛長大明神《けながだいみょうじん》」として崇《あが》められている。

仏教、儒教、道教や経典によって多少異なるが、人間には一生のうちに七つの災難がふりかかる。女性の特別に長い陰毛には霊力があって、それをそそぎ払ってくれるという民俗信仰があり、江戸時代には毛長大明神を祀る社が幾つか記録されている。

龍吉は飛鳥太夫の菩提を葬う為に、またあの夜の契りを想い出す為にも、毎朝、庭の隅に建てられた小さい社に手を合わせた。

明治の新政府になってからは淫《いん》祠邪教《しじゃきょう》は弾圧され、この飛鳥太夫の毛長大明神も取り壊され、ビードロに入れた「そそ毛」は何処に行ったか不明である。

＊1　毛長大明神は天保頃（一八三〇〜四二年）の佐々木高貞の『閑窓瑣談』、松浦静山の『甲子夜話』巻三十（下総国豊田郡石下村東光寺）、大朏東華の『斉諧俗談』、喜田村信節の『画証録』巻九の足立郡新皇村、『甲斐国志』の市川大門山妙伝寺等に記録されている。

伝説では、越後国蒲原郡砂子塚村は酒顛童子の出生地で、童子が幼い頃、中々言うことをきかなかったので、母親の陰毛を縄にして縛ってこらしめた話『越後名寄』、大和国吉野川上流天川に静御前の陰毛（長さ八尺計）が天川弁財天社にあったなどと伝えられている。

奪首《ばいくび》

西住欽之助憲重《にしずみきんのすけのりしげ》は上杉輝虎（謙信）の臣で、上野国名胡桃郷《こうずけのくになくるみ》の内で百貫（後の約千石級）の地を拝領していた。然《しか》し、前年の合戦の時に腰を鉄砲で撃たれて歩行困難となったので、一人息子の慎之丞永直《しんのじょうながなお》に家督を譲った。永直は十八歳の頃から父に従って戦場に出ていた。

永直は二十三歳になっても未婚であったので、柿崎和泉守《かきざきいずみのかみ》のはからいで、上杉家で評判の美女塚田泰秀《つかだやすひで》の娘美紗《みさ》と婚約する事になった。

天正五（一五七七）年、二月に小田原北条氏が突如関東に進出し、利根川を渡って上杉方勢力の境界線である権現山《ごんげんやま》の砦《とりで》近くに侵入して来た。

砦には百二十貫の物頭《ものがしら》志田新左《しだしんざ》衛門勝教《えもんかつのり》が、鉄砲、弓、槍足軽百人と騎馬の士二十騎を率いて籠っていたが、これだけでは守りきれなかった。

そこで慎之丞永直の組下の足軽七十人、騎馬の士十騎を応援として急遽《きゅうきょ》、派遣する命令が下った。柿崎和泉守の意向で急ぎ美紗と婚礼の式を挙げる事になったが、永直にしてみれば、出陣は決死の事であるから挙式は延期したかった。然《しか》し和泉守に、西住家の血を絶やさない為にも是非《ぜひ》共婚礼を行なってから征《ゆ》けといわれ、慌《あわただ》しい挙式を行なって、翌日には部下を引率して出発した。

権現山砦に永直が八十人を引き連れて加勢しても、僅かに二百人。北条方は富永肥後守弥四郎《とみながひごのかみやしろう》が千人の兵をもって攻撃して来るのであるから、守備は心細い限りであった。

この時、輝虎は信濃国で武田家と攻防を繰り返している最中であるから、充分な援軍を送れなかったのである。

権現山砦は、小さい丘の廻りに壕

を掘り内側に木柵を結った程度であるが、此処《ここ》が破れると一挙に上野国に侵入され、向背《こうはい》定まらぬ豪族が離反したりして北条氏の勢力下に堕《おち》いる危険があるので重要な地点であった。

富永肥後守は、この小さい砦を見て甜《な》めてかかり、百挺の鉄砲で威嚇《いかく》攻撃をかけたが、戦馴《いくさな》れしている志田新左衛門が応戦しなかったので失敗に終った。新左衛門にしてみれば、僅かな備蓄、そして弾薬や矢の消費を抑えたかったのである。

そこで富永肥後守は、砦方の攻撃と脱出を防ぐ為に砦の外側に柵を結い廻らし、気勢を上げて威嚇した。その上、付近の田畑を荒し、農家や林を焼いて挑発した。

足軽級は大抵農民から徴発され、僅か五貫から二貫文の支給を受けているが、元は生産者階級であるから、自分の土地や家でなくても敵が田畑を荒らしているのを目の前で見せ付けられると士気《しき》は消沈した。今度は、富永肥後守の思惑通りになった。

「この侭《まま》では自滅だ。敵の隙を衝《つ》いて戦うべきだ」

若い永直は我慢し兼ねて新左衛門に言った。

「敵は五倍の兵力じゃぞ。武器の数も圧倒的に多い。この砦が愈々《いよいよ》全滅するという時以外、敵の誘いに乗ってはならない」

新左衛門は、永直の若さを笑うように答えた。

「然《しか》し、もう糧食も僅かであるし、援軍の来る気配もない」

「たとえ援軍の来るのが遅れても、何とかこの芝《しば》を踏《ふ》まえて（陣地を頑張って確保すること）いなければならないのだ。此処《ここ》が破れると、一挙に上野国の豪族は離反して、北条方の版《はん》図《と》になってしまう。どんなに苦境に立とうとも、此処《ここ》を死守し援軍が来る迄《まで》持ち堪えねばならぬ。決して敵の挑発に乗ってはならぬぞ」

そうしている内、或《あ》る日一本の鏑矢《かぶらや》が砦に射込まれ、それが陣小屋の破目板に刺さった。矢には、折り畳んだ文が結び付けられている。矢文《やぶみ》である。矢文は早速志田新左衛門の所に届けられた。披《ひら》いて見ると降伏勧告の文書である。

僅かの人数で、抗し得ぬ戦に生命《いのち》を棄てても無駄である。砦を開渡《あけわた》して退去するなら生命は保証する。また降伏して来れば北条方として応分の待遇をする。飽迄《あくまで》抗戦するというのなら三日後に総攻撃をかけて皆殺しにする。いずれか返事をしろ。

威嚇的内容である。新左衛門は、永直にこの矢文を見せて相談した。

「こうなったら降参するか砦を明け渡して退去するか他に途《みち》は無いが、おぬしの意見はどうか」

「半月程前に越後に救援の使者を出してあるから、もう援軍の来るころだ。然《しか》し援軍が来た時に此砦が陥ちていたのでは、武士として面目《めんもく》ない」

「おぬしには未《ま》だわからぬのか。大殿《おおとの》は今、信濃で苦戦の最中だ。とても援軍を出す余地はない。この侭《まま》では一挙に攻められてみすみす全滅するだけだ」

永直は、歴戦の強者《つわもの》と常に誇っている新左衛門の武士らしからぬ潔《いさぎ》よさのない言葉を意外に思ったが、自分の心の隅にも同感の気持が潜んでいることも感じた。

「柿崎殿より、此地《このち》を死守せよと命ぜられている。仮設《たとえ》全滅しても此《こ》処《こ》で戦うのが武士の本分であろう」

「理屈はそうだ。然《しか》し禄《ろく》を食《はん》で主君の命に従うのも己の家を保つ為だ。死んでしまったら家は絶えてしまう。然《しか》し、一旦退却すれば、家族もわし達も生命を保つことができる」

そう言われて、永直は西住の家に嫁いで来て一夜の契りを交わした新妻美紗の顔を想い浮かべた。

西住の家の世継《よつ》ぎを作る為の妻で、わしが討死したら気の毒な生涯となる。また此処《ここ》が全滅したら北条軍は一挙に上野国の奥迄《まで》侵入し、名胡桃《なくるみ》の郷《さと》の者達も皆殺しにされるであろう。

しかし永直は、

「武士らしからぬ降参をしたり、砦を放棄すれば、北条が北侵する以前に、不甲斐無い叛逆《はんぎゃく》者の家族として、我々の家族は上杉家によって虐殺されるであろう。飽迄《あくまで》も此処《ここ》を死守してこそ、討死しても家と家族が保証されるのでは」

と主張した。新左衛門は苦笑した。

「おぬしは戦というものが、どんな事か一向に理解《わかって》いない。何も死ぬばかりが武士の道ではない」

「わしは武士として恥ずかしい降伏も退去も嫌だ。刀《かたな》折れ、矢弾《やだま》尽きた上で不運に捕虜となったというのであれば、敵に運命をまかせるか、自決する」

「戦った上で降参すれば殺されるだけだ」

「戦略を考えよう。敗けるとは限らない」

「わからぬ奴だ。では、おぬしはどうしようというのだ」

「敵は矢文を射込む程、こちらを甜めて掛かっている。この際夜襲をかければ案外敵は崩れて囲みが解けるかも知れぬ」

「そんなに甘いものではないぞ。戦ってから降伏すれば条件が悪くなる」

「それでは、貴殿《きでん》は此砦《この》の首将であるから残って守り、わしが討死したら降伏するが良い。敵はわし達を袋の鼠と思って油断している。窮《きゅう》鼠反《そかえ》って猫を噛《か》むの譬《たと》え、うまく行けば囲みを解くこともできるであろう。」

「わからん奴だ。わしは此砦《この》の責任者だからその意見には賛成できぬし、部下も貸さぬぞ」

「おう。わしの部下だけでやって見る。その後の事は貴殿の考え一つだ」

生《き》一本の永直は士道を貫く決心をした。

永直自身、果たして夜襲が理想通り行くかどうか自信は無かったが、士道を貫き、西住家を存続させたかった。一夜妻で美紗を未亡人として一生を過ごさせる事は気の毒だが、今の自分の立場ではこれ以外に最善の途《みち》は無いと思った。

永直は自分の持ち場に戻り、部下を集めて、今夜、夜襲を決行する事を告げた。

「生命《いのち》惜しい者は参加せんでも良いぞ。わしは仮設《たとえ》一人でも敵陣に斬り込む」

父欽之助が日頃から部下に温情をかけて常に慕われていたので、十騎の武者も、七十人の鉄砲、弓、槍の足軽達も、永直の行動に従うと誓った。

「どうせ討死か、餓死するのだ。早い方がよい」

そう言う者もあった。

槍組は砦を忍び出る時に、敵陣の篝《かがり》火《び》に光るから、攻撃する迄《まで》槍を布で包む。鉄砲組は一発狙って撃ったら、次の弾込をする隙が無いから、鉄砲を武器として振り廻すか、刀で斬れ。暗闇での合言葉は「権」と言ったら「現」と答えよ。草摺《くさずり》（鎧の胴の下に垂らして大腿部を護る防具）は音を立てぬよう畳み上げ、乱戦になったら垂らせ。合印の差物は挿すな等と細かい指示をして、充分に夜食をしたためさせ、酒を振舞って夜の更けるのを待った。

新左衛門が様子を見に来た。

「わしは此《この》砦の責任者だから行けぬが、おぬしが成功すれば五十人程は応援の兵を出してやる。その連絡係りとして山中重三郎をつけてやる」

山中重三郎は五十貫の禄を受けている若い武士で、妻の美紗が嫁に来る前に美紗に恋焦がれて恋文を付けたりした男である。

子《ね》の刻《こく》（午後十二時頃）になった。

西住永直は先頭に立って、秘かに砦の木戸を開けさせ、部下を次々と壕に集結させた。北条方の包囲軍の篝火も燃え尽きて火影《ほかげ》も暗くなっている。

永直は、昼間、砦内の組上井楼《くみあげせいろう》から北条方の大将富永肥後守弥四郎の仮の陣屋を見定めており、其処《そこ》を攻撃目標としていた。足軽の二、三人が壕から馳《か》け上がり、敵の柵の縄を切り払ったのを見た永直は、太刀を振り翳《かざ》して、

「それ。掛かれっ」

と真っ先に突進した。敵陣は幕を張り、仮小屋を建て並べ、夜警の兵も数人いたが、忽《たちま》ち斬り倒されたり、槍で突き殺され、悲鳴と怒号が入り乱れた。闇夜に轟《とどろ》く三十挺の鉄砲の一齋射撃は意外と効果があって、陣小屋にいた敵は乱れて闇に逃げ込んだ。

「あの建物に敵の大将がいるのだ。まとまって攻めよっ」

永直は夜襲が成功したのに自信を得て、真っ先に陣小屋に突入した。流石《さすが》に主将の仮小屋だけあって十数

人の守備兵がいたが、皆狼狽《うろたえ》ているので、次々と斬られ、槍で突きまくられた。

「富永肥後守はいづれじゃ」

永直が叫んだ時、半身を起した小《こ》肥《ぶと》りの髭武者が、

「己っ。推参っ」

と怒鳴って腰に引っつけていた太《た》刀《ち》を抜き、永直の頭に斬り付けてきた。永直の太刀も同時に相手の肩を深く斬り下げていた。永直は瞬間激しく目くらみを感じ、血しぶきを浴びて二人共重なる様《よう》に倒れた。永直は兜《かぶと》をつけていたから天辺《てっぺん》が凹《くぼ》み、僅かに斬口ができた程度であった。衝激《ショック》はあったが頭を傷付ける程でなかった。永直はその侭《まま》乗り掛かるようにして暴れる相手の首を掻き、

「敵将、富永肥後守の首を上げたぞっ」

と叫んだ刹那《せつな》、背中から胸にかけて激しい痛みを受けた。再び富永の屍骸《しがい》に重なった永直は、呻《うめ》きながら

振り返った。槍を構えていたのは、味方の筈の山中重三郎だった。永直は、兜と面頬《めんぽう》（顔面を防御する武具）の間のギラギラ光っている重三郎の眼を見つめた侭《まま》、口からガーッと夥《おびただ》しい血を吐いてその侭《まま》息切《こときれ》れた。

「敵将富永肥前守、山中重三郎が討ち取ったりっ。陣小屋に火をかけ、夜襲が成功したことを皆に知らせいっ」

山中重三郎は、永直の手から富永肥後守の首を奪って叫んだ。

夜襲は永直が狙った通り大成功だった。闇に四散した北条方は攻めて来る気配もない。重三郎は永直の後に従いていたが、予想外の戦果と永直が敵将の首を掻いたのを見て嫉《ねた》ましく思った。突嗟《とっさ》に功を奪いたくなり、手が無意識に動いて、槍で永直を背後から刺し殺してしまったのである。

奪首《ばいくび》である。

奪首とは敵の首を獲《と》った味方を殺して、自分が敵首を獲ったように見せ掛ける卑劣な行為で、戦国時代には往々《おうおう》行なわれ、記録にも残っている。戦場の功名《こうみょう》争いには味方とて油断がならないのである。

北条軍は陣小屋に放火され、敵がどの位襲って来るかわからぬ恐怖と、首将富永肥後守が首を取られたと知って、四散した。

山中重三郎は、敵将の首をとったと盛んに連呼している。それを聞いて、砦からも五十人程が出撃したが、もう敵影はなかった。味方の討死は西住永直始め武者三名、足軽十二名、軽重傷者十五名、敵の遺棄《いき》死体八十数名。僅かな人数の奇襲としては一方的大勝利であった。

山中重三郎は味方を統率して砦に戻り、志田新左衛門に戦果を報告した。

翌朝戦場整理が行なわれた。重三郎は後ろめたい気持があったのか、永直の死骸を近くの寺に葬ると、着用していた兜と面頰《めんぽお》と遺髪は西住家に届けさせた。

敵将富永肥後守を討ち取ったばかりか、西住家に対しても鄭重《ていちょう》な行為であったと見られて、山中重三郎は上杉家中でも褒者《ほめもの》となった。そして、西住家が絶えてしまうというので、柿崎和泉守のはからいによって西住家の入婿となり、未亡人美紗と夫婦になる様《よう》に命ぜられた。

たった一夜の契りの夫を亡くした美紗は、悲しみをぬぐい切れなかったが、家名《かめい》存続の為には止むを得ない事で、新夫重三郎の為に尽くした。

永直を殺して功を奪った丈《だけ》でなく、秘かに恋焦がれていた美紗も手に入れ、百貫の家禄の物頭《ものがしら》になった重三郎は、幸運は何処《どこ》に転がっているかわからないと喜びつつも、あの永直の背中から槍を刺して功を奪った時の悔悟《かいご》が心の中に蟠《わだかま》っていた。

権現山砦の守備を交替して越後に戻ってからも、重三郎は物頭として数度出陣したが、部下の後方で命令するだけで決して先頭には立たず、乱戦になると常に後方にいた。

「重三郎は此頃、臆病《おくびょう》風に吹かれるようになったのか。美人の美紗殿を手に入れて生命《いのち》が惜しくなったのか」

そう陰口をたたかれる様《よう》になった。

上杉輝虎が没して、内紛が起こったが、結局景勝が家督を継いで、上杉家の勢力は衰えることはなかった。感覚の鋭い景勝は西住重三郎を何となく心許せぬ男と思って、側近にさせなかったので、重三郎は次第に精神不安定になっていった。

やがて妻の美紗が男の児を生んだが、幼い顔付きながら何となく前夫の永直に似ている様《よう》に想えて、嬉し相な顔もせず、抱く事もしなかった。

「貴男《あなた》、後継ぎの子が生まれても嬉しくないの」

美紗に言われ、

「いや。そんな事はない。可愛いいさ」

と言って赤児を抱き上げる。馴れない手付きの為か、赤児は大声で激

しく泣いた。その顔は、永直を槍で刺した時の顔に似ている。

「この児は、永直と婚儀した時の一夜で妊《はら》んだ子ではないか」

重三郎の言葉に美紗は蒼《あお》ざめた。

「貴方、何という事を仰言《おっしゃる》の」

美紗はそう言うが、若しかするとあの一夜の契りで妊んだ子かも知れぬと重三郎は思った。そうであれば想い出の夫の遺身《かたみ》である。

こんな事から重三郎と美紗の間には心の蟠《わだかま》りが互いに拡がっていった。重三郎は赤坊を抱く事を何かと避け、赤児も重三郎を見ると激しく泣いた。

「わしの児であるのに何故《なにゆえ》馴れないのだ」

「それは、貴方が出仕したり出陣したりしていて、顔を合わせる時が少ないからよ」

「然《しか》し赤ん坊は誰に抱かれても喜ぶ筈《はず》だ。この児は、わしを見ると泣く。わしの顔がそんなに恐ろしいの

か」

「そんな事はありません。この児は貴男の児で、西住家の世継ぎです」

二人の仲は次第に気拙《きまず》くなっていった。


上杉家の信濃への出兵も止まり、寒い雪の日が多くなった。重三郎と美紗は赤児を中にして同衾《どうきん》したが、赤児は激しく泣き出し、重三郎は何か唸《うな》されている様《よう》であった。美紗は気兼して赤児を抱き上げて、あやし乍《なが》ら、

「貴方、どうなされたの。どこかお加減でも悪いのではありませんか」

と重三郎を揺り起した。この寒い夜なのに重三郎は顔中寝汗をかいている。

「うーむ。嫌な夢を見た。」

「どんな嫌な夢ですか」

「何。話す程の事はない。下らん夢だ」

と言い乍ら、重三郎は結び燈台の油が切れかかって薄暗い部屋の空間を空ろな目で見廻した。そのさまを見て、赤児は余慶《よけい》泣いた。

「夜鳴きをするんではありませんよ」

美紗は獅噛《しが》み付いて泣く赤児をあやした。

「何か此頃《このごろ》、変ですね。貴方《あなた》は余程お労《つか》れの様《よう》です。一度お医者に診《み》てもらったら如何《いかが》ですか」

「いいや。それより子を泣かすな。変な声に聞こえる。わしは床を別にしよう」

といった次の瞬間、重三郎は急におびえて、

「やっ。おぬしは……」

とわめいた。

「貴方、戦場で殺した敵の怨霊に悩んでいるのでしょう。武士の家に生まれて敵を殺す事は止むを得ない事です。それが武家の宿命です」

重三郎は部屋の隅を指さして、

「ほれ、そこに血みどろの鎧《よろい》武者が座ってこちらを振り返った」

「貴方。しっかりして下さい。そんなもの何も見えません。気の弱い事を仰言《おっしゃ》ってはいけません」

「兎《と》に角《かく》、赤児の声が、あいつの怨み声に聞こえるのだ。わしは別の部屋に行く」

「あいつとは誰のことですか」

　と美紗が訊ねたが、重三郎は答えなかった。

　それから美紗と重三郎は部屋を別にした。然《しか》し重三郎の部屋から合不変《あいかわらず》夜中に魘されている声がし、それに釣られる様《よう》に赤児も激しく夜泣きをした。


　或《あ》る夜、隣の部屋で重三郎の呻《うめ》いている声が聞こえた。

「わしが悪かった。僧になって菩提を葬うから許してくれ」

　美紗は泣く児を抱きしめて、様子を窺っていた。美紗は、重三郎に他人に言えない秘密があると感じた。やがて重三郎の部屋が静かになったので、美紗もまどろんでしまった。


　翌朝、美紗が隣の襖を開けると、そこに割腹して咽喉《のど》を斬って死んでいる重三郎を発見した。蒲団《ふとん》一面に血が染んでいる。夜中耳にしたのは、苦痛の呻きであったのか。不思議な事に、床の間の隅にあった唐櫃《からびつ》の中に納めておいた前夫永直の兜と、烈勢頬という怒った顔の面頬《めんぼお》が畳の上でこちらを向いていた。

雲雨《うんう》の契り

武徳殿《ぶとくでん》の松原は、衛府《えふ》（王朝時代に宮中の警備をする役所）の官人が昼間《ひるま》武技を演練《えんれん》する所で、一般の人はあまり出入しない所であった。

今日も左近衛将曹高忠《さこのえしょうそうたかただ》は、埒内《らちがい》（馬場の垣の内）で流鏑馬《やぶさめ》の練習を三度程繰返し、やや満足な面持《おももち》で、綾《あや》藺笠《いがさ》の下の烏帽子《えぼし》の端から流れる汗を頬に光らせ、上気した顔に、松林を吹き抜ける秋風を快く感じ乍《なが》ら、馬の手綱《たづな》を下部《しもべ》（下僕）に預けて、悠《ゆ》っくりと埒外を歩いていた。

高忠は近江国佐々木一族であったが、国司の下役になれば、豪族の一族でもせいぜい小志《しょうし》か大志《だいし》（八位級）で一生を終ってしまうので、京に上って衛門府で出世しようと望みを抱いた。

朝廷の武官の方が認められ易いので、両親の薦めもあって左近衛府の武官になったのである。

然《しか》し六位・七位級の大尉《だいじょう》・小《しょう》尉《じょう》になるには余程《よほど》武技に長じ、また上司への受けの良い者でないとなれない。まして従五位下の佐《すけ》の位になるのは殆《ほとん》ど藤原一族か、源平二氏の家柄から選ばれ、いくら地方で幅を利かせた豪族でも、中央に出ればあまり注目されず、昇官は骨の折れることであった。それでも高忠が衛府に勤めて二年で小志から大志を経て将曹になったのは、成績優秀といえた。

幼い時から父や兄に武芸を習い、狩に従って騎射《きしゃ》に長じ、京洛《みやこ》の女性にも注目される美男子で、上司の受けも良かったが、志は大きく、目標は近衛佐の殿上人《でんじょうびと》になるか、それが叶わぬなれば地下人《ぢげにん》の最高の六位級の将監《しょうげん》になる事であった。

近衛府は天皇直衛の軍隊で左近衛府と右近衛府とに岐《わか》れ、兵士は舎人《とねり》ともいわれた。将曹位は兵士の部類で数人の部下を従える立場であるが、年二回の禄《ろく》（給与）では妻子も養えないから、皆若い独身者であった。

天皇や上司に認められるのは、年一回天皇が武徳殿に臨幸《りんこう》されて、その折に衛府の官人が歩射や騎射を行なって、抜群の技術を披露する時であった。

高忠は故郷《くに》にいた時から騎射は巧みで、狩猟の時は猪や鹿を追詰めて、その首筋に矢を射込んで仕留める事に長じていた。故に天皇臨幸の場の流鏑馬《やぶさめ》で三つの的までを真中に射《い》割って殿上人の喝采を浴び、将曹に進級したのである。

高忠の流鏑馬は有名で、綾藺笠《あやいがさ》や行縢《むかばき》の裾を翻《ひるが》えして颯爽《さっそう》と馬を駆《はし》らせて次々と的を射抜くさまを、公卿《くげ》の姫君や女房衆がわざわざ見物に来るほど、京洛《みやこ》では有名であった。

今日も自信と満足感に浸って高忠

は行縢の裾を捌《さば》いて悠《ゆ》っくりと歩いていると、黄褐色の犬のようなものが、太い尾を靡《なび》かせて馳けて来て、高忠の背後に廻ってひそんだ。

見ると狐で、震えている。犬にでも追われているのかと綾藺笠を上げて前方を見ると、弓を持った猟師が馳《か》けて来る。射損なった狐を追掛けて来たのである。狐は高忠にかばってもらいたいように後に座って、高忠を見上げた。馳け寄った猟師は、

「お武家様、その狐を射留めたいので、よけて下さい」といった。

優美な姿態に細面《ほそおもて》の狐が縋《すが》り付かんばかりの目で見上げているのを見て高忠は同情した。もっと遠くに逃げる事をしないで蔭に隠れるように頼っているのである。

「貴様。此処《ここ》を何処《どこ》だと思っている。武徳殿の原ぞ。貴様達の狩する場所ではないッ」

「それは承知して居りますが、狩

場から此処に逃げ込んだので、追っている内に此《こ》の一画に入ってしまいました。どうぞ御見逃しの程を」

「成らぬ。官有地に逃げ込んだ以上、この場で猟する事は許さん」

高忠の威厳に打たれて猟師は残念相《そう》に去った。高忠はそれを見送ってから振返ると、狐は高忠を見上げ、感謝する様《よう》に頭を下げた。飼犬のように人馴《ひとな》れたさまで、黄褐色の毛並が日に照らされて美しかった。

「こんな場所に居ると、いつまた誰にか射殺されるぞ。早く去れ」

高忠は人に言い聞かせる様に言った。狐は立ち上がり名残惜し気に時々振返りつつ去った。下部《しもべ》が馬を牽《ひ》いて来て、

「随分《ずいぶん》人なつこい狐ですね。将曹《しょうそう》殿もよくかばわれました。狐は白辰《はくしん》狐王菩薩《こおうぼさつ》とも貴狐天王《きこてんのう》ともいって霊能力のあるもの。助けたのは良い事です」

「そういえば、わしは故郷で何回も狩をしたが、狐を射たことがない。あの狐はわしがかばって呉《く》れると思ったのであろうか」

「狐は人の心を見抜くと申します。きっと将曹殿なら助けて呉れると思ったのでしょう」

二人はそれから狐の事も忘れて宿所に戻った。

高忠の住居は一条戻り橋《いちじょうもどりばし》の近くの辺鄙《へんぴ》な所にある。京都生れで無いから住居も小さく、下部と二人暮し。身の廻りの世話を焼く婢女《はしため》も雇えない。幸い故郷から僅かでも仕送りがあるから、年二回の僅かの禄《ろく》でも生活出来るし、身の廻り、武器類でも同僚よりは上等である。青春の捌け口は同僚に誘われて五条の遊女《あそびめ》や白拍子《しらびょうし》を稀に買うが、妻を娶《めと》る程の余裕はなかった。

珍しく近衛府で会合があって酒肴が出た。遊女達と勝手に飲酒するのと違って、上座には上役が一同を見廻しているため心許しては飲めないが、それでも高忠は陶然《とうぜん》として来た。陣幕が黒ずんで来たと思ったら夕暮で、席も一人去り二人去りして篝《かがり》火《び》が赤く映え、火花を散らし始めた。

高忠が気が付いた時は日がすっかり暮れて、遠くに陽明門《ようめいもん》の衛士《えじ》の焚《た》く篝《かがり》が門扉を染め、三、三、五、五帰

る衛士達の黒い影が長く伸びていた。月は未だ出ない。

高忠も席を立って、上座に頭を下げて外に出た。

陽明門の石段を降り、高い築地塀《ついじべい》に沿って一条堀河への道を歩いた。秋の夜風が微醺《びくん》の頬に心地良い。今宵は宴《うたげ》がある為に馬と下部は先に帰してある。

高忠は白拍子から教わった今様《いまよう》の一節を口ずさみ乍《なが》ら暗い中を悠然と歩いて行った。

築地塀の辻角には衛士の篝が赤々と照らし、その他は真暗であった。日本一の都でも夜は民家は半蔀《はじとみ》や戸を閉《た》てているから、篝火から遠去かると真の闇である。京では最近夜盗が横行するので、どの街も戸締りは厳重であった。高忠が一条の賀茂川の戻り橋を渡った時、人家の角から不意に白いものが現れた。

目を凝らして見ると被衣《かつぎ》をかむった女性である。

「佐々木将曹様でいらっしゃいますか」

高忠は驚いた。この暗闇で人を見分けるとは——。怪しいと思ったが相手は女性の声である。

「うむ。佐々木だが」

五条の白拍子や　清水坂《きよみづざか》の夜発《やはち》(辻君)がこうした所を徘徊する筈《はず》はないし、まして名を知っていることはおかしい。

「何か用か」

「はい」と言って女性は近寄ってきた。この闇の中に被衣かむった四十歳位の女房風の顔が白々と見える。

「お待ち申して居りました」

「わしをか」

「はい」

女は更に近付いて、

「姫君様が御待兼で御座います」

「姫君？　何方《いづかた》の姫君じゃ。わしは知らぬぞ」

「お出下《いで》さればわかります。姫君様は貴方様に恋い焦れていらっしゃいます。貴方様のお帰りを待ち受けて是非お連れする様に申し付けられました」

高忠が流鏑馬《やぶさめ》の演練《えんれん》をしている時に、牛車《ぎっしゃ》に乗って高家の姫君が見に来たり、被衣《かつぎ》姿の女房衆、街の女衆が見に来ることはよくある。その中の一人が関心を持ったのかも知れぬ。

「いづ方《かた》のお屋敷じゃ」

「おいでになられれば、わかります。御案内致しますから是非いらして下さい」

高忠は狐につままれた様《よう》な気持だったが、未だ女性の許《もと》に忍んで通ったことはない。興味を持った。

「御面謁《ごめんえつ》を得てないが、しからば参上致そう」

案内の下僕の松明《たいまつ》の灯《あか》りもないのに女房風の女性は暗い中をすたすたと行く。高忠は薄ボンヤリ見える被衣《かつぎ》の後姿を追うように従《つ》いて行った。

立派な板屋根の門が開いて居り、女房は入った。高忠も続いて入ると、牛車寄《くるまよせ》があり、正面に中門がある。何処からか灯りが洩れるらしく、かなり大きな屋敷であるように思えた。

「姫君様が御待兼で御座いますから、どうぞお上がりになって下さい」

高忠は言われるがまま中門廊の所で沓《くつ》を脱いだ。廊を案内され、東の対《つい》を過ぎ、渡殿《わたどの》から正殿に入った。中には眠燈台《ねむりとうだい》が二基《にき》ともっている。豪華な山水屏風《せんずいびょうぶ》が立てられ、鮮やかな紐を組んだ几帳《きちょう》の前の座には五衣《いつつぎぬ》を着た若い女性が坐っていた。上品な青黛《まゆ》を塗った整った色白の美貌に高忠は胸を轟かせた。

「お逢いしとう御座いました。来て下されて嬉しう御座います」

そういわれて、高忠は唯ドギマギした。しかし逢った事もないし、雰囲気から押しても何故自分がこうした美女に逢うことになったのか、見当もつかなかった。

「さあ、お席におつき下さいまし」

「失礼乍《なが》ら人違いでは御座りますまいな」

「何で人違いすることがありましょう。佐々木高忠様を見間違える筈《はず》はありません」

高忠は全く混乱した気持であったが、相手の女性が嬉し気に見えるので、真意を測り兼つつもためらう態度は取れなかったので、態《わざ》と悠々と女性の前に坐をしめた。

やがて先程の女房が酒肴《しゅこう》を運んで来た。酒の酔いが廻ると高忠の気持もくつろぎ、相手を判断する事も、相手の真意を測ることもどうでも良くなった。目の前にいるのは宮中、京中を探したって、競《くら》べものの無いくらいの美女で、その美女を警戒心無しに対座している自分にあきれもしたが、夢なら覚めずにいて欲しいと思った。

高忠の気持はどんどん昂進《こうしん》して古くから親しんでいる恋人に接しているような気持になった。傍《かたわら》には几帳《きちょう》に囲まれた帳台《ちょうだい》もあった。

やがて二人の溶け合った心は頂点に達し、美女は高忠の手をとって帳台に入り、やがて激情のおもむくまま愛歓《あいかん》に酔って雲雨《うんう》の交わりに入り、労《つか》れて枕を列べた侭《まま》顔を見合わせた。

やがて美女はポツリと言った。

「これで本望を達しました」

「わしも、こんな嬉しかった事はない。できればわしの妻になって欲しい」

「勿論《もちろん》貴方《あなた》の妻です」

といって、急にさめざめと泣いた。

高忠は驚いて女性を抱き締めた。

「わしが身分の低い武士だから、この愛情は続かないというのですか」

美女は首を振って、「前世からのわたくしは貴方《あなた》の妻です」といった。高忠は更に驚いて、「それは何故ですか。何故そんな事がわかるのですか」と聞いた。

「前世で愛していた夫にめぐり会い、再び愛された事は本望です。

これから私の言う事を聞いても貴方は決して驚かないで下さい。今の私は狐の化身《けしん》です。貴方にお逢いしたくて人間の姿になったのです」

「冗談《てんどう》申してはいけない。貴方はわしが惚れ込んだ美しい女性だ。狐なんかでは無い」

「いいえ。よく聞いて下さい。前世ではわたくしは貴方の妻でした。そして感謝する程愛され、わたくしも御尽くし申しました。貴方は検非違使《けびいし》の随兵《ずいひょう》として立派な方でしたが盗賊団追捕《ついぶ》の折に賊の矢に当たって討死されました。私は悲歎にくれて貴方の後を追って自害しました。そして暗い六道《りくどう》に迷っていましたが、御仏《みほとけ》のおさとしのように輪廻《りんね》転生《てんしょう》をする時に六つの胎《たい》の入口を間違えて獣類の狐として生れ、貴方は人の胎に入って生れ変りました。

わたくしは狐と生れても貴方のおやさしい抱擁力ある愛情が忘れられず、随分貴方を探し廻って歩きました。そしてやっと武徳殿の馬場で貴方のお姿を見付けました。然《しか》し狐の姿では貴方に近付けませんので、術を使ってこうして人間に化けたのです」

「わしには信じられない」

「本当です。貴方は前世通りにわたくしを愛情で包んでくれました。本望です。いつ迄《まで》も化けおおせる事はできません。必ず本態《ほんたい》を知られる時が来ます。そうした時に貴方を落胆《がっかり》させたら、わたくしの愛情も仇になります。ですから、今本当の事を申し上げたのです。狐の社会の掟《おきて》では人と狐が交わると必ずどちらかが死ぬ事になっていますが、わたくしは貴方を死なせたくありません。私《わたくし》が死んで、貴方とわたくしの来世が結ばれる様《よう》、御仏《みほとけ》に祈ります」

「何をいわれるか。たとえあなたが狐でもこの様な美女に変身してくれたのであるから、わしの気持は変わらない。決して死ぬ等といわないでくれ」

「前世の妻としての愛情を受けただけで充分です。狐の掟は破れません。来世を楽しみにしています。お願いが一つございます。御遺品《かたみ》として貴方の持物である蝙蝠《かわほり》（五本骨の扇）をわたくしに下さいまし」

高忠はためらわず腰に挿していた蝙蝠を与えた。

「有難う御座います。これで思い残すことは御座いません。朝になったら武徳殿の松原にわたくしは居ります。屍骸を見付けたら、御情けを以って葬《ほうむ》って下さり、法華経を写《しゃ》経《きょう》して供養して下さい。蔭乍《かげなが》ら貴方をお守りし、来世は三たび夫婦の契りを結びたいと思います」

嘘か本当かわからぬが、たとえ狐にせよ、こうした美女と一夜の愛歓《あいかん》を遂げた高忠にとっては死ぬも別れも切なくも耐えがたい悲しみであった。

「死なないで呉《く》れ」

と繰返し口づけし、狂ほしく興奮して抱きしめ続けた。そして現実なのか夢であるかわからなくなっているうちに労《つか》れて意識が朦朧《もうろう》としていった。

気が付いた時、そこは倒れている蔀格子《しとみごうし》から朝日が射し込み、庭一面に芒《すすき》の穂のなびく荒屋敷《あれやしき》であった。美女と枕を共にした帳台《ちょうだい》の柱は朽ち果てて几帳《きちょう》も破れていた。

高忠は昨夜の豪華な正殿と全く違う状景に凝《ぎょ》としたが、目がさめる迄の出来事は決して夢と思えなかった。

狐の仕業だったとしても騙《だま》されたとは信じられなかった。

高忠は崩れた築地塀《ついじべい》の間から通りに出て、一目散に武徳殿の松原へと走った。松の根方を一つ一つ目をくばって行くと、中程の松の根元に毛並の美しい狐が顔を、開いた蝙蝠で覆って斃《たお》れていた。

蝙蝠の表には、

おもひいづる身は松原の露と消え
来世もめおとの契り結ばむ

と書かれてあった。高忠は昨夜の美女との愛歓と、狐の言った言葉を思い浮かべ落涙《らくるい》し乍《なが》ら雌狐の屍体を抱きしめ、

「わしの妻だったのだ」

とつぶやいた。

高忠は近くの寺を訪れ、住職にこの経過《いきさつ》を語り、土に埋め、卒塔婆《そとば》を建てて祈ってもらった。それから七日に一度づつ法華経を写経した。

四十九日過ぎてから箙《えびら》の弦巻《つるまき》に辞職の文書をつめて左近衛府の上司に提出し、近江国に帰った。

高忠には其後《そのご》幾つもの縁談があったが、そのすべて拒絶し、また女性に近付かず、やがて剃髪《ていはつ》し、前世と現世で二度《にたび》の契りを結んだあの夜の忘れ得ない妻の為に菩提《ぼだい》を葬って一生を終えた。

姑獲鳥《うぶめ》

心中《しんじゅう》という言葉がある。男女が申し合わせて一緒に自殺する事で、情死《じょうし》ともいった。

主人と使用人、武士と庶民の男女すら倫理性の厳しい封建時代の中にあって、不義《ふぎ》・密通《みっつう》（不倫）は、江戸時代中期には意外と流行した。男女互いに事情があって、その思いを遂げられないので、せめてあの世で蓮《はす》の台《うてな》に寄り添おうと心中するのであるが、草双紙《くさぞうし》や芝居でこれを美化した結果、三都（江戸・大坂・京都）では、往々にして若い男女の心中事件が多くなった。

幕府は、これを風俗上や道徳上宜しくないとして一種の犯罪と見做《みな》し、厳しく取り締まった。心中して死亡した者は、その醜態が世人に晒された。二人共死にきれない場合は、江戸では日本橋の橋畔《きょうはん》に三日晒して後に、穢多頭《えたがしら》矢野弾左衛門《やのだんざえもん》支配下の車善七《くるまぜんしち》に下げ渡して[*1]非人《ひにん》手《て》下《した》として士庶の籍を剥奪《はくだつ》した。

お秀《しゅう》は常盤津《ときわづ》綾若《あやわか》の一人娘で、生来《せいらい》の美貌に遊芸が達者であった。十八の時に母親に死別し、父を名乗る者もない侭《まま》に母の小唄指南の看板を受け継いで生活を立てた。

小唄の稽古を受けるという名目で、近所の若い衆が何とかお秀を射留めようと通ってくるので繁昌した。それぱかりか料亭の宴席に招かれたりして、芸妓《げいしゃ》でもないのに引く手あまたであったのは、口説いて物にしようという下心のある男が多かったのである。その中でも深川に屋敷を持つ五百石取の白須弥之助《しらすやのすけ》が最も熱心であった。

武士の癖《くせ》に武道も碌《ろく》に励まず、非役（小普請組）であったから、それを良い事に遊蕩児《ゆうとうじ》になって了《しま》った。女漁《あさ》りばかりしているから親戚も呆《あき》れ、嫁の世話もして呉《く》れなかった。それがお秀を見て一遍《いっぺん》で惚れ込んで、小唄を習ううちに、いつしか二人は惚れ合う仲となった。

用人がいさめても聞く筈《はず》がないし、五百石の家禄を受けていても、女遊びの労費のために家の中は常に火の車であった。札差《ふださし》から借りた莫大な借金は返済する目途もなく、同格の身分の武士達にもすっかり見放されていた。

惚れた女のお秀を妻に婚《めと》ったり、妾《めかけ》として屋敷へ迎え入れる事は武家の立場としてできない。さりとてお秀と別れたくない。確たる家柄なのに、柔弱な気質の弥之助はついに身体窮《きゅう》し、何もかも捨てて出奔《しゅっぽん》しようかとお秀に相談を持ちかけた。お秀も男相手に馴れている様《よう》であるが、弥之助にはゾッコン惚れていたので、出奔して他国で苦労するくらいなら、心中して二人であの世で楽しく暮らそうときめた。

ある夜、弥之助は屋敷を抜け出してお秀を誘い出すと、吾妻《あづま》橋の下流、竹町《たけちょう》の渡《わた》しのはずれで心中した。然《しか》し武道未熟の弥之助は、お秀の頸《くび》を充分に斬る事ができなかった。お秀の悲鳴に狼狽《うろたえ》て、自分の頸にも刀を当てがったが痛みに堪えかね、二人は血みどろになった侭《まま》抱き合って倒れてしまった。

折から通り掛かった駕籠舁《かごかき》が二人を発見し、近くの自身番に通報した。町役人や町奉行所同心、外科医が馳《か》け付けて、生命は取り留めた。然《しか》し武士の心中事件というので、アッという間に知れ渡った。

弥之助は評定所《ひょうじょうしょ》、お秀は町奉行所で調べられ、やがて御目付《おめつけ》立合いの三手掛の裁判となり、心中未遂の罪人とされた。

弥之助は、武士にあるまじき行為

として家禄召上《めしあげ》の上で士籍剥奪、お秀は庶民の籍を抜かれ、二人共、日本橋の橋畔《きょうはん》に建札《たてふだ》付きで三日晒され、車善七の非人《ひにん》輩下とされた。

浅草の非人溜《ため》に移され、弥之助は刑場の手伝い、音曲ができる故にお秀は小頭の乞胸仁太夫《ごうむねにだゆう》に属して鳥《とり》追女《おいおんな》にされた。鳥追女とは江戸独特の門付《かどつけ》遊芸人である。

鳥追は、本来、関東から東北地方にかけて小正月（一月十五日）の前後に、田畠を荒らす害鳥を追うという意味である。農家の子供達が鳥追歌を唄って一軒々々訪れて奉謝を受けて廻り、その集めたものを、皆で持ち寄って楽しく食べた年中行事の一つであるが、非人身分の女が三味線を弾いて、唄をうたいながら門口を訪れて銭を乞うさまがそれと似ているところから、江戸では鳥追女といわれるようになったのである。

正月の十五日迄《まで》では編笠《あみがさ》を、それ以外は菅笠《すげがさ》を被っていた。天保五（一八三四）年に白足袋も日和下《ひよりげ》駄《た》も禁止されたから、以降は素足に藁草履《わらぞうり》で門付けをして歩いた。

鳥追女は乞胸仁太夫の鑑札を受け、毎月鑑札料四十八文を納めれば良いのであるが、人数も制限されていた。卑しい身分であるから絹の衣類は禁じられている。然《しか》し、神田明神下の沢の井呉服店で、絹物に見える様《よう》に染めた木綿で作った着物に、帯に日和下駄、笠をかぶって三味線《しゃみせん》を弾き、富本《とみもと》・清元《きよもと》・常磐津《ときわづ》・長唄《ながうた》・新内《しんない》等の一節を唄って街を流して歩くお秀の姿はイキで、しかも美声だったので、街の遊蕩児は興味をそそった。

お秀は小唄指南の生活であったから、鳥追女の芸はすぐにできた。門口に立って弾き語《ひがた》りすると、必ず十二文ぐらい紙に包んで投げてくれる。大名屋敷の江戸詰の下級武士などのいる屋敷の長屋の武者窓の下に立って弾き語りすると、二十文、三十文と紙に包んで投げてくれた。田舎侍にはイキに見えたのである。

当時の川柳にも、

たわけもの女太夫にやたら投げ
窓下で弾くと三つ四つ顔を出し

とあるように、非番（勤務休みの日）でも遊興のために外出もままならぬ江戸詰の侍には、鳥追女は頗《すこぶ》る魅力ある存在であったのである。故に鳥追女は乞胸《ごうむね》配下の中では稼ぎが良い。街の遊蕩児もモノにしようとつけ狙ったが、夜鷹《よたか》・辻君《つじぎみ》(街娼の下級の者)的行為は固く禁じられていた。

浅草田原町にある老舗《しにせ》布袋屋《ほていや》という薬屋の主《あるじ》の市兵衛は、何とかしてお秀の立場を救って、妾宅に囲いたかった。それでお秀が門口に立って弾き語りすると、いつもきまって三、四十文を紙に捻って番頭に与えさせる。番頭は、「旦那、お秀が余程お気に入りの様《よう》ですね」という。

「うむ。あいつは根っからの非人《ひにん》ではない。お旗本と心中未遂して非人におとされたのだ。声も良いし三味線も上手だ。それに容貌《きりょう》も良い。鳥追にしておくのは勿体《もったい》ないくらいだ。妾《めかけ》に囲ったら申し分のない女だ」

「旦那、あの女の足を洗わせる方法がありますよ。非人頭《がしら》善七に足洗金を納め、あたしが身元引受人にでもなりますれば、一般庶民に戻れます」

「何。そんな方法があるのか。よし。その金はわしが出す。真逆花魁《まさかおいらん》を身受けする程高くはないであろう」

足を洗わせてやれば、嫌も応もなくお秀は恩に着て妾になるであろう。

「相手は非人頭ですから、法外には吹っ掛けないでしょう。旦那が御《ご》執心《しゅうしん》なら善七に問い合わせて見ます」

市兵衛は喜んだ。

早速、番頭が車善七に話した所《ところ》、善七もお秀の立場に同情しているので足洗いを承諾した。

その方法は一定の足洗金を納めて定められた通りに行なう。江戸時代の『寛延政名談』によると、着物、肌着二つ、大盥《おおだらい》二つ、手桶《ておけ》、履物《はきもの》、剃刀《かみそり》、櫛、油、元結《もとゆい》を用意して、足洗人を非人小屋から五間(約十メートル)離れた所に、お潔《きよ》めの塩を撒いて荒蓆《あらむしろ》を敷延べ、切火《きりび》を打ってから其処《そこ》に新しい薪で焚いた大鍋で湯をわかし、盥に水を入れてから足洗人を入れて続いて身元引受人などが洗い清め、それからもう一つの盥に湯を入れて、更に洗ってから、髪も清めて結《ゆ》い直す。こうした場合非人は皆土下座し、引受人に渡すのである。

こうしてお秀は公然たる庶民に戻ることができた。それでも人目を憚《はばか》るので、市兵衛は上野山下の閑静な所に妾宅《しょうたく》を一軒与えた。

小粋《こいき》な住居に下女まで付けてくれたのであるから、お秀にとっては夢の様である。

市兵衛は念願叶って妾宅にせっせと通った。小唄指南の頃に市兵衛を知っていれば、白須弥之助に同情して心中などしなくて済んだのである。お秀は市兵衛に感謝のもてなしとして、酒肴を出して三味線と小唄を唄い、要求に応じた。

こうして一年程経《た》つと、お秀は市兵衛の子を身娠《みごも》った。

「妊娠したようだな。わしの妻は子ができないから、お前の子に布袋《ほてい》屋を継がせよう」

美男で身分のある白須弥之助の情熱にほだされて割り無い仲になったが、放蕩児の弥之助は五百石取でありながら金にはまったく不自由であった。それに比べて市兵衛は充分に御手当をくれる。一年間恥ずかしく辛い目に遭ったが、今はしあわせである。白須弥之助の事は思い出したくもなかった。

産み月が近付いたころ、お秀は浅草の観世音詣りに出掛けた。下女も付添っている。聖天町《しょうてんちょう》から猿若《えてわか》町《ちょう》の方に自然と足が向いた。

此処《ここ》は、一年前に三味線《しゃみせん》を持って小唄を唄いながら流して歩いた所である。菅笠《すげがさ》に顔を隠して弾《ひ》き語《がた》りして、遊蕩児にからかわれたところであるが、今は市村座でも何でも、市兵衛に一寸《ちょっと》ねだれば直《す》ぐにも連れて行ってくれる身分である。

少し気晴らしに日本堤でも歩こうかと思った。その先の土堤《どて》を下れば新吉原の遊郭で、その西側の田圃《たんぼ》は非人《ひにん》の溜《ため》である。かつて鳥追女をしていた頃の住居であった。日本堤には客待の辻駕籠《つじかご》が所々に並んでいるから、労《つか》れたら駕籠に乗って戻っても良いのだ。

日は大分《だいぶ》傾いて、見下ろす新吉原に遊客がゾロゾロと入って行く。

見返り柳が枝を垂れ、葭簾茶屋《よしずぢゃや》の縁台にも人が休んでいる。

お秀は立ち留まってウットリと四

辺を見廻していた。

　すると遠く堤の彼方から数人の人影が見え、その人影の上の方に夕日を浴びて何かキラリと光るものが見えた。目を凝らすと、赤い長柄の抜《ぬき》身《み》の槍をかついでいる五、六人の一行であった。非人の一行ではないか。朱槍を担いでいる中には、磔罪人《はりつけざいにん》を処刑する役の弥之助がいるに違いない。

　いまでは最も忌《いまわ》まわしい相手である。鳥追女に落しめられ、浅草の溜《ため》で辛い生活をするはめとなったのは、意気地の無い武士の白須弥之助のせいであり、その立場に同情して心中しそこなったのであるから、二度と顔を逢わせたくないと思った。

　避けよう。お秀は土堤下にも降りられず、葭簾茶屋の緋毛氈《ひもうせん》の腰掛にかけて後ろ向きになった。

　朱槍を担いだ非人の一行はぞろぞろと近付いて来た。恐らく千住の小塚ツ原で罪人を処刑して来た帰りであろう。

　お秀は身を固くしてこの中に弥之助が居ない事を祈って目を閉じた。が、突然、

「お秀。お秀ではないか」

　という聞き馴れた声を耳にして震え上がった。

　矢張《やは》り、その中に弥之助が居たのである。姿形が変わっていても、嘗《かつ》てのお秀である事を目ざとく見付けたのだ。弥之助は非人の群を外《はず》れて、朱槍を担いだ侭《まま》寄って来た。

「お秀。久し振りだなあ」

　そう言う弥之助の眼は、憎悪《ぞうお》に満ちていた。自分はこの女の為に先祖からの家禄《かろく》を召上げられ、七分を剥奪されて非人とされた。月に数回人の最も嫌がる死刑執行を務めさせられ、世のさげすみを受けて生きている。一度死に損なっているので、自殺して身を処する勇気も出ない。日々生き恥を晒している。

　然《しか》しお秀はどうだ。容貌《きりょう》が良い為に薬屋の番頭が身元引受人になって足を洗った事も耳にしている。そうして今は囲い者（妾）として幸せであることも身扮《みなり》からしてもわかる。すべては、この女の色香に迷ったのが原因である。この女こそ自分を惨《みじ》目《め》な立場に墜《おと》した元兇《げんきょう》だ。武士と

しての情けないくらいの自分の不始末を棚に上げて、ひがんだ目で世を見ている今の弥之助には、お秀がこの上もなく憎い相手に思えた。

目に留まらない様《よう》に隠れた積《つ》もりであったお秀は、仕方なく顔を上げて無惨な姿の乱髪で髭だらけの弥之助を見上げてから深く頭を下げて縮込《ちぢこ》まった。

「手前《てめえ》は容貌《きりょう》が良いので拾う人あって足を洗えたが、俺には足を洗ってくれる者は居ねえ。死ぬ迄《まで》卑《いや》しい、人に嫌われる仕事をして一生を終えねばならねえ。こうなったのもお秀。お前に惚《ほ》れたからだ」

「白須様。堪忍《かんにん》して……」

下女が傍《かたわら》にいる手前、消え入る程恥ずかしかった。心中に誘ったのは弥之助の方であるが、今更そんな事を言っても仕様《しよう》が無い。とにかく、こうした葭簾《よしず》茶屋で非人と話している所《ところ》を他人《ひと》に見られる丈《だけ》でも屈辱である。

「白須様。さよなら……」

お秀はそう叫んで立ち上がり、逃げ様《よう》とした。

「お秀。手前《てめえ》、娠《みご》っているな。だ、誰の子だ」

弥之助は逆上した。そして肩に担いでいる槍を構え直すと、

「死んでもらう。覚悟しろっ」

と、お秀の後姿目掛けてさっと槍を突き出した。磔《はりつけ》の罪人の脇下を刺すことに馴れてきていた槍先は、はたが止める隙なくお秀の腰を貫いて前の下腹に突き出た。

「弥之、何をするんだ」

「気が狂ったか」

仲間の非人が、弥之助に襲いかかって羽掻締《はがいじ》めにした。お秀は悲鳴を上げ、二、三歩よろめいて倒れた。槍先はお秀と娠《みごも》っている子まで刺し貫いたようだ。血沫《ちしぶき》を上げて倒れた四辺《あたり》に血は見る見る拡がった。

「縛ってしまえ」

仲間の非人が槍を取り上げ、弥之助の縄の帯をほどいて後手に縛り、押し倒してその上に乗った。

「えらい事をやりやがった」

「頭《かしら》に知らせろっ」

「誰か、自身番かお番所のお役人様に知らせろっ」

突嗟《とっさ》の出来事で、非人達も狼狽《うろたえ》ていた。抱き起こされたお秀は、

「苦しい。お腹の子が……」
と言いつつ苦痛で気を失った。

役人や、近くの新吉原の番所の同心が駆《か》け付けた時には、お秀は瀕死《ひんし》の状態だった。戸板に乗せて聖天《しょうてん》町《ちょう》の外れの外科医に運び込まれたが、出血多量で死亡した。

知らせを聞いた非人頭《ひにんがしら》車善七《くるまぜんしち》が、大勢の乞胸《ごうむね》を連れて駆《か》け付け、弥之助を引き立てて行った。田原町の薬屋布袋屋市兵衛も、知らせを聞いて番頭と駕籠《かご》で外科医の所に駆《か》け付けだが、そのむごたらしい姿に涙するだけであった。

弥之助は善七の手によって町奉行に届けられた。そこで非人の掟《おきて》によって処罪しろと通達され、惨《むご》たらしい殺され方をされ、小塚原の罪人埋の無縁仏《むえんぼとけ》の大穴に投げ込まれた。

こうして弥之助とお秀は心中未遂の不始末の結着をつけた。こんな状

態では、二人は一つの蓮《はす》の台《うてな》に乗ってあの世で暮らすことはできまい。お秀は、武士として不行跡《ふしだら》で意気地のない白須弥之助の犠牲となったのである。

そんな事件があってから、日本堤の葭簾茶屋の脇にある柳の蔭に、夜になるとお秀の亡霊が出るという噂が立った。

此処《ここ》は夕刻頃から新吉原に通う遊客や、勢いの良い駕籠《かご》の通る所である。或《あ》る客が、月も出ていない晩に、薄赤い小田原提灯を舁棒《かきぼう》の棒鼻にぶら下げた駕籠で新吉原に乗り付けようと、其処《そこ》を通った所、葭簾茶屋の脇の柳の繁みの所に何か薄白い人影のようなものが茫《ぼう》と立っているのが見えた。

駕籠の先棒が目を凝らして近付くと、髪の乱れた若い女が悲しそうに立っている。腕に生まれたての血み

どろの赤児を抱いて、下半身は夜目にもわかるくらいに血に染んでいる。

「うわーっ、嚇《おど》かすないっ」

先棒が足踏みするので、後棒《あとぼう》も、

「何だ。何でい」

と、その方に目をやる。

「わーっ。幽霊だっ」

二人は叫んで駕籠を放り出し、逃げ去った。その気配に、駕籠の中の客が垂れを上げて外を見る。

「姑獲鳥《うぶめ》（産女）のお化けだっ」

客も這い出て、反対側の土堤を転がるように逃げた。

姑獲鳥の幽霊は、暗い晩には必ず現れて通行人を吃驚《びっくり》させた。

新吉原帰りの漂客《うかれきゃく》が、吉原廓の灯りを背にしながら、咽喉を潤そうと堤上の葭簾《よしず》茶屋に立ち寄った。緋《ひ》毛氈《もうせん》の縁台に腰掛けて何気なく柳の木の方を眺めた時に、お秀のむごたらしい立姿の亡霊を見て、茶碗を落として叫んで馳《か》け去った。

目撃者は増えた。葭簾《よしず》茶屋の傍《かたわら》の柳の木下には、此処《ここ》で殺されたお秀の怨霊が出ると噂されて、葭簾茶屋も店を畳んでしまった。そればかりか、三《み》の輪《わ》方面からの遊客の通行は、夜になるとパッタリ止まった。

噂は江戸中に拡まった。

三の輪の浄閑寺の和尚がこれを聞いて、

「お秀の霊が浮かばれないのだ。不憫《ふびん》な女だ。わしが供養《くよう》して菩提を葬ってやろう」

といって、その柳の木の脇に石を積んで卒塔婆《そとば》を建て、ねんごろに読経して供養した。

それから姑獲鳥《うぶめ》の亡霊は出なくなったが、此処《ここ》を通る人は、卒塔婆を見た丈《だけ》でお秀の怨念を想い出したので、夜は人通りが絶えた。

この石積みと卒塔婆は、安政元（一八五四）年十一月の大地震で崩れ、やがて取り退けられたが、お秀の亡霊はもう出なかった。

＊1　江戸時代に最下層民として位置付けられた被差別民の非人の多くは犯罪をおかして身分を堕されたものや、江戸時代の商品経済の中で貧農、都市貧民が没落していったもので、江戸時代は賦役として、罪人の引き回しや刑死の埋葬、牢屋敷の手伝いなど（町奉行所の業務）に従事し、卑俗な遊芸も行った。ともに幕府が封建的身分制

度堅持のために行った差別政策が生み出したものであり、厳しい差別のなかでの生活を強いられた。

　明治四（一八七一）年、「平民同様たるべき事」という「解放令」（太政官布告）により差別からの解放がすすめられた。しかし、その根は深く、その後も社会的差別は存続し、いまなお不当な差別の撤廃と人権回復のための解放運動が続いている。（笹間良彦著『大江戸復元図鑑〈庶民編〉』より）

妖《あやかし》の傀儡子女《くぐつめ》

永享《えいきょう》十二（一四四〇）年三月十五日。今年の春は暖かく、庭の桜も満開で、湿《うる》んだ大気の中に朧月《おぼろつき》が和《なご》やかに輝いて、遣瀬《やるせ》ない様《よう》なそして何となく浮々した宵だった。

去年、京都の将軍に飽迄《あくまで》も反抗した鎌倉公方持氏《くぼうもちうじ》は管領《かんれい》の上杉氏と争ったが、将軍の命を奉じた関東・東海の諸将によって滅ぼされた。持氏は鎌倉の永安寺《ようあんじ》で自滅し、長男義久も殺された。二男安王、三男春王、四男永寿王は行方不明だが、一応関東は平定したので、討伐軍に加わった今川範忠《のりただ》の軍も駿河国府中に凱旋《がいせん》した。

今川の館では盛大な凱旋式が行われた。侍大将の清水内蔵允《しみずくらのじょう》も二千貫の身分であったので、今回の部下の功を労《ねぎら》うために、屋敷で宵の花見の宴《うたげ》を開くことにした。

何処《どこ》の屋敷も花見の宴を開くらしく、宴にかかせない府中の城下街の遊女、白拍子《しらびょうし》が不足していたので、内蔵允は焼津《やいづ》まで来ているという傀儡子《くぐつ》の集団を呼ぶことにしていた。

傀儡子とは、奈良時代頃から聞こえ始めた旅芸人の集団である。一個所に定住せず、常に移動していて、招く者があれば宿泊して演芸を披露する。移動中は山窩《さんか》（山中や河原に家族で野営しながら、川漁をしたり工芸品を作って村人と交易しながら漂泊生活をおくっていた人々）のように谷や河川に瀬《せ》降《ぶり》（野宿）をし、夜を籠めて酒食歌舞して過ごす、ヨーロッパのジプシーの様《よう》な存在の人々であった。

大江匡房《おおえまさふさ》の『傀儡子記《くぐつき》』にも記されているが、男は騎射《きしゃ》に長じているので時には雑兵《ぞうひょう》として戦《いくさ》に雇われたりする。男は、平常は街や村落を流れ歩いて、弄丸《ろうがん》（毬の曲芸）、弄《ろう》剣《けん》（剣の曲芸）、木偶《でく》人形廻し（操つり人形芝居）などの技を披露し、女は酒席に侍《はべ》って歌謡・演舞をし、需《もと》められれば枕席《ちんせき》にも応じた。親子兄妹間の不倫も恥とせず、気に入った男には惜気もなく貢《みつ》ぐという気質。古代からの無頼《アウトロー》で、彼等の集団は百神（百太夫・福助）を祭って騒いだ。

　こうした連中を花見の宴の酒興に呼ぶ事を思い付いたのは、清水内蔵《くらの》允《じょう》である。申《さる》の刻《こく》（午後四時頃）から集まりはじめた部下の武士達は、目の前に列べられた酒肴に手をつけて、最初の内は庭前の満開の桜を眺め乍《なが》ら、戦《いくさ》の折の自慢話などをしていたが、傀儡子《くぐつ》の一行が早く到着しないかと期待をかけていた。

　不意に門前の方で賑《にぎ》やかな鼓《つづみ》・笛の音がして、催馬楽《さいばら》（古代歌謡の一つで、奈良朝時代からの民謡を雅楽の中に組み入れて歌曲としたものをいう）らしい歌声が聞こえてきた。どうやら傀儡子の一行が到着したらしい。

「来たらしいぞ」

「始めから賑やかな奴等じゃ」

　一座の武士達も、その方に好奇の目を注ぐ。

　家臣の案内で、音曲を弄《ろう》し乍《なが》ら、傀儡子の一行が現れた。先頭には、錦の織物を重ねて作った鳥兜《とりかぶと》に派出な陵羅《りょうり》の水干《すいかん》（詰襟の脇のあいた装束）つけた、日焼した目付の鋭い口髭のある男。これが引率者らしい。続いて雉の尾羽根を三本程笠の中央に立てて、柄《がら》を染めた水干に、くくり袴の男三人。金の熨斗烏帽子《のしえぼし》や白丁烏帽子《はくちょうえぼし》を付けた者、天狗の面をかむった者、肩から胸に木偶《でく》人形を入れた箱をさげた者、紅白の布で巻いた輪を幾つも肩にした者、刀を五本も挿した者、いづれも笛・鼓・鉦鼓《しょうこ》の音で調子取り乍ら、座敷に練り込んで来る。その後から市女笠《いちめがさ》や被衣《かつぎ》姿の女達が二十人程、小袖の裾を引擦って這入《はい》って来る。

　列座の武士から見ると異様の風俗。これが当時の若い武士にも影響を与えた傾《かぶき》（歌舞伎）風俗で、風流と注目された。傀儡師の登場で酒席の場が一気に陽気になった。

　最後に白髪白髯《はくはつはくせん》で、顔中皺だらけの老人が、山藤の古木の蔓《つる》の長い杖を手にして入って来た。

　傀儡師の一同が座敷の中央に集まると、正面上座の内蔵允が、

「一同、よくぞ参ってくれた。待っていたぞ」

と声かけた。傀儡子《くぐつ》一行は挨拶するでもなく、皆立った侭《まま》で、烏兜をつけた先頭の男が、「お招きに只今《ただいま》参上」と軽く目礼するだけだった。それから後を振り返って「それっ」というと、鼓方《つづみかた》が「いよーうっ」ポンと鼓を打った。

室町幕府以来、武家の殿中の作法、戦場での作法は厳しくなり、それが武士の上下関係の慣例となったが、こうした事は傀儡子達には一向に通用しない。この場の武士達も逆にその無作法に興味を持った。

「これより御座興に演技を披露申す」

と告げると、大勢の女達は居並ぶ武士の酒肴の膳の前に坐し、演技の男を除いて他は廊下にさがって、白髪白髯の老人の腰掛けた床几《しょうぎ》の左右に胡座《あぐら》をかく。

烏兜の男が、「それ。玉取りより始め」というと、一人が立ち上がって座の中央に進む。

「毬《まり》の曲取り、刃《やいば》の曲取り」

懐中から五ツ程手毬を取り出し空中に投げては順に取って投げ上げ、手を背後に廻して投げたりする。燭台《しょくだい》の灯りにキラッと光ったかと思うと、いつ抜いたか腰刀が一本投げ上げられていた。投げ玉の数が少なくなったと思っていると、いつか毬の代わりに腰刀のみが五本も空中で舞っていた。

「うーむ。見事じゃ」

武士達は見とれ、傀儡子女《くぐつめ》が提子《ひさご》を取って酌《しゃく》をするのも忘れている。気が付いた時は空中で廻転していた五本の抜身の腰刀はすべて腰の鞘に収まっていた。

内蔵允《くらのじょう》も感心した。

「ようやった。盃を取らす。近く寄れ」

あの剣技は戦場の太刀打より鮮やかである。太刀打し乍《なが》ら腰刀を手裏剣に用いる事もできる。相当な腕前である。召し抱えたくなった。盃を受け取る男に、

「どうじゃ。武士にならぬか」

といったが、冷笑するのみである。

「酌をしてやれ」

内蔵允は前にいた傀儡子女を見て凝《ぎょっ》とした。今迄《いままで》気が付かなかった

が、驚く程美貌の若い女である。漆黒の垂髪に贅沢《ぜいたく》な白綾《しろあや》の小袖。とても漂泊《さすらい》の無節操な女には見えない。

芸をした傀儡子は二献飲み干すと、

「有難く頂戴仕《つかま》った。何か肴に被《かつ》け物《もの》（褒美）を」

と催促した。

「おお、そうであった。これを取らせる」

内蔵允《くらのじょう》は、背後の三宝に積んだ巻絹を一反《いったん》与えた。芸人に纏頭《はな》（褒美）を与えるのは酒宴のしきたりである。他の武士達も火打袋や巾着を投げて与えた。

「そちの名は何と申す」

内蔵允は目の前の傀儡子女《くぐつめ》に心を奪われた。

「あい。小君《こぎみ》と申します」

「被け物を多く取らせる故に、今宵は泊まって行けい。な。良いだろう」

女は媚《こび》を含んだ目を和《なご》ませ乍《なが》ら頭を下げた。

続いて輪投げ、輪潜り、木偶《でく》人形男女の絡み合いの演技、傀儡子女の舞につれて、今様《いまよう》、古川様《ふるかわよう》、足柄《あしがら》片下《かたおろし》、黒鳥子《くろとりこ》、神歌《かみうた》、棹歌《さおうた》、辻歌《つじうた》等が、笛・鼓に合わせて唄われ、武士達も調子を合わせた。座は次第に乱れて傀儡子女に抱き付く武士、立ち上がって一緒に舞う武士、ついには無礼講になった。内蔵允にとっては騒々しい丈《だけ》で、小君の顔ばかり眺め、酌をされると気が付いて慌てて盃を出す始末であった。

廊下の中央の床几《しょうぎ》に腰掛けていた白髯《はくせん》の老人のみが毅然として一座を眺めていた。その視線の先には内蔵允がいた。内蔵允もやっと気が付いて、

「おお。そこの老人。そちにも纏《は》頭《な》を取らすぞ。此処へ参れ」

といった。老人は、寿老人が持つような杖を突いて立ち上がると、内蔵允の前に胡坐《あぐら》をかいた。顔中皺だらけである。日に焼けて赤黒く、年

齢の程はわからないが、傀儡子達が尊敬していることは確かである。

「名は何と申す」

「忘れ申したが、皆はわしを蟇仙《がま》人という」

「面白い男じゃ。年はいくつじゃ」

「さあ忘れ申したが、五百歳はとうに越している」

「冗談《てんどう》申す老人じゃな」

「冗談ではない。本当じゃ。源頼義朝臣に従って奥州征伐に行ったことも、平治の戦で悪源太方に参加した事も覚えている」

内蔵允《くらのじょう》は黙ってしまった。これらは軍記物を読んでの疎《うろ》おぼえでいっているのではないか。何か馬鹿にされた様《よう》な気がした。

「傀儡子のたばねをしておるのか」

「左様《さよう》。わしは何代も奴等のたばねをしている。わしだけが年をとらんのだ」

内蔵允は呆れ返って老人の顔を見詰めた。

「酒を取らせる」

盃を出すと、

「そんな物でか」

という。内蔵允はムッとして、

「老人故にこの盃にしたのだ。沢山飲んだら身体《からだ》に良くあるまい」

「瀬降《せぶり》(野に暮らす)の時には、皆でわしを囲んで何斗でも飲むぞ。その時はわしを百太夫と奉《たてまつ》って賑やかに騒ぐのだ」

「よし。それなら大盃で取らせよう」

といって一升入りの朱盃を持って来させて満々《なみなみ》と汲《つ》ぐ。老人は一息に飲み乾す。家臣にもっと注げと命じると、五杯も飲んで平然としている。一座の武士達も唖然となった。

「きりが御座らん。これくらいにしておこう」

蟇仙人は立ち上がったが、酔った気配もない。

「見事じゃ。纏頭《はな》をとらせるが、何が望みじゃ」

「わしは傀儡子を束ねるものの、望みはない。仙人じゃ。何でも手に入るから何もいらん」

異様な雰囲気になったので、一座は少し白けた。

夜も亥の刻《ね》(午後十時頃)になったので、傀儡子達も帰り仕度をし、武士達も座を立ち始めた。

内蔵允は小君に、

「そちは泊まって行ってくれ」

という。こうした事に馴れているとみえて、「あい」と答えた。

傀儡子女《くぐつめ》が遊女の役も務めるのは平安の昔からで、『源平盛衰記』に拠れば、八幡太郎義家は父頼義が傀儡子女に生ませた子であるという。貴人や身分の高い武士も往々傀儡子女を相手とし、宿駅の遊女より好まれたのは遊芸も心得て楽しかったからである。

清水内蔵允《くらのじょう》は瀬戸陸奥守の娘を妻としたが、夫婦仲は芳しくなく、滅多に枕を共にしなかったが、他の女に手を出すのは早く、中々の好色家であった。

宴果てて後、内蔵允は小君を直ぐ寝所に連れ込んだ。合歓《ごうかん》は最高であった。

朝、目を覚ました時に小君の姿は無かった。小君を抱いた侭《まま》寝た筈なのに、何となく肌寒いので目がさめたのである。朝になったら沢山の纒《はな》頭を持たせ、又来るように言おうと思っていたが、小君は秘かに帰ったらしい。

頭痛がして、身体がひどく怠《だる》い。関東公方を鎌倉に追い込んだ時の戦は、追いつ追われつ一日に十六度も馬を走らせ、太刀が鋸目のようになる程戦って帰陣した時の疲労は甚だしかったが、それよりも疲れている。昨夜の愛戯がそれ程激しかったのであろうか。脱げ落ちた侍烏帽子が枕元にあるのに手を伸ばすのもおっくうである。

顔を洗う角盥《つのだらい》を持って来た侍女に、小君のことを訊いてみた。

「あの女。何処《どこ》に行った。帰ったのか」

「さあ、いつ帰ったかわかりません」

度胸《どきょう》の良い傀儡子女の事だから、内蔵允の寝入ったのを見て、夜中にでもそっと帰ったのであろうと、門番の所に訊《き》きにやらせた。しかし門番は「亥の下刻(午後十一時頃)に門を閉めたきりで、それ以後誰も出入していません」という。屋敷中の他の部屋にも小君の姿はない。不思議な女だ。内蔵允は呆然として一日を過ごした。

夕闇が迫り、庭の桜がほの白く浮いて、花片《はなびら》が蝶が乱れるように散り始めた。内蔵允《くらのじょう》は縁側に突っ立って、呆《ぼ》んやり眺めていた。心まで虚ろになったので、座敷に戻ろうとした時に、目の前に何か白いものが浮かんだ。

凝《ぎょっ》として見ると、何と小君の被《かず》衣《き》姿であった。

「おっ。おのしは小君。今どうして此処に」

「あい。殿御に御逢いしたくて参りました」

「何、逢いに来てくれたと。昨夜は何故一言も断らずに帰った」

「申し訳ありません。殿があまりに良く御休みになられて居りましたので、お起こししては悪いと思って……然《しか》し殿の御情《おなさけ》に引かれて、また忍んで参りました。」

「わしも逢いたかったぞ。そなたの事を想って一日呆《ぼう》っとしていた。よく来てくれた。まあ上がれ」

内蔵允は喜んで、手を取って小君を座敷に上げた。

「わしは、そちの事が忘れられず、一日中想い詰めていたのだ。そちは傀儡子女であるから仲間の掟《おきて》があるであろうが、どうだ、わしの側に仕えてくれぬか。良かったら蟇《がま》仙人という棟梁《とうりょう》に話しても良い」

「お言葉は嬉しゅう御座いますが、川の流れの浮草のような稼業の如き傀儡子の生業《なりわい》。それは難《むずか》しゅう御座いましょう。ただ、わたくし達一行が御当地に滞在している間は毎夜忍んで参ります」

「無理であっても、わしはどうしても、そちを側に置きたいのだ」

「わたくしも、本当は殿様の御側にお仕えしていたいと思っております」

内蔵允は小君を引き寄せて抱きしめた。

内蔵允の座敷で話し声がするので、家人がそっと襖の陰から覗いたが、内蔵允が一人ごとをいっているだけなので吃驚《びっくり》した。

「殿、誰か見えられたので?」

「うむ。小君が参った。酒肴の用意をせい」

家人は怪訝相《けげんそう》な顔をして引っ込んだが、やがて婢女《はしため》が酒肴の用意をして持って来た。内蔵允の気嫌は良い。

「まあ、一杯やれ」

「わたくしからお酌をします」

内蔵允《くらのじょう》はホロ酔い加減になった所《ところ》で、小君の手を執った。

「今宵も充分楽しもうぞ」

そして巫山《ふさん》の夢、雲雨《うんう》の契《ちぎり》を尽くして朦朧《もうろう》として深い睡りに堕ちた。

目が覚めると、小君はまた居なかった。頭が重い。身体も起き上がれぬ程重かった。昨夜も度が過ぎたと少し後悔したが、あの小君の夢中にさせる様《よう》な愛戯が忘れられない。

午後になってやっと起き上がった。そして今宵も小君は果たして来るかと期待した。

日が暮れると、桜吹雪の中にボーッと白いものが現れ、近付いて来る。それは小君であった。

「待ち兼ねたぞ、小君」

「あい。わたくしも」

その夜も内蔵允は夢中になった。そして朝になると疲れて起き上がれなかった。

毎晩主人が不審なので、気になった家人が部屋に入って内蔵允を見て吃驚《びっくり》した。物凄く憔悴《しょうすい》している。目は落ち凹《くぼ》み、頬は痩《こ》けている。二、三日前の逞《たくま》しい主人とは雲泥《うんでい》の差である。

「如何なされましたか」

「うん。頭が割れる様《よう》に痛くて、起き上がれぬ」

「医者でも御呼びしましょうか」

「いや、大丈夫だ。少し女色を慎《つつし》めば治る」

「女色？　殿のお側には女は居りません」

「うん？　まあいい。今宵は慎もう」

「何を仰言《おっしゃる》のですか」

「まあ、いい、いい」

その夜も小君は忽然《こつぜん》と現れたが、家人の目には触れなかった。到頭《とうとう》内蔵允は頭も上がらない病人になってしまった。

駿府《すんぷ》の城に出仕しなくてはならぬ日になったので医者を呼んだ。

「どういう事も無いが脈が早くて、心《しん》の臓《ぞう》が弱っている。これは危険ですぞ」

医者は診察《みたて》すると、適当な薬を与えて去った。

然《しか》し、夜になると内蔵允《くらのじょう》の部屋からは愛の睦言《むつごと》が聞こえる。家人は、これは主人に何か悪い憑《つ》き物が付いたと思った。そこで城下街で有名な陰陽師《おんみょうじ》を招いて祈禱《きとう》してもらうことにした。烏帽子に浄衣《じょうえ》の陰陽師は内蔵允の寝室に入るなり、

「これは地霊に近い生き物が憑いている。今払わねば生命が失われる所であった。早速退散させねばならぬ」

そういって内蔵允の床上《とこがみ》に白木の机を据えた。上に数本の小さい幣《へい》束《そく》を列べ、塩と洗米を盛った皿を置き、部屋中に注連縄《しめなわ》を張り廻らした。そして榊《さかき》を供えて、大きい幣束《へいそく》を振っては南に向かって拝礼し、呪文《じゅもん》を唱えた。

その夜は小君は現れなかった。内蔵允は「小君、小君」といって魘《うなさ》れ続け、蒲団《ふとん》に浸み通る程の粘った寝汗をかき続けた。

二日目に陰陽師は部屋の四方に呪《まじな》いの護符を貼り、幣束を振り立てて呪文を唱え続けた。

陰明師は安倍晴明より伝わった『金烏玉兎集《きんうぎょくとしゅう》』の秘法を会得《えとく》していたので、早くも悪い魔性のものが憑いていると見破っていた。そして魔性退散の呪文を一心に祈り続けた。

三日目の夜が更けてから、内蔵允の寝ている部屋の床下で、ヴォーッという法螺貝の音に似た唸り声がした。陰陽師は一段と声を張り上げ幣束を振って呪文を唱えた。内蔵允は魘《うなさ》れている。

再び庭先で法螺貝の様な声がした。家臣達がこの声に驚いて遠侍の間から障子を開けて廊下に飛び出し、夜闇を透かして庭先を見ると、三尺（約一メートル）程の黒いものが蹲《うづくま》っていた。こちらを向いている二つの目が赤黄色く光っている。坐った形でこちらを向いていたが姿は蟇《がま》の形に似ていた。その上に桜の花片《はなびら》が舞うように散っている。

「何だ。あれは」

集まった家人達はその異形の姿に凝《ぎょっ》として見詰めると、その物は口から霧の様《よう》なものを吐いて、大きい真赤な口を開いて「ぐわーっ」と鳴いて威嚇した。

大蟇《おおがま》の姿であった。

「蟇の妖怪だっ」

「妖物《ばけもの》だっ」

家臣達は騒いだが、刀を抜いて斬り付ける勇気もない。口から吐く青い霧の様《よう》なものがめらめらと燃え上がった。陰陽師は障子を開けて、「えい、えい」と叫んで幣束《へいそく》を振った。すると蟇はよろめいて向きを変え、背の無数の疣《いぼ》を濡れた様に光らせて、のそのそと池の方に歩き去り、やがて激しい水音と共に沫《しぶき》を上げて池に飛び込んだ。その波紋が月の光りの中で、次第に拡がりつつ収《おさま》っていった面にはいくつかの桜の花片が漂っていた。

「これで魔物は去り申した」

陰陽師は力強く言って幣束を押し戴いてから、

「清水殿の病は癒《いえ》えるであろう。蟇《ひき》は百年経《ふ》ると人の精気を吸うというが、清水殿は、その蟇に見込まれ、精気を吸い尽くされて危なく涸《こ》渇《かつ》する所《ところ》であった」

といった。

それから内蔵允《くらのじょう》は次第に身体が恢復《かいふく》していったが、元の様《よう》な勇武さは失われた。
陰陽師の悪霊祓《はら》いが終って三日程経った頃、浜松から三河国に入る街道筋に、異形の風俗の一行が傍《ぼう》若無人《じゃくぶじん》に行進して、宿駅の人や旅人を驚かせていた。鳥兜《とりかぶと》、金の熨《の》斗形《し》烏帽子《えぼし》、白丁《はくちょう》頭巾《ずきん》、雉の羽根を立てた網笠《あみがさ》、派出な衣装。被衣《かつぎ》や市女笠《いちめがさ》の女性等三十人程で、通行の人々も呆《あき》れて道を避けて譲った。その一行の後尾に、白髪白髯《はくはつはくせん》の老人が山藤の古木の杖を突いて悠々と歩いていた。
それを秋葉山の奥で永年修行したという修験者が見て驚いた。老人の先に三十匹程の蟇がのそのそと列をなして歩いているのである。
この異様な光景に「蟇仙人だな」と修験者は覚った。一般人には傀儡子の一行に見えるが、それは蟇仙人に駆使された蟇達であった。

　蟇仙人は沢山の蟇を使って傀儡子《くぐつ》女《め》の美女に化けさせ、男に近付かせてその精気を吸い取り、それを服用して五百年以上の齢《よわい》を保っていたのだ。

　蟇仙人は元、深山の渓川《たにがわ》のほとりに隠棲して、蟇を馴らして自由自在に操る術を会得した。蟇は『古事記』にも記されるように谷潜《たにぐく》（谷蟆）、*1蟾蜍《たんじょ》ともいう。蟇は長命で霊力を持つ事は中国の書や、『本草綱目《ほんそうこうもく》』にも記されている通りである。

　日本の先住民族は後来の武装民族に逐《お》われて山奥に入った。それが山《さん》窩《か》や傀儡子で、傀儡子は瀬降《せぶり》生活で野獣や蟇と親しみ、変現自在の術も覚えた。そして蟇の精を吸っている蟇仙人に統率されるようになったのである。

*1　蟾蜍《たんじょ》は『本草綱目』に次のようにある。
　蟾蜍千歳頭上に角あり。腹下丹書す。名づけて肉芝といふ。能く山精を食ふ。人得て之を食すれば、仙たるべし。術者取り用ひて以って霧を起こし雨を祈り、兵を辟さ縛を解く。今技あるもの蟾を集めて戯をなす。能く指使を聴く。物性霊あり。此に於いて推すべし。

髑髏《どくろ》本尊

京の或《あ》る寺に、元衛府《もとえふ》の下級武官だった浄仁《じょうにん》という若い僧がいた。浄仁は欲望を抑えきれずに、同僚を連れ立ってよく五条の夜発《やはち》（下級売春婦）に馴染《なじ》んでいた。しかし浄仁にとって夜発との行為は、肉体の欲望を満たすだけで、つねに何か物足りない滓《かす》が残っていた。

一体、肉欲とは何であろうか。自分だけがこうした空虚さに悩んでいるのだろうかと自問自答することがしばしばあった。衛士勤務の時でも、前を通る女性に欲望を感じて襲いかかりたい衝動に駆られたこともあり、自分は異常ではないかと思っていた。

浄仁は一切の欲望を断つように修行せねばと思い、徳行《とくぎょう》の噂高い蓮台上人《れんだいしょうにん》のもとを訪れて剃髪《ていはつ》し、修行僧となった。

上人より淳々《じゅんじゅん》と説《と》かれ、心を統一して経を読み、日夜精進《しょうじん》したら、そこに別世界の生活があるような気がし、肉欲の煩悩《ぼんのう》が起きると一心に真言《マントラ》を唱えて雑念を払うように集中した。然《しか》し庫裡《くり》等で炊事の仕度をしていると、仮《たと》えば大根を刻もうとすると、その手触りに女体が浮かび、心が乱れたりした。

「私は愛欲の魔性に取《と》り憑《つ》かれていて僧侶になる資格が無いのでしょうか」

浄仁は蓮台上人に伺いを立てた。

「成熟盛りの肉体の男じゃ。煩悩が起こるのは当たり前の事じゃ。さて、何故《なにゆえ》煩悩が起こるのか。そういう悩みは一体何なのか。その本質を考える必要がある。人間は他の動物と違う。考えるという智能を御釈迦《おしゃか》様は与えて下されたのじゃから、よく考えて究極の真理を握むがよい。それには多くの経典を読むことじゃ。しかし、いたずらに経典を読んでもそれは何の意味にもならない。内容を理解することで真理を悟ることができる。すると己《おの》ずと道が開けるというものじゃ」

浄仁はそれから経蔵《きょうぞう》にある経典を熱心に読んだが、難解な事ばかりで、その度に蓮台上人《れんだいしょうにん》に教えを乞《こ》うた。

それでも疑問は一向に解決しなかった。肉欲を断ったら人間を含めて、この世の生物は一代で終ってしまうのではないか。肉欲、つまり性欲が無かったら子孫も続かぬ。御釈迦様さえ摩耶《まや》夫人から生まれたのではないか。今迄《いままで》の名僧・智識もすべて女性から生まれた。つまり性行為によって受胎したのである。但し、単なる肉欲を満足させる行為だけの目的ではない。然《しか》し子を生む為の性行為と、性的衝動だけでの性行為と一体何処《どこ》が違うのだ。単なる性行為は異端なのであろうか。

龍樹菩薩《りゅうじゅぼさつ》の『智度論《ちどろん》』に目を通した時に、如実行度《にょじつこうど》の文句の意味が解けなかった。そこで蓮台上人に教えを乞うた。

「そなたが今だに性について悩んでいるのはよくわかる。あれ程の龍樹菩薩も、若い頃は、そなたの様《よう》に肉欲の虜《とりこ》になって放縦《ほうじゅう》であったが、これに疑問を感じて僧侶になった。散々悩み苦行した揚句《あげく》、ようやく無量清浄法音空《むりょうしょうじょうほうおんくう》　無相《むそう》　無作《むさ》　不生《ふしょう》　無所有《むしょゆう》と悟って菩薩の位になられたのであるから、そなたの二年や三年の苦業と未熟な思想では、真理の追究はまだ無理かと思われる。焦《あせ》って居るから逆に行き詰まってしまうのぢゃ。何も強いて色欲を否定する必要はない。自然法爾《じねんほうに》（自分の考えを捨てて如来《にょらい》の手にすべてをまかせる）じゃ。拘泥《こだわ》って無理な理屈をつける事を忘れれば、おのずと真理が得られるものじゃ。婬欲も時には即《そく》是道《ぜどう》（現象の事物そのままが真理である）じゃ」

と訓《さと》されたが、未《ま》だ把握できなかった。

やがて『理趣経《りしゅきょう》』に目を通した。

そこには次のような文句があった。

説一切《せついっさい》清浄《しょうじょう》句門《くのもん》　所謂《いわゆる》妙適《みょうてき》
清浄句《しょうじょうく》是《これ》菩薩《ぼさつ》位《のくらいなり》　欲箭清《よくせんしょう》
浄句《じょうく》是《これ》菩薩《ぼさつ》位《のくらいなり》　触《しょく》清浄句《しょうじょうく》
是《これ》菩薩《ぼさつ》位《のくらいなり》　愛縛《あいばく》清浄句《しょうじょうく》是菩《これぼ》

薩位《さつのくらいなり》（以下略）

つまり、人々の心の動きによって行動する意志はすべて不純なものでなくて清浄《しょうじょう》であり、従って欲望も愛欲もみんな清浄であり、自然に融け込んでいる己れの存在を悟った境地が自然法爾《じねんほうに》である、というのである。

ここで浄仁はやっと理解した様《よう》に思ったので、幾分心の重荷が軽くなった。

「妙適」とは梵語の（surata《スラータ》）で男女の交合《ミトウナ》の快楽のことを指す。男女の関係すら清浄であり、その欲望すら自然で悩むに足らない、ということだった。

あらゆる人間の行動は最も純なものであると解訳した。意外な内容に、目の鱗の取れる思いであった。師の蓮台上人《はすだいしょうにん》に伺いを立てた。

「確かに表面からはそう解釈して間違いではない。但し、すべての事が清浄であると認識するには、もう一歩突っ込んだ悟りを得る必要がある。それで真の理解が出来るのじゃ。もっと修行する為に、行脚《あんぎゃ》し、広く世間を見て智識を得て参れ」

蓮台上人から行脚僧になる許しを得た浄仁は、早速旅仕度をして、街から山野を渉猟し、行乞《ぎょうこつ》（乞食《こつじき》）し、寺があると泊めてもらって住職に教えを乞うた。しかし大抵は凡僧《ぼんそう》で、浄仁の意に叶わなかったが、越前国の某寺に泊まった時に、「性欲が根本理念である」という意外な教儀に接して、浄仁は再び迷った。

当時流行し、他宗にまで影響を与えた立川流《たちかわりゅう》の教義だった。諸法無《しょほうむ》衍婬欲是道恚痴亦然《えんいんよくこれどうしんちまたねん》を以って即身《そくしん》成仏《じょうぶつ》を説き、阿吽《あうん》の合致と悟りを女と男の合体の境地から得るという。二極の合体の中心を知る事によって、天地森羅万象《しんらばんしょう》の中心の己の存在を悟るという教義である。

この立川流の祖といわれるのは、平安時代末期の三の宮輔仁親王《すけひとしんのう》の護持僧仁寛《にんかん》である。仁寛は家柄も良く、兄の勝覚《しょうがく》が碩学《せきがく》で大僧都《だいそうづ》であったのに学び、万巻の書を読破した。その知識抜群であったが、鳥羽天皇の朝廷内の内紛に捲き込まれて、伊豆の大仁《おおひと》に流罪された。

この時代の仏教には大楽《だいらく》思想が浸透したが、仁寛は男女交合の境地を以って悟りとしたため、その平易さから流刑地に於ける信徒は数多くなった。その噂は地方にまで拡まり、偶々《たまたま》武蔵国立川に住んでいた陰陽《おんみょう》師《じ》某がこれを知って仁寛を訪ねて来た。そして中国の陰陽五行説（昔の中国の宇宙論で万物は陰と陽の二つの気によって生じ、金・水は陰に、木・火は陽に、土は中間に属し、その消長によって万物は展開するという説）に基づいた俗信が、仁寛の唱えた男女合体の教義に加えられ立川流となり、これに共鳴する宗旨も増えた。

立川流の曼荼羅《まんだら》（諸仏諸尊を描いた画面）は男女合体像で、これは時代降るに従ってその聖典も作られ作法まで整った。度々《たびたび》の弾圧と迫害にもかかわらず民間に広く信仰され、鎌倉時代末期には後醍醐天皇の信任厚い文観《もんかん》僧正（僧名を弘真《こうしん》というので、この流を弘真流ともいう）によって教義も作法も大成された。その中に西欧中世に流行した悪魔《サタン》の饗宴《サバト》的行事があった。

浄仁はこの真言密教立川流の僧の教義に大いに悟る所《ところ》があり、己れの今迄《いままで》の肉欲の悩みは決して醜く病的でないことを悟った。

そこで浄仁は、性を謳歌し、性を礼讃《らいさん》して生きる喜びを人々に知らせることを覚悟し、立川流本尊作りにかかった。立川流本尊作りは忍耐と性《セックス》の努力を要するもので、その秘法は越前国（福井県）の誓願坊心《せいがんぼうしん》定《じょう》が、立川流の本質を知ろうとして入信し、その秘儀まで極めて文永九（一二七二）年に記述した『受法用《じゅほうよう》心集《じんしゅう》』に詳しく記されている。

立川流の本尊は俗に髑髏《どくろ》本尊という。まず墓場に埋葬された髑髏を一つ選ばねばならない。しかも一般人の髑髏では効果がない。そして大《おお》頭《がしら》、小頭《こがしら》、月輪等の材料であるが、大頭は大臣、将軍、国王、国主、長者、父母、智者、行者、千頭の九種と法界髏から選ばねばならなかった。浄仁はやっと長者の墓らしい所から髑髏を一つ盗んで来た。虚《うつ》ろな髑髏の目の下には鼻の孔が二つ。上下の顎には歯が並んでいる。

次に『受法用心集』によれば、

語《カタ》ラヒオケル好相《コウソウ》ノ女人《ニョニン》

とあるので、浄仁は先《ま》づ旅を遊行しながら稼いでいる傀儡子《くぐつ》の中の美人の遊女に話をつけた。

大江匡房《おおえまさふさ》の『傀儡子記《くぐつき》』に記されるように、漂泊する傀儡子の集団の内、女性は殆ど遊女的稼ぎで、相手が気に入れば損得なしに求めに応じる女性達であるから、報酬と浄仁の話に興味を持って協力することに応じた。あと揃えるものは皿、小鉢と漆と筆、金銀箔と錦の袋と日々の酒肴である。

本尊作りの堂室と供物は、この奇怪な本尊作りに興味をもった宿場の長《おさ》が提供してくれた。立川流の交合《ミトウナ》曼荼羅《マンダラ》や本尊はそれ程民衆に興味持たれ、世俗的宗教として好奇心をそそっていた。

髑髏《どくろ》を祭壇に供えると、浄仁は先《ま》ず、漆に砥《と》の粉を混ぜた下地《したぢ》で人間の顔の形に仕上げた。できるだけ福相で、微笑した顔に作り、目も鼻も唇も作って色をさした。

それが仕上がると、浄仁は傀儡子の美女を堂内に連れて来て、供えられた酒を汲み交わし、肴を食べた後、二人共裸になって抱き合った。忽《たちま》ち二人は抽送《ちゅうそう》の刺激に興奮して夢中になり、激しい行動から洩れ垂れる二人の愛液を下の皿に受けた。

この宗の用語では赤白二滞《せきびゃくにたい》というが、赤は女性の愛液、白は男性の精液である。この二つの混合した愛液を筆で髑髏に塗る。乾くと更に重ねて塗り、百二十回も塗るのだった。

これを数十日繰り返すのであるが、最初のうちは傍《かたわら》に不気味な首があるので、極致になかなか達しなかったが、馴れてくると裸体の二人は互いに吸い寄せられるように密着して興奮の極致《アクメ》に達し、驚く程の量の愛液を放出した。

浄仁はその溜まった皿を持って祭壇の首に塗り付けた。幾日も経つと堂内に異様な臭気が籠ったが、それがかえって二人には、逆に刺激となった。

こうして日を経てから、二人は真夜中堂に籠っては反魂香《はんごんこう》（死んだ人の魂を呼び返すという香。漢の故事による）を焚き、祭壇の首の前で激しい愛戯を繰り返した。

この行為の時は一切を忘却してしまう。浄仁はこれで悟りに近付いたと感じた。さらに二人の愛液を粘着材として首に金箔を貼った。

それから首の額に秘儀の梵字《ぼんじ》を書き、再び激しく性戯に熱中した。

　翌日は銀箔、次の日は金箔を貼り、その前で愛液を床一面に迸《ほとばし》る程発散した。

　傀儡子《くぐつ》の遊女は、連日の激しい行為に労れる様子もなく、毎夜共に堂に入る時はすでに興奮状態であったから、浄仁も釣られてすぐに応じることができた。然し浄仁にとって連日の射精はかなりの努力であった。

　あと数日男女二滞《にてい》を塗り付ければ、髑髏《どくろ》本尊への入魂の儀は終り、現在、過去、未来を見通し、自然に福分が集まる超能力も得られるのである。浄仁は女体を愛撫し、己の部分を励《はげ》ました。傀儡子の女性の愛密の中で堪えきれず、僅かに射精すると、この貴重な二滞《にたい》を皿に受け、丁寧に髑髏本尊に塗り付けた。

　こうした二滞塗布作業が毎日繰り返されるので、堂内は異様な臭気に満ちていた。

　その夜も浄仁は女体に挑んだ。ところが気持は焦っても、肝心な部分がいうことをきかなかった。傀儡子の女性は連日の絶頂感で貪欲《どんよく》的体質になっていたが、浄仁の男の部分は少しも反応しなかった。

　十数日、愛液採取のための激しい交合の連続で、腎虚《じんきょ》（男子が房事過度からくる衰弱）になってしまったのである。

　浄仁の縮んで軟らかくなったものは入口から少し入った丈《だけ》で、女体は軽蔑する様《よう》に吐き出した。

　これでは髑髏《どくろ》本尊作りは挫折してしまう。全身を打ち込んで没頭した作業が完成しなかった己の非力を悟らせられるばかりか、自我解脱《げだつ》（自分の意志から解放される）もできず、更に性欲の燃える固まりとなった傀儡《くぐ》子《つ》の女性にも軽蔑され、自己嫌悪の地獄に堕《お》ちるだけである。

　浄仁は性力《シャクティ》の復活に苦悩した。そして浄・不浄も、醜も美も無い。一切が菩薩の位（悟った境地に位置した人）であると気が付いた。愛欲で一切無我になれば手段を撰ぶ必要はない。ただ男女二滞の愛液を得て髑髏本尊を完成させる以外にない。それもあと数日だ。

　浄仁は夜になると傀儡子の女性の太腿を開き、その付け根を甜《な》め廻し、この感覚によって、再び自分の肉体の部分が復活する事を祈った。

　然《しか》し、反応はなかった。その時浄仁に一瞬閃《ひらめ》いたものがあった。舌を男根代わりに用いて興奮状態に没入させたら、或《ある》は自分のものも活動するかも知れない。

　果たして、舌を挿入すると鼻が女性の敏感な所を刺激して傀儡子の女性は勢よく愛液を浄仁の顔に迸《ほとばし》らせた。それに伴って浄仁は床に少量の精液を洩らすことができ、貴重な二滞を皿に受けた。

　今度は鼻をそこに押し当てて擦り付けた。妙な刺激で傀儡子の女性は腰を捻った。

　翌晩も行なうと鼻が女性の中に入って行く気がした。鼻に手を触れて見ると、何か以前より少し高くなった様《よう》な気がした。自分で自分の鼻先が見えるような気がし、手で触ってみた。自分でもギョッとした。なんと鼻が二寸（約六センチ）程伸びていた。

　五日程経《た》つと、浄仁の鼻は五寸（約十五センチ）程も伸びた。更に驚いた事には、自分のもののように上反りになり、少し赤味を帯びていたのだった。

　異様な面体に我乍《われなが》ら凝《ぎょっ》としたが、自分のものに酷似している事により、これは愛液採集には良いと思った。

　確かにこの鼻を用いると傀儡子女《くぐつめ》は歓喜して愛液を放出し、自分も僅《わず》かではあるが射精することができた。

　予定の日数に及んだので、浄仁は髑髏本尊の頭に定められた梵字《ぼんじ》の曼荼羅を書き、酒と供え物の肴を並べて、終了の作法を行なった。

　これで目的を果たしたと安堵すると、長い鼻が蠢《うごめ》いた。傀儡子の女性は浄仁の異態の面相に驚いて去っていったが、浄仁は気にかけなかった。

　これであらゆる超能力が付いたと、座ったまま空中に浮く様《よう》に念じると、何と願った通り身体が浮き上がった。方向付けを思うと、その方向に動いた。髑髏本尊の霊験が発揮されたのである。浄仁は髑髏本尊を錦の裂《きれ》で包んで箱に納め、布で包んで首から胸に懸けた。

それから放浪の旅に出掛けた。道往く人々は、浄仁の異様な面態を見て驚いて逃げたので、門口に立って行乞《ぎょうこつ》（托鉢《たくはつ》）をする事ができなかった。夜道を歩いて行くより仕方が無かった。しかし、労《つか》れたと思うと急に足が浮き上がって、宙を浮かんでいくように軽くなった。駆けもしないで移動できる。それだけではなかった。腹が空くと、手にした鉢が飛び去って食物を入れて戻って来たり、咽喉が乾くと水瓶《すいびょう》が勝手に飛んで行って、谷川の水を汲んで来た。不思議な超能力が身に付いたと驚いたが、やがてそれは自信に変わっていった。髑髏《どくろ》本尊の威力には凄《すさま》じいものがある。赤白二滞《せきびゃくにたい》の愛液採集に苦しんだ甲斐があったと思った。

夜の原の上を遊行している時に満天の星空の真向こうに突如一条の細い線の流星が飛び、その先端が蒼白い光を四方に照らして消えた。その下に一瞬浮かび上がったのは真っ黒に見える聳《そび》えた山であった。それは浄仁の行く先を暗示しているようであった。

その真っ暗な山中に入ったが、浄仁には手に取る如く黒い樹立や叢《くさむら》が見えた。山の中腹に朽ちかけた山の神を祀《まつ》ったらしい堂が見えたので、浄仁は其処《そこ》に住むことにした。

朝になると鉢を飛ばす。すると鉢は空中を飛翔して、麓の家々からの托鉢《たくはつ》の食料を盛って戻って来た。それを山に棲んでいる鳶《とび》の群が追い掛けて来た。そして堂の廻りに集まって、餌欲しさにピーロピーロと鳴いた。

浄仁は鉢に山盛りになっている喜捨の食物のうちから、鳶の食べられ相なものを握《つま》んで堂前に投げてやった。

こうして浄仁は山中に孤立した侭《まま》、飢えも渇《かつ》えもしないで済み、その度に集まって来る鳶にも馴れ、毎日を髑髏本尊に真言《マントラ》を唱えるだけで過ごした。

鳶が浄仁に仕える如く堂の前に集まっているので、通り掛かった猟師がこのさまを見て吃驚《びっくり》した。堂内には髪の毛の伸びた、鼻が異様に長い赤ら顔の奇人が座している。今迄《いままで》に見た事も無い鼻の長い恐ろしい顔した僧の様《よう》な仙人の様《よう》な奴が、鳶を部下として使って棲んでいる。あれは山の妖怪じゃ。うっかり近付くと喰い殺されるぞと話した。その噂は麓中に拡がった。

　そして猟師すら山に入らなくなった。

　一人の旅の遊行僧が、或《あ》る村を訪れてその噂を聞いて言った。

「数ヵ月前に大きな流星が空をよぎってあの山に落ちたというが、それは天狗《あまつととね》じゃ。唐の国ではそうした流星を天狗というが、その落ちた所には怪しい動物がいるという。『日本書紀』の舒明天皇の九（六三七）年にも、この『あまつととね』が現れたという記録がある」

「一体、〈あまつととね〉とはどんな怪物ですか」

「唐の国では天の狗《いぬ》と書くが、その落ちた所には必ず怪物がいるのじゃ。人間に似て異形の姿をしている。近寄らない方が良いぞ。その流星は天竺《てんじく》の苦魔羅《くまら》という仙人が星になって、〈あまつととね〉の姿に変わったものじゃ」

　それ以来この山は苦魔羅山と呼ばれるようになり、〈あまつととね〉の文字の漢字を天狗《てんぐ》と呼ぶ様《よう》になった。

「その天狗にはいつも鳶《とび》が群がって仕えている」

という噂が立つと、知ったか振りの者が、

「それも天狗の仲間じゃ。鳶天狗という奴じゃ。此奴等《こやつら》は街の空の上にまで飛び廻って、人が食物を持っていると襲いかかって攫《さら》って行く。天狗の食物を得る為じゃ」

などといった。そして苦魔羅山は天狗という妖怪が棲んでいると全国的に知れ渡った。

鳶天狗の被害は有名で、『今昔物語』などにも糞鳶《くそとび》として記されている。やがて馬鹿にされて烏天狗《からすてんぐ》、木《こ》っ葉天狗《ばてんぐ》といわれたが、浄仁は大天狗として恐れられた。

浄仁は時折、街に遊行して怖れられたが、色々な超能力を発揮するので、神の如く崇められた。人々は恐れつつも尊敬し、やがて苦魔羅山に天狗堂を建立して信仰され、その信仰は地方にも拡がり、山に入る人は天狗信仰者となった。

苦魔羅山の浄仁に秘術を学んだ弁慶は、後に牛若丸を擁立して臣従したという。

首無し武者

　作兵衛《さくべえ》は遠江国《とおとうみのくに》馬込川《まごめがわ》の奥、金指村《かなさしむら》の農民の倅《せがれ》であった。金指は、丘陵上の山森の村で耕地が少なかった。作兵衛の家でも僅かの水田と雑木林を開墾した畠があるくらいで、親子四人が食っていくのにやっとだった。

　作兵衛の父は、この土地が未だ今川領であった頃に軍夫《ぐんぷ》として狩り出され、小田原北条氏との戦《いくさ》の折に腰に矢傷を受けて以来足腰が不自由になった。ために作兵衛は、母親と妹つるの三人で農事にいそしんでいた。幸い作兵衛は体が頑健《がんけん》で、他《ひ》人《と》の二倍も働く真面目な青年であった。

　元亀《げんき》元（一五七〇）年十月、甲斐の武田晴信が突如軍を動かして、信濃を通って西進し、京に上って主導権を握ろうと、中仙道を進軍して来た。金指村付近は今川義元の時代から武田領と入り交じった境に当たり、半《はん》手《て》（両方の領主に年貢を半分ずつ納める曖昧な緩衝《かんしょう》地帯）の土地であったので、今川氏に代わって領土を持った徳川も、自分の領域と思っていた。

　不意に西進して来た武田軍はいちはやくこのあたりを占領して、食糧・軍夫の徴発《ちょうはつ》を始めた。軍の移動や陣地構築には、その土地の農民やあぶれ者を容赦なく捕らえて作業を手伝わせたり、食糧確保のための徴発をするのだ。運送用に農作業の牛馬まで取り上げた。雑兵《ぞうひょう》などは雇いの無法者が多いので、婦女子を犯し略奪もする。

　作兵衛一家も逃げる隙なく、家に侵入され僅かの備蓄米を奪われた揚句《あげく》、強壮な青年と見られて作兵衛は軍夫として連れ去られた。

　戦争は武士が勝手にするものであるが、戦場になる地域や、その付近の村や町は、こうした武力をもって強制的に荒されるのである。反抗する者は容赦なく虐殺される。

　賢い村長《むらおさ》などは戦争があるとわかると、村中の者を連れて、あらかじめ山奥に秘かに造った山塞《さんさい》に籠る。しかし、そうした折の留守の村は破壊され焼き払われるのが常だった。

　いつの世も戦う者に支配される庶民や農民は惨目《みじめ》であった。敵国に捕《つか》まると、身代金《みのしろきん》を要求されたり、他国に奴隷として売り払われるのだ。

　国境を犯して西上するという武田晴信の軍を、遠江国の徳川家康も黙って見ている筈《はず》が無かった。武田方より軍勢は少ないが、これを阻止する為に浜松城から兵を出し、北上して三方《みかた》が原《はら》に布陣した。ここでも領民が狩り出されて陣地の構築にあてられた。

　国（領国）の為という名目の下には、侵略も人殺しも乱暴狼藉も、あらゆる殺戮《さつりく》も正義であり、それを止める倫理感を、大名は持たなくなる。それに従わねば生命が無くなるのだ。

　武田方に連れ去られた作兵衛は、米俵が集積され充分に配給されているのを目の当たりにして驚いた。家では乏しい米を粥《かゆ》にしてすすっているのに、こういう所にはしこたまあるのだなと思った。勿論《もちろん》軍夫も労働であるから、一人分として勿体《もったい》ない程《ほど》与えられるが、生命の補償は無い。作兵衛の父のように、矢傷を負って役に立たなくなれば棄てられるか追い返される丈である。

　作兵衛は武士に対して不満を持っていたが抗しようもない。村の若い者の中には農民の立場に不満を持って、武士に仕えて、やがて支配階級になろうと野望を持って村を飛び出した者もいるが、一人として帰って来ないし、武士に出世したという話も聞かない。

　然《しか》し、人一倍腕力に自信のある作兵衛は、或《あるい》は武士になれるかも知れない。成れなくとも足軽級なら務まるかも知れないと思って、足軽小《こ》頭《がしら》幡野《はたの》十郎《じゅうろう》左衛門《ざえもん》の所に行った。最下級の戦闘員であるが、万一手柄を立てれば士分になれるかも知れない。

　腕力と機智の時代である。軍夫は

使い捨てである。然《しか》し、足軽は自分一人の食扶持《くいぶち》であっても保証はある。

武田の大軍が追分《おいわけ》の宿《しゅく》一帯に進駐して来た時に、槍組足軽小頭の幡野十郎左衛門の組下の一人が斃《たお》れ欠員になっていた。

武田家の槍組足軽は小頭以下十五人ときまっているので、十郎左衛門も考えた末、作兵衛を早速採用した。足軽は一組が一戦力で、個人の騎馬武者に対抗する。いつも十五人一団となって小頭の号令で槍を揃え、騎馬の突撃に対抗するのだった。

作兵衛は早速襤褸衣《ぼろぎ》を脱され、襦《じゅ》袢《ばん》と脚絆《きゃはん》股引《ももひき》に草鞋《わらじ》掛け、陣笠に素末な胴草摺《くさずり》の具足《ぐそく》、刀に槍、一食分ずつ珠数玉《じゅずだま》に結んだ打飼袋《うちかいぶくろ》を襷《たすき》にかけて忽《たちま》ち足軽姿に変わった。鈍《なまくら》刀に素槍であるが、武器を持つと何となく心強くなる。戦争が激しくなると大荷駄《おおにだ》が狙われる。その時の軍夫は右往左往して逃げるだけであるが、足軽は武器を持っているから一応戦える。戦った経験は無いが何となく心強い。

武田軍は三方が原に布陣して、戦略上付近の村を荒し廻った。同じ農民であるから、敵地の村を荒らし廻ることは嫌であったが、命令でもあるし武器を持って乱暴狼藉を働く事は自棄糞《やけくそ》になると実行できた。仲間の足軽達は当然のように反抗する農民を殺し、婦女子を犯し、金目になるものを奪った。

江戸時代初期の怪談集を書いた浅井了意《あさいりょうい》の『狗《いぬ》はりこ』巻之四「味方原軍《みかたがはらのいくさ》」の項では、虐殺された民衆を「亡魂谷底に残りて、夜な夜な啼きさけびけり」と記している。

こうした暴行は敵の戦意を削《そぐ》意味もあるが、徳川領に侵入した武田軍の暴状は凄かった。明日戦にでもなれば死ぬかも知れぬという刹那《せつな》的気持が善意のカケラ一つも残さなかったのである。

三方が原に於ける武田方の布陣は完璧であった。農民や軍夫を動員して陣前に柵を張ったり壕を掘ったり、備えも巧妙であったので、徳川軍の突撃も失敗して総退却となった。これに対して、関東を蹂躙《じゅうりん》した武田騎馬隊の追撃、続いて槍組足軽の追撃である。作兵衛もその中の一員であった。

　騎馬隊が渋滞したと思ったら、徳川方の騎馬武者が踏み留まって戦っているのである。騎馬と騎馬が衝突《ぶつか》り合い、槍が閃《ひらめ》き落馬する者もいる。ようやく追付いた作兵衛達も武士の戦闘の激しさに、身がすくんで、唯《ただ》廻りを槍をそろえて囲んでいた。

　とてもあんな激しい戦い方はできない。馳せ廻って槍を突き合う。敵味方の区別は背中の差物旗丈《さしものばただけ》である。

　突然、敵が作兵衛の方に背中を見せた。作兵衛は夢中になってその背中に槍を突っ込んだ。

　ところが槍の扱い方も碌《ろく》に知らぬ作兵衛は手元が狂って、馬の尻を突いてしまった。馬は棹《さお》立ちになり、馬上の武士は仰向けに転倒したが、槍は馬の尻を刺した作兵衛の手元から離れてしまった。作兵衛も尻餅をついたが、このままでは武士に殺されると慌てて立ち上がり、起き上がろうとする敵の武士の胸へ、両手に全身の力を籠めて刀を突っ込んだ。

　具足の固い抵抗を突破って刀は深く刺さり、武士はのけ反《ぞ》り、その刀を握んだ手を血だらけにして死んだ。足軽小頭の幡野十郎左衛門が馳せ寄って、

「作兵衛。手柄じゃ。首を掻《か》けい」

　といったが、刀が引き抜けない。武士の胴に片足かけて力を込めて引き抜いた作兵衛は、刀を持った侭《まま》再び尻餅をついた。恐怖と興奮で夢中であった。立ち上がってもあたりの乱戦が全く目にも耳にも入らず呆然としていた。

「何をしている。早く首を掻け。奪首《ばいくび》（自分の獲った首を他人に奪い取られる事）されるぞ」

　やっと吾に返ったが、どうやって首を獲るのかわからない。

「面頬《めんぼう》の垂《たれ》を上げて首を掻くのだ」

　といわれ、斃《たお》れた敵の面頬の垂を上げると頸が見えた。震える手で刃先を突き込んだが、鈍刀《なまくら》であるから鋒先《きっさき》あたりはボロボロで、横に動かしてもうまく斬れない。

「仕様《しよう》の無い奴だ。こうやるのだ」

　十郎左衛門は自分の腰刀を抜いて頸《くび》を掻き斬った。

「足軽としては手柄だ。それを持って陣に帰ろう。披露してやる」

　その頃には徳川方の殿《しんがり》の武者達も逃げ去っていて、追撃は中止になっていた。

「兜《かぶと》も持参せい。証拠品じゃ。その他に名札でも名の書いたものでもあるかしらべろ」

　恐ろしかったが、震える手で死体の胴を探ったりしたが見付からなかった。

「それなら背の指物旗《さしものばた》を持参せい」

　といわれて、指物旗を抜きとり、槍と共に持って、敵の頸を小脇に抱えた。したたる血が襦袢《じゅばん》の脇について気持が悪かった。手柄を立てたとはいえ、初めての人殺しは何んとも不愉快だった。

　武士は自分の生命が助かりたい為に敵を殺す。そしてそれが恩賞《おんしょう》になる。だから殺すことに何の罪悪感

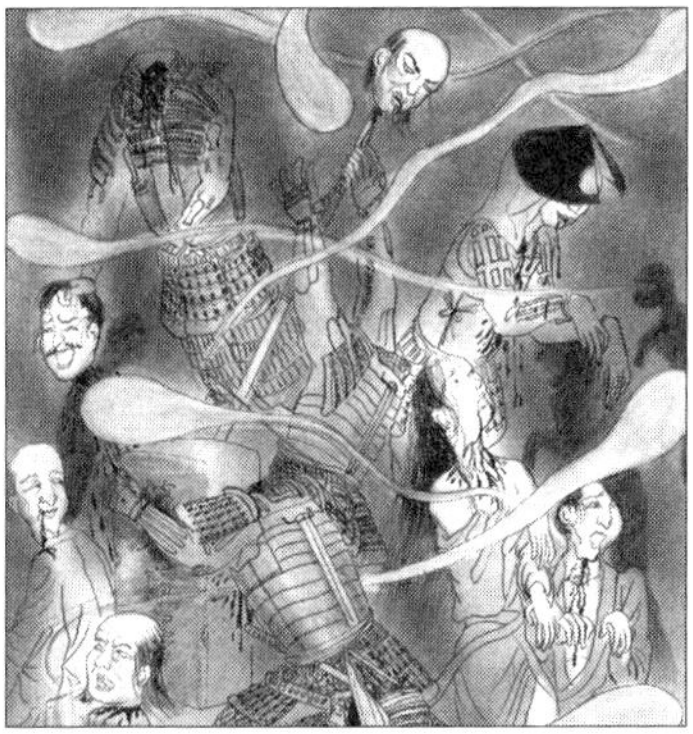

を感じないのだ。敵地に入れば、反抗すれば農民でも容赦なく殺す。中には面白がって殺す奴もいる。殺される側の気持などは一切汲んでないのだ。然《しか》し、自分が殺される立場になったら、どんなに怨みに思うであろうか。

　作兵衛は十郎左衛門に連れられ、武田晴信（信玄）の本陣の陣幕の外に膝《ひざ》ま突《づ》いた。

　本陣は功名を挙げた武士達の報告でごった返していた。随分待っている間に、抱えている首は血の気を失って蒼白《あおじろ》くなっている。しかも乱れた髪の毛がその顔にまとわり付き、大きく見開いた無念の形相《ぎょうそう》は形容しがたい。作兵衛は恐ろしさに震え、

「許してくれ、俺は殺されたく無かったのだ」と心の中でつぶやいた。

　名ある敵の首には、髪の毛に札がつけられ、別の柵に吊り下げられて列んでいた。数首《かずくび》は脇に西瓜《すいか》のよう

に積まれていた。功名帳の執筆係りが忙しく記入していた。やっと作兵衛の番がきた。

「何。足軽が兜首を獲ったと。それは殊勝《しゅしょう》な奴だ」

晴信の傍《かたわら》にいる重臣が言った。十郎左衛門に指導されて、作兵衛は晴信に首を差し出したが、碌《ろく》に見て呉《く》れなかった。傍の重臣が、

「証拠の兜は」

といったので、兜を差し出す。

「これ程の兜をつけていたのなら、一角《ひとかど》の武者であろう。指物は合印の紋があるが姓名は書いてないか」

「へい。御ぜえやせん」

「よし。そちらへ置け」

晴信がやつれた顔で見下ろして、

「名は何と申す」

と声をかけた。

「へい。作兵衛と申します」

「姓は無いのか」

「へえ。追分の手前の金指村の農民で御ぜいやす」

「よし。金指作兵衛と名乗れ。後程褒美《ほうび》を取らす」

といわれて早々に引き下がった。武田軍が金指村に略奪暴行を加えた事など、まるで知らない様《よう》であった。

金指作兵衛は十貫文の土地を賜《たまわ》る通達を受け、紺絲素懸威《すがかけおどし》の兜付の粗末な具足と、太刀、刀、合印の指物旗を拝領して幡野十郎左衛門の所に挨拶に行った。槍組足軽から離れて下級乍《なが》ら徒歩《かち》武者として認められたのである。粗末な具足でも、面頬《めんぼう》、籠手《こて》、臑当《すねあて》、当世袖《とうせいそで》が揃っている。槍太刀、腰刀は自分で揃えねばならぬのであるが、戦場のため討死した敵方の分捕品《ぶんどりひん》から撰んでもらった。配置も侍大将山県三郎《やまがたさぶろ》兵《べ》衛《え》昌景《まさかげ》の配下の末端になった。作兵衛はこれで金指村に自慢して帰れると思い嬉しかった。然《しか》し武田晴信は一挙に徳川家康を滅ぼす為に南下して浜松城を囲んだ。所《ところ》が意外と城の防備は厳重で、長期戦になり相《そう》であった。

晴信は力の無い咳をして身体不調の様《よう》である。悠長《ゆうちょう》に構えていられず、西進を急いだ。囲《かこみ》を解《と》いて進発したが、再び野田城で抵抗に遭った。包囲している内に晴信の容態は

益々悪くなった。関東・信濃の形勢も不穏との報告があったので、京に進む事はこれ以上は無理として、軍を返す事になった。

金指作兵衛は、晴れの武士姿を一度両親や妹に見せたいと思ったので、山県昌景に許可をもらい、槍を担いで意気揚々と金指村へと戻って行った。

追分宿《おいわけしゅく》あたりの惨状は甚だしく、宿営の薪《たきぎ》にする為に壊された家もあった。金指村に近付くと武田軍によって田畑は踏み荒らされ、雑木林も大分伐りとられていた。見覚えのある森を目当てに通い馴れた畦道《あぜみち》を急ぎ、雑木林の蔭の吾《わ》が家に目をやって、アッと驚いた。家が無い。焼け跡の残骸だけで、両親も他の人影もなかった。村人を含めて皆山の中に逃げ込んだのか殺されたか。

作兵衛は槍を杖にして呆然とした。軍夫として徴発され酷使された揚《あげ》句《く》足軽を志願し、苦労の末にやっと士分になれたのである。十貫文の土地をもらったらどれだけ家が楽になるだろうと喜びの心を抱いて、晴姿を見せに戻ったのに、村や家はこの態《てい》である。激しい悲しみと怒りが全身を襲った。何故大名達は領土を拡める為に戦争をするか。武士は何故人民を虐《しいた》げてまで出世を望むのか。しかし今や作兵衛自身が、その末端の武士になったのである。呪わしい世の中である。

作兵衛は腰を下ろして頭を抱えた。こうして故郷に戻っても何の意味もないのだ。このまま逃亡したいくらいだ。然《しか》し逃亡したとて食っていく宛もないし、武田家は武士の逃亡には厳しい罰がある。武道不心得という丈《だけ》で磔《はりつけ》になった話も聞いている。逃げ場はない。故郷はあきらめて武者として立ち、できるだけ吾が道を拓くより他に方法が無い。

作兵衛はトボトボ中仙道を東に向い甲府に着いた。武家屋敷が立ち並び、甲府の町は賑やかである。山県昌景に報告すると下級武士の長屋を与えられた。主君晴信は、皆が隠しているようであるが、死亡したらしかった。他国にもその噂が流れ、武田領や武田家に属した武将が次々と叛意《はんい》を示していた。

そこで後を嗣《つ》いだ勝頼が威を示す

ために方々に出陣した。そのたびに作兵衛は槍を持って馳けづり廻った。作兵衛の無茶苦茶の戦闘振りは意外と効果を上げて、戦の度に敵の兜首を上げて、少しずつ加増《かぞう》されて二百貫の知行をもらう身分になった。そして槍持・旗指《はたさし》持の雇人を抱えられる様《よう》になったが、今度はいつ自分が首を獲られることになるか知れないので、他人にすすめられても妻は持たなかった。

作兵衛は少しでも目立ちたい為に、小田原の甲冑師岩井に依頼して新調の具足を作らせた。兜は薄鉄の三十六間筋兜であるが、錣《しころ》も胴も草摺《くさずり》も浅葱《あさぎ》絲威《いとおどし》の清楚な具足であったから、案の定、仲間内でも目立った。今では誰も遠州金指村の農民の倅とは思わなかった。作兵衛も今さら惨めな農民になど戻る気はなかった。

天正三（一五七五）年五月、武田勝頼は父の遺志を継いで西上する事を決意し、先《ま》づ反復を繰り返す長篠《ながしの》城《じょう》を攻めた。これに驚いた織田信長が、徳川家康と共に救援の兵を設《しだ》楽原《らがはら》に送った。大野川と滝川の合流点にある長篠城は堅牢《けんろう》で、中々陥ちなかった。

織田信長・徳川家康連合軍が松尾山を背にして設楽原に布陣したので、勝頼はこれを撃破する為に進出した。関東で恐れられた武田の騎馬軍団は、歩兵の多い敵方を一蹴《けち》散らしで破る事ができる。勝頼は全軍に突撃を命じた。先《ま》ず馬場隊が集団となって突進する。しかし意外な事が起こった。激しい音響がして前面が見えなくなる程黒煙が上がり、音に驚いた馬がぶつかり合うと共に、武者も馬もバタバタ斃《たお》れ、敵陣に近付く前に総崩れとなった。それでも敵陣に突入しようとした者もいたが、柵がめぐらされていて、柵の内側から鉄砲で撃ち殺された。

こうした状況を充分に把握していなかった勝頼は、更に突撃を命じた。山県隊が喚声を上げて突撃した。その中に、やっと馬上の士になった金指作兵衛もいた。今迄《いままで》の戦で自信もあるから敵陣に突入し、馬上から槍で刺す積《つ》もりで、右手に槍を高く上げて、全身で喚《おめ》いて馬を走らせた。

再び目の前に黒煙が立ち込め、轟音がとどろいたと思った刹那《せつな》、胸に激しい衝激を受け、蒼空をチラッと目にした侭《まま》落馬した。廻りの暴れる馬に蹴られたりして、初めて敵の胸を刀で刺した時の印象が脳裡に浮かんだまま、口から激しい血を吐いた。そして意識を失った。

馬防柵と鉄砲の一斉射撃の新戦術に気が付かず武田軍は繰り返し突撃して潰滅《かいめつ》し、ついに勝頼は退却を命じた。

設楽原は、武田軍の死傷者と斃《たお》れたり藻掻《もが》いている馬で埋め尽くされていた。馬防柵の間から槍組、弓組等の雑兵が馳《か》け出して来て、呻《うめ》いている武者や討死した武者の首を掻《か》いた。惨憺たる戦場の様相であった。浅葱絲威の胸を血に染めた金指作兵衛の首も掻かれた。

織田・徳川両軍の一方的大勝利だった。陣中で首実検が行なわれた。作兵衛の首は数首《かずくび》（著名な武者の首でないとして、ひとまとめにしてチラリと見る丈《だけ》で捨てられる首）として、寄せ集められ、穴に捨てられた。

戦場跡は鬼哭啾啾《きこくしゅうしゅう》として遺骸が打ち捨てられ、血に染んだ土から方々で鬼火《おにび》が燃えた。

昼間は近くの村々の者が屍骸《しがい》から色々のものを剥ぎ取りに来た。これを戦場荒らしというが、剥ぎ取ったものは商人に売るのである。土地の農民にとっては荒らされた土地の被害の埋め合わせであった。甲冑迄《まで》剥ぐ者もいる。損傷した部分を捨て、寄せ集めて、又《また》甲冑を作って、街の具足師が町具足《まちぐそく》（既製品の具足として列べて安く売る具足）にするのである。

金指作兵衛も剥《は》がされ、裸体に近い姿で放置され腐っていった。悪臭が設楽原中に漂ったので余慶《よけい》村人は近付かなかった。

夜になると無数の人魂《ひとだま》が飛んでいた。

医王寺の住職が村々の寺の住職を

集めて、野晒《のざらし》になった白骨を集めて原の隅に埋めて供養《くよう》塔を建てた。

それから半月程経《た》った雨の夜のこと。供養塔の脇からいくつも蒼白い陰火が燃えて、傷で血だらけになった武者の亡霊が現れて悲痛な呻《うめ》き声を出して、そこを通る旅人を驚かせた。無残な殺され方をした武者の亡魂が迷っているのである。

旅人が長篠の町に入ってこの話をしたので有名になった。三方が原の亡魂の方は仮名草子の『狗《いぬ》はりこ』によると、徳川家康が土地の人に命じて七月十三日より十五日まで、供え物をして盂蘭盆会《うらぼんえ》を営《いとな》んで念仏踊りをして供養して成仏したとあるが、設楽原の北端の供養塔からは、五月の雨期になると毎晩武者の亡霊が現れた。

その中で浅葱《あさぎ》威《おどし》の具足《ぐそく》を血だらけにして首の無い亡霊が「首を返してくれ」と悲しい声で言うのがよく耳に入った。

兜《かぶと》や面頬《めんぼう》が宙に浮いて、胴から出た籠手《こて》は骨だけの腕をまとった様《よう》で、板塔婆を杖として、ふらふらっと現れ、設楽原の方をさ迷っているのである。恐らく金指作兵衛の亡霊であろうが土地の人はその名も知らなかった。

くびを、かえしてくれえ……

権助《ごんすけ》と清《きよ》と狸囃子《たぬきばやし》

江戸の街の商人の家は、日が暮れると店の大戸《おおど》をおろす。街並は料亭の掛行燈《かけあんどん》か、街々の境にある街木戸の両側にある自身番屋と木戸番小屋の灯りが洩れる丈である。それも、亥《ね》の刻（午後十時）には町木戸《きど》の大門を閉め、番屋も障子を閉めるので、その所在が微《かす》かに見えるだけの明るさであった。遅く所用のある者は、大門の脇の木戸門から出入する。

大店《おおだな》では、店を閉めて夕食をとってから、丁稚《でっち》は丁稚机を出して、先輩の番頭から読書算盤《よみかきそろばん》を教わり、商人としての知識を学んだ。番頭はというと、妻を持てぬ住込みの者は、性の欲望に堪え兼ねてよく店を忍び出て、街の売春婦を買いに出掛けた。

当時の川柳には、

客二つつぶしてそばを三ツくい

とある。夜鷹は貧しくて夜食も碌《ろく》に取らず蓆《むしろ》を抱え淋しい所に立って客の袖を引いて売春する。一交代が二十四文、腹が空って流しの夜泣《よなき》蕎麦《そば》（夜鷹蕎麦ともいう）十六文を三杯も食ってしまうことを材として詠まれた川柳であるが、つまり夜鷹はそのくらいの金額で買えたのである。ただし、屋外の物蔭の暗闇の地面に蓆《むしろ》を敷いて、その上で男が交わって一回射精すれば終りである。

江戸は武家と庶民の街であるが男より女の方が少なかった。大名や大身の武士、裕福な商人などは、妻の他に妾《めかけ》や婢女《じょちゅう》を多く抱えていたが、下層階級の男は妻を持てない。そこで遊里が許されたのであるが、遊里は高く、下層民は遊べなかった。

低給料で住み込みをしている番頭級は、欲望の吐口として辻君《つじぎみ》や夜鷹などの街娼、奢《おご》っても岡《おか》場所の切見世（遊女屋）に通うのが常であった。

　奥州街道の入口、千住に続く坂本の通りの商店街にある米問屋の権《ごん》助《すけ》、雑貨仕入業の平吉、そして酒問屋の六造の三人の番頭は、夜鷹を買いに行こうと示し合わせ、大戸《おおど》をおろして店を閉めて、潜《くぐ》り戸から忍び出た。大体、他店の番頭と示し合わせて二、三人で出掛けるのが常であった。

　坂本の商店街の裏通りは長屋続きで、その先には入谷田圃《いりやたんぼ》、三輪《みのわ》田圃、浅草田圃がある。遥か先の闇空にほのかに明るく見えるのは、吉原遊郭の不夜城であるが、三人が目指すのは勿論《もちろん》吉原でない。それより離れた暗闇の日本堤の夜鷹達である。

　田圃道は叢《くさむら》が茂って、腰をまくらなければ夜露に濡れる程だった。足元から蝗《いなご》が飛び出す。無数の蛍が星のように光って飛び交い、微風が快良い。冬は別として通い馴れた道であるから、遠方のほのかな灯りだけで目当はついた。

　三人は心を浮かせて田圃道を歩いて行く。吉原遊郭の方からは御大尽《おだいじん》遊びが呼んだ囃《はやし》方の太鼓や三味線の音が微かに流れてくる。浦山敷《うらやまし》いと思ったが、俺だって大商人になって、ああした御大尽遊びをやって見せるぞという意地が湧くだけであった。

　権助は、ふと田圃道に黒々と立っている石の地蔵尊が目に留まった。悪戯《いたずら》心が起きる。

「おい。この地蔵を持ち上げられるか」

「そんな事は、わけないさ」

　といったのは雑貨仕入屋の平吉であった。つかつかと寄って石地蔵を抱え上げようとした。しかし動かない。

「力の無い奴じゃな。俺がやって見る」

　酒問屋の六造が抱えたが、重味によろよろとして支えるのが精一杯であった。

　普段米俵を両手に二俵持つのに馴れている権助が歩み出る。

「俺がやって見る」

　そう言うと、石地蔵を台座から浮かして、反対向きにした。

「どうだ。こうやって置くと朝になって、吉原帰りの奴や、ここら辺の百姓が見て吃驚《びっくり》するぜ」

両掌をはらい、三人は笑って夜鷹の待つ日本堤の方に歩いて行った。

翌朝、吉原帰りの漂客《うかれきゃく》や、畑仕事の農民たちが後向きの石地蔵を見て吃驚《びっくり》した。

「誰の悪戯《いたずら》だ」

農民が三人掛りで石地蔵の向きを直した。二、三日して権助達は誘い合わせて日本堤手の夜鷹買いに、又此処《ここ》を通り掛かった。細い新月が出ているので、石地蔵は朧気《おぼろげ》に見える。

「あれ、直してあるぞ」

「よし。又、後向きにしてやれ」

力自慢の権助が、また石地蔵を後向きにした。数日経《た》って三人が通り掛かると、半月に照らされた石地蔵はちゃんと元どおりに直っていた。

「おもしれえ。又やってやるぞ」

権助が石地蔵を抱えた時に、後から足音が近づいて、「何している」

と声が掛かった。

振り返ってみると、入谷村の農民である。地蔵が時々向きを変えるので、誰かの悪戯だと思って、見張りに来ていたのである。権助は失策《しまっ》たと思ったが突嗟《とっさ》の機転で、

「この石地蔵が時々向きを変えると聞いていたが、案の条、今夜も向きを変えていた。そこで俺が今直している所《ところ》だ」

といった。

「そうなんだ。それでおいらが見張りに来た所《ところ》だが、悪い悪戯をする奴が居るもんだねえ」

農民は近寄って疑う事無しに権助を見上げた。その視線を外《そ》らすと、畦道《あぜみち》に微かな月光を浴びて小犬位の肥った黒い動物が歩いているのが見えた。

「あ。あすこを歩いているのは狸だ。狸の悪戯に違いねえ。悪い狸だ」

と権助は指差した。入谷田圃から

浅草田圃、そして根岸にかけて時々祭の季節でないのに田舎囃子《いなかばやし》が聞こえ、それが遠くに聞こえたり、近くに聞こえたりする。これを土地の人は狸囃子《たぬきばやし》と呼んで、狸の仕業と思っていた。狸が出没するのは元水谷家の下屋敷跡で、ここには池があり築山《つきやま》があったが、今は樹々が暗く生い繁り、草茫々《くさぼうぼう》の荒屋敷で、築地塀《ついじべい》の崩れた所からよく狸が出没する姿が見掛けられた。根岸の料亭から戻る酔客が時々手土産をさらわれる事があり、これも狸の仕業と思われていた。これらの出来事を土地の人は狸の怪異と信じていた。見廻りの農民も、

「そうかも知れねえ。あいつらの悪戯《いたずら》だ。一回狸狩りをして、狸汁にでもして食ってしまわねえと駄目だ」

といった。

うまく胡麻化《ごまか》した権助は、それから日本堤土手に行って、いつもの夜鷹を買って、同じ畦道を戻ったが、石地蔵を見て凝《ぎょっ》とした。石地蔵が後ろ向きになっているのである。僅か一刻《とき》の間に誰が石地蔵を後ろ向きにしたのか。権助と同じ様《よう》な悪戯心のある奴が居たのか。それにしても相当の力持である。いや、先刻狸の悪戯だと農民に言ったので、狸が怒って石地蔵を後向きにしたのか。

権助は少々不気味になって、その前を通り過ぎたが、これで俺の悪戯が曝《ば》れないで済むと思った。

石地蔵が度々《たびたび》向きを変えるのは狸の仕業であるという噂が入谷村に広まった。そこで水谷家の荒れ屋敷に棲む狸を退治しようという事になり、農民が動員され、手に手に棒切れや鍬《くわ》を持って集まり、水谷家の荒屋敷に踏み込んだ。池の中には朽ちかけて弁天堂があり、樹々の繁った築山や、伸びるにまかせた叢《くさむら》を手分けして探すと、築山の蔭に三つ程穴があり、農民達が集まって覗くと確かに狸らしいものが奥にひそんでいた。

「矢張り狸が居やがる」

「枯枝でも燃して、燻《いぶ》り出せ」

農民達は散らばっている枯枝を集めて来て、三つの穴の入口に積み火をつけた。煙は濛々と上り、穴の中にも入ったので、狸が堪《たま》り兼ねて飛

び出してきた。六匹のうち五匹は撲《う》ち殺したが、一匹は逃してしまった。

「これでもう化《ば》かす悪さはあるめえ」

「狸汁にして食っちまえ」

農民達は撲ち殺した狸を担いで意気揚々と引き上げた。

権助は石地蔵への悪戯をうまく胡《ご》麻《ま》化《か》せたものの、何となくその畦道を通って夜鷹買いに行くのが億劫《おっくう》になった。然《しか》し夜になるとあらぬ想像をして下腹の下がむづむづしてくる。別の所の夜鷹でも買いに行くかと思案している内に、ふと思いついた。

そうだ、店に雇われている下女の清《きよ》がいるではないか。これに夜這《よば》いをかけてみようと思った。

当時の大店《おおだな》は主人家族と使用人達の区別が厳重で、主人の三人家族は中庭を隔てた奥の建物に住居し、番頭・丁稚は店の二階、女中・下働きは台所の二階に区分されていた。男女の部屋は厳然と分かれていて、雇人《やといにん》同士の不義（不倫）は御家の御法度。特に武家社会の不義は厳しく、犯罪と見られていた。然《しか》し主人が妾《めかけ》を持ったり、女の使用人に手をつける事はお咎《とが》目《め》が無く、それに反して妻や妾が使用人と関係したり、使用人同士の男女の不義は犯罪と見られていた。これが公けになると、商人の家などでは主人の目が行き届かなかったとして咎められるし、なにより店の信用にもかかわる。然《しか》し、番頭などが店の金を胡《ご》麻《ま》化《か》して夜に女遊びをするのを防ぐ為にも、雇人の男女の夜這いは見て見ぬ振りをした。

「そうだ。台所働きの清《きよ》の奴なら、田舎出で夜這いの味も知っているだろう。あいつの身体《からだ》で楽しもう。それに夜鷹の代金も払わないで済む」

権助は名案だと許《ばか》り、ほくそ笑んだ。

帳場で帳付けを済まし、丁稚《でっち》達を二階に上げてしまうと、権助は行燈《あんどん》の明かりを消して立ち上がった。その時、大戸の潜《くぐ》り戸を誰かがトントンと叩く音がした。酒問屋の番頭六造が誘いに来たのかと思ったので、断る積《つ》もりで潜り戸の心張棒《しんばりぼう》を外し、「六造かい」といって開けた。

外は月明かりの往来で誰もいなかった。首を出して見廻すと、五、六間先を太った犬のような黒いものが去って行くのが見えた。

「何だ犬が尻尾を振って戸に当たったのか」

権助は潜《くぐ》り戸を閉め、それから台所の階段を足音を忍ばせて二階に上って行った。そして清の寝ている部屋の板戸をソッと開け、四辺《あたり》を憚《はばか》る様《よう》に声をひそめて、「お清。俺だ」といった。清は朝が早いからすでに床に入っていたらしく、暗い中で驚いた様子だった。

「俺。権助だよ。入って良いかい」

清は容貌《きりょう》は良い方では無いが女盛り。田舎育ちであるから夜這《よば》いぐらいは経験済み、大きな尻をして体格が良い。

「独り寝で淋しいだろうから、慰めに来た。入るよ。声を立てるな」

嫌応なく権助は部屋に入ると戸を閉め、

「前から、おめえが好きだった。いいだろう」

といって清の蒲団《ふとん》の中に入り込んだ。むっと熟《う》れ切った女臭さが鼻をつく。権助は一遍に興奮した。清が声立てる隙もなく挑み掛かったので、清も過去の夜這いの味を思い出し、面倒臭い手順もなく二人は合歓《ごうかん》した。

権助にとっては味気ない夜鷹買いより、時間をかけて充分に味わえたし、清も久し振りの快感に酔って抱き付いた。

こうして権助の夜這いは成功した。仮設《たとえ》最低の二十四文払っても、夜鷹とは慌《あわただ》しいお粗末な一交で終る。そして浅草田圃、入谷《いりや》田圃の畦道《あぜみち》を通って、ひそかに潜り戸を叩いて丁稚を起して部屋に入らねばならぬ。しかし清が相手だと、そんな面倒なことはしなくてすむ。最高の相手であった。稀《たま》に櫛か安白粉《おしろい》でも買ってやれば良いのである。

権助は毎晩清《きよ》の蒲団に潜り込んだ。

それから数日してのことである。売上げの銭箱の金額と帳簿とが合わないので、権助は丁稚《でっち》を叱り乍《なが》ら算盤を帳場で弾いていた。すると大戸の潜り戸をトントンと叩く音がした。

丁稚は権助の小言《こごと》を避けるのに

良い機会と、

「はい。唯今《ただいま》」

といって土間に降りた。普通大戸を下ろした店に客が訪ねて来る事はないが、入谷の裏長屋の日雇いの人足や職人が夜分や明朝の米が無いのに気が付いて、時々計《はかり》売《うり》の少量の米を買いに来る事がある。同じ町内の者にすげない断りは出来ない。丁稚は潜り戸の心張棒《しんばりぼう》を外して、「どなたですか」と扉を開けた。

月光は皓々《こうこう》と照っているが人影が無い。うすら寒い秋風と共に影のような黒いものがスーッと入った丈《だけ》であった。

「おい。何しているのだ。早く閉めろ」

行燈《あんどん》の灯が行き過ぎる人が起こすあおり風に会ったように揺《ゆら》いでいる。丁稚は慌てて潜り戸を閉め心張棒をかけた。

「お前、今日、荒物屋に米を売って貸しになっていたんじゃねえか」

「あッ、そうだ。丁度店が立て込んでいて、次に支払うから貸して呉《く》れといっていたっけ」

「馬鹿な奴だ。それで帳尻が合う。手数かけやがって。売掛《うりか》け客を忘れるようじゃあ、立派な商人になれねえぞ」

権助は小言を言った。いつもならとっくに清の寝床に潜り込んでいる時分である。

大店《おおだな》であるから内風呂がある。風呂焚《た》きの市助が湯を沸かし、旦那はじめ家族が入湯《はいっ》たあと番頭、丁稚の順に風呂に入るのであるが、今宵の権助は遅れてしまった。それを幸いに、権助は悠《ゆ》っくりと温まって、大事な部分をよく洗った。寝巻に着がえると、逮《はや》る心を押さえて階段を上り、清の部屋の板戸をそっと開けた。

「今夜は帳場で一寸《ちょっと》遅くなってしまった」

権助が清の蒲団に入ろうとした時、

「あれ。又《また》来たの」

清は呆れ顔でいった。

「何言ってんだ。今来たばかりだ」

「嘘お言《い》いよ。今終って出て行ったばかりじゃないの。嫌《いや》だねえ」

「おめえ、寝呆《ねぼ》けているんじゃねえかい。帳場にいても日が暮れると、おめえの事ばかり考えていて、一刻も早く楽しみたいと思っているのだ」

「じゃあ、今しがた来たのはお前さんじゃあ無いというのかい」

「当たりきよ。じゃあお前、俺の他に男と浮気していたんだな。次番頭の甚助の奴にもお前は身体を許してたんだな」

「冗談お言《い》いでないよ。忍んで来るのは、いつもあんた丈《だけ》だ。あんた以外に身体を自由にさせた事なんか無いよ。疑うなんて馬鹿にしているよ」

「だっておかしいぢゃあねえか、俺は今来たんだ」

「すると、今しがた来たお前さんは一体誰だったのだろう」

「寝呆けるのもいい加減にしろよ」

権助は焦立《いらだ》って清の蒲団に潜り込んだ。

若《も》しかすると、甚助も清の肉体《からだ》を借りていたのかも知れない。忌《い》ま忌《い》ましいと思うと、甚助のものより俺の方が最高に良い味なんだと、いつもより激しく清を求めた。

こうした逢瀬《おうせ》を繰り返している内に、清の下腹が膨《ふく》らんできた。避妊具の発達していない時代だから当然の結果であった。

或《あ》る晩、事が終ってから清がいった。

「困ったわ。お腹《なか》が人目に付くようになってしまった。あんたの子よ」

「えっ。冗談じゃあねえぜ。もし身妊《みごも》ったとすれば、旦那の耳にも入るし。俺もお前もお店《たな》を追出されてしまうぞ。何とか堕胎《おろ》せねえか」

「そんな事しても評判になるだけ。それに堕胎《おろ》すのは生命《いのち》懸けの事だから嫌だわ」

「じゃあ、どうすればいいんだい」

「あんたの子だから産むわ。あんたの責任だから、旦那様によく話して、あたいは暇《ひま》を出されてもいいから夫婦として認めてもらい、あんたは通《かよ》い番頭にしてもらうのよ。そうすれば給金も少し上げてもらえるし……」

女は意外な所《ところ》に智恵が働くものである。

権助は清の入知恵にしたがって旦那に事情を話し、平謝りに謝ってお願いした。旦那は腕を組んで気難《きむつか》しい顔をしていたが、妻君《さいくん》の取りなしで権助の願いは聞き入れられた。不しだらな店という評判が立つ前に、清と権助は夫婦となり、入谷田圃の裏長屋に移った。暮れになる頃、清の腹は益々大きくなり、清は下腹を見せて、両手でポンポン叩いた。

「おい。何をするんだ。狸の腹鼓《はらづつみ》じゃあ、あるめえし、お腹の子に悪いぞ」

権助はたしなめた。

桜の花の散る頃に清は陣痛を起した。急を聞いた権助は長屋に戻り、近所の産婆《さんば》を呼んだ。権助は露路を行ったり来たりして落ち付かなかった。その内《うち》、隣のかみさんが、

「子供が生れた相《そう》だよ」

というので、家に馳込んだ。権助は取上げ婆が布に包んで示した赤《あか》兒《ご》を見て吃驚《びっくり》した。生き毛の生えた犬の子のような固まりの二つであった。産婆も驚いたらしく、

「奇妙な赤ン坊だよ。こんなのを見たのは初めてだよ」

といった。飛んでもない畸形兒《きけいじ》であったので権助も慌てた。

「これは内聞にしてくれ」

子は清の乳をチュウチュウ吸った。

「大変な子を生んでくれたもんだ。これは人間の子じゃあねえ」

「だって、あんたの子よ」

そういって清は泣いた。近所に隠すようにして育てたが、それは明らかに狸に似た子であった。

「これじゃあ世間の笑いものになる。棄ててしまおう。然《しか》し何で狸の仔が生れたんだろう」

と権助は悄気《しょげ》た。清の乳を慕って寄る狸の仔を近所に知られない為に、権助は一日中表の障子を閉め切りにさせた。狸の仔は目があくようになり、二人の残飯を少しづつ食う様《よう》になった。

「こんな長屋で狸なんか飼えるもんか。狸を捨てるか、俺と別れるか

だ」

　権助が強硬に出たので、清も渋々承諾した。

　入谷田圃《いりやたんぼ》の石地蔵にはよく村人が花や供物を上げるから、あすこに捨てようと、権助は二匹の仔を連れて出ていった。

　仮設《たとえ》畸形児を生んだとしても我が腹を痛めた子である。清は二匹の狸の仔を連れ去られてしまうと、悲しみの余《あま》り、日々呆《ぼ》んやりした。やがて下腹を出して両手で叩くようになった。その頃から、一時《いっとき》止んでいた狸囃子《たぬきばやし》が風に乗って聞こえる様《よう》になり、石地蔵が向きを変えたりして通行人を不思議がらせた。

　村人は「化け地蔵」といって、悪戯者《いたずらもの》が手をつけられない様《よう》に屋根付の棚を廻《めぐ》らした。又《また》蛍が飛び交う頃に、大狸が小狸を二匹連れ歩いているのを見たという者もいた。其後《そのご》その三匹がどうなったかわからないが、清の顔は目の廻りが黒くなり、唇の上の両側に長い毛が生えまるで狸の様《よう》になった。そのことを、ニュースに早い読売屋《よみうりや》が瓦版に刷って「狸に魅せられた女」として有名になった。権助は嫌気がさし清と別れ、清は秩父の田舎に帰ったという。

冥府《めいふ》の夜回り

武州《ぶしゅう》（武蔵国、現代の東京都）秩父《ちちぶ》の雲取山《くもとりやま》の麓《ふもと》に、僅《わず》かの耕地を借りて生活している貧しい親子があった。息子は貞吉《さだきち》といって実直な働き者であったが、山の中なので嫁も来なかった。その上、両親をその年の流行病《はやりやまい》で次々と亡くし、一人となってしまった。

いくら働いても地主にその収穫物の半分を上納させられるので、生活は常に苦しい。孤独になった現在、いっそ江戸にでも出て新しい暮らしの道を見出そうと決心した。

住み馴れた土地であるが、未練はない。

山の斜面に噛《かじ》り付く様《よう》な両親の墓標に別れの祈りを捧げると、貞吉は粗末な藁葺《わらぶき》小屋の様な住居をあとにした。

蓄えがあるわけではなかった。多少の小銭を財布に入れ、紐で首にかけて懐《ふところ》に入れる。着換えとてもなく、継ぎだらけの腰切衣《こしきりい》に股引《ももひき》、草鞋掛《わらじがけ》に破れ菅笠《すげがさ》、翌日分までの握り飯を布で腰につけた丈《だけ》である。

青梅《おうめ》に出て甲州街道を東に向かった。翌日、八王子の宿に着いたが、泊まる余裕は無かった。街道筋の辻堂の縁《えん》の下に臥《ふ》したり、夜更けの人家の軒下に蹲《うずくま》って睡ったりして、やっと内藤《ないとう》新宿の立場《たてば》（人夫が駕籠や荷車などを止めて休憩する所）に着いた。

問屋場《といやば》で働かしてもらおうと宿場役人に頼んだが、身すぼらしい浮浪者の様《よう》な貞吉の姿を見て、身元引受人が無い者は駄目だと断られた。特に村を逃散《ちょうさん》した様《よう》な男は使えないと追い立てられたので、重い脚《あし》を引きずって、更に江戸の中心に向かった。

二日程食事も摂っていないので足もふらつき、まるで乞食《こじき》の様《よう》であった。江戸城の堀端《ほりばた》を通って神田多《かんだた》町《ちょう》に入った時はもう歩けなかった。

青物市場《やっちゃば》の混雑や、繁華な商店街の人通りに怖れをなして端を通る内に夜となり、各店が大戸を下ろして通りが暗く淋しくなった頃、貞吉は到頭《とうとう》、備中屋という大きい太物店《ふとものだな》(呉服商)の前で倒れ、起き上がる力もなく昏睡《こんすい》状態におち入ってしまった。

潜戸《くぐりど》を開けて外に出た丁稚《でっち》に発見されてすぐ番頭に知らされた。行《ゆき》倒人《だおれにん》があるというので近所の人々が集まった。貞吉には大勢が自分を見下ろしているのが微かに見えた。乞食《こじき》では無いらしいというので、町の自身番《じしんばん》に運ばれ、奥の板の間に寝かされた。

空腹でかなり疲労している事がわかって粥《かゆ》を与えられた。やっと気力の戻ったところで、自身番の当番に当たっていた二人の家主《いえぬし》から色々と訊《き》かれた。

貞吉は隠し立てなく喋《しゃべ》り、江戸で働きたい旨を述べた。人々は同情したが、荷厄介《にやっかい》なものを助けたと困惑した。とりあえず一晩、自身番に泊めることにした。翌日、定町廻《じょうまちまわり》同心《どうしん》が立ち寄ったので、当番の家主が報告すると、

「別に悪事を働いた様子もないから、誰か引き取って雇ってやる者は無いか」

と言うだけで去っていった。

早速、町内の家主《いえぬし》達が自身番に集まって協議したが、雇うにしても結局身元引受人がなければならない。皆の顔を見廻していた備中《びっちゅう》屋が、こう提案した。

「うーむ。止むを得ない。わしの店の前で行き倒れたのも、袖擦合《そですりあ》うも他生《たしょう》の縁《えん》とやら。わしの所で雇ってやる事も考えたが、三十を越しているから丁稚《でっち》でもあるまい。さりとて商売も何もわからぬ者を番頭、手代《てだい》にもできない。飯炊《めした》き男も揃っている。身元引受人にはなってもよいが使い様《よう》が無い。所《ところ》でどうだろう。この町の木戸番《きどばん》が先月死んで、後釜《あとがま》の無い侭《まま》、木戸番の仕事まで、自身番の当番に当たった者の家の手代や丁稚が代弁しているので不便を感じているから、この男を町で木戸番に雇ったらどうだ。それならどの

お店にも負担かけずに済む」
備中屋の意見に皆賛成した。

貞吉にとっては思わぬ幸運であった。木戸番屋には住めるし、町雇《まちやと》いであるから僅かでも給料はもらえることになった。

木戸番というのは江戸八百八町（本当はもっと町数が多いが）各町の大通りの隣町の境に、町内の自治の為に大木戸《おおきど》を設け、片側に自身番、反対側に木戸番の小屋を設けて、街の通行人を見張ったり、町の警戒に当たる番所制度である。

木戸番は番太郎といわれ、当番制で詰める家主《いえぬし》の命令や使い走りをし、朝六ツ（午前六時）に大木戸を開け、暮六ツ（午後六時）に閉める。それ以降四ツ（午後十時）迄《まで》は脇の木戸から人々を通行させてそれを監視《かんし》し、夜中は数回町内を廻って拍子《ひょうし》木《ぎ》を打って火の用心と言って歩きな

がら夜警を務める。費用は町会費から賄《まか》なわれる。いわば、町会から支給された半纏《はんてん》に股引草履《ももひきぞうり》ばきで町の雑用をする使用人である。

木戸番小屋は六帖の畳敷一間《ひとま》に土間付を宛がわれるのだが、それは貞吉にとっては思ってもみない幸運であった。食事は自炊であるが、思い遣りの深い備中屋の主人が婢女《じょちゅう》に運ばせてくれた。粗食で育った貞吉にとっては上等の食事だった。

任務《しごと》は慌《あわただ》しいが、田畠耕作の労苦から較《くら》べたら楽である。野垂死《のたれじに》する所《ところ》を備中屋の主人に助けられたので、主人には感謝しているし、町の人々も親切である。定町廻り同心の旦那にも顔を覚えられた。町で面倒な事件も無く、夜は失火と盗賊の事件も起こらない。与えられた任務を忠実に務めていれば、町から僅細《ささい》でも自活出来るだけの給料はもらえる。

その上便利なのは、田舎と違って何でも物が買えることだった。倹約《けんやく》家の貞吉であるから、一年もすると約一貫文《いっかんもん》（千文）程も貯める事ができた。

江戸は「火事と喧嘩は江戸の華《はな》」といわれる通り、当時にして百万都市であるから、よく夜になると火事が起きた。

遠くで半鐘《はんしょう》が鳴ると貞吉は飛び起きる。そして自身番裏の梯子《はしご》を登り、屋根上の半鐘梯子を登って、どちらの方角か、火元は近いか遠いかを見極《みきわ》めて、横木《よこぎ》に出ている半鐘を鳴らして町内に知らせた。町抱えの鳶《とび》の者（消火役で鳶口を持っているので、こう呼ばれる。普段は町内の手伝いをしたり建築土木工事を行なっている。町火消《まちびけし》ともいう）が近火だと集まって出動するので、木戸番《きどばん》は自身番《じしんばん》から与えられた米を炊いて握り飯を作って労《ねぎら》ったりするのだった。

また、木戸門を閉めてからは腰に提灯《ちょうちん》をさげ、「火の用心。さっしゃりませー」と言い乍《なが》ら、カチ、カチ、カカチと拍子木《ひょうしぎ》を打って大通りを流して歩く。拍子木は澄んだ夜気の中、意外と遠くまで聞こえるので、露路《ろじ》裏の長屋でも「あ、今、何時《なんどき》だ」とわかるくらいであった。

江戸は花柳《かりゅう》界や料理店以外は、大通りでも所々に辻行燈《つじあんどん》があるきりで、月夜の晩でない限り真っ暗であった。木戸番の夜廻りの提灯《ちょうちん》が街を行くさまは、住民にとっては心強かったので、貞吉は街の人にも信頼された。

そして、備中屋の主人が、一人で自炊して雑用に追われるのは不自由であろうと嫁を世話してくれた。自分の家で使っていた婢女《じょちゅう》のお粂《くめ》だった。足立《あだち》郡蕨《わらび》村出で、貞吉より五ツ位年上であったが、世話女房に良いだろうと嫁にくれた。炊事・洗濯の手間が省けるので、貞吉は余《よ》慶《けい》忠実に木戸番に励んだ。

その上二人の生活では費用がかかるであろうからと、木戸番小屋の土間の僅かな空間に台を置いて、草鞋《わらじ》、笠、付木《つけぎ》、団扇《うちわ》、鼻紙、木箸、そして駄菓子まで売って良いと奨《すす》められた。こうした雑貨類はちゃんとした店があるが、日が暮れると店を閉めてしまう。ここは一寸《ちょっと》した買物に便利であるので、町の自身番によっては黙認されていたのである。中には焼芋《やきいも》まで売る木戸番小屋もあった。僅かの収入であったが、貞吉お条夫婦は暮らしていけた。

所《ところ》が、続けて二個所も押込強盗に襲われるという事件が起きた。夜九ツ時（午後十二時頃）町の魚武《うおたけ》という大店《おおだな》に何者かが押し入り、手向かった店の者が斬り殺された。主人は肩を傷付けられ、五十数両奪われた。

　真夜中になって自身番に知らされたので、自身番も慌てて隣町にある大番屋に貞吉を走らせた。同心が検《けん》視《し》に来た時は賊はとうに姿を消していて、家族の話では黒覆面に黒衣の尻端折《しりはしょり》の武士らしい姿という丈《だけ》で何の手がかりもなかった。今迄《いままで》平穏な町だったので町民の衝激《しょうげき》は大きかった。

　貞吉も「火の用心だけでなく、怪しい気配にも気を配る様《よう》に」と注意された。貞吉に、木戸を閉める四ツ刻頃迄に、町内に怪し気な人物が通った記憶はなかった。

　その翌日の夜中にも、紙問屋の遠《とお》江《とうみ》屋《や》杢兵衛《もくべえ》の家に押込強盗が入り、番頭の兼吉《かねきち》が殺され、三十数両奪われた。他の町でも最近押込強盗に襲われた話があるので、南、北両奉行所でも神経を尖らせ、定町廻り同心も密偵を使って夜の街を見廻りさせた。

　木戸番も木戸を潜る者を注意する様に言われた。夜廻りも拍子木をやめて、ジャランジャラン鳴る鉄棒《かなぼう》（錫杖《しゃくじょう》）を用いさせ、怪しい気配があれば人を集める様《よう》に呼子《よびこ》笛を持たせた。

　貞吉の任務は重くなった。木戸を閉めてから貞吉は提灯《ちょうちん》をバリバリと縮めて蝋燭《ろうそく》に行燈《あんどん》の火を移して提灯に挿《さ》し、それを脹《ふく》らませる。そして提灯に付いている反り竹を腰に挿してから、

「では見廻って来るから、気を付けて寝なよ」

と女房にいって鉄棒を鳴らして通りへ出た。

　鉄棒の音は四辺《あたり》に響くから、賊も警戒して逃げるであろうと思ったが、フト思い付いた。拍子木も鉄棒も、相手に近付くのを教えている様《よう》

なものではないか。また提灯《ちょうちん》つけて、「火の用心」と叫ぶのも、警戒している事を盗賊に知らせる事になる。それでは賊を発見出来ない。

　貞吉は腰の提灯の明かりを吹き消した。月が無いので真っ暗であったが、毎夜数回見廻っている道であるから、感で街並がわかる。貞吉は商店の軒下を音もなく歩いた。勿論《もちろん》鉄棒も横に持って金輪が音を立てぬようにした。

　一通り表通りを歩いてから、今宵は長屋の様子を窺おうと露路裏に入った。真中の溝板《どぶいた》を静かに歩んで行くと、この夜更けに竹格子の内側の煤《すす》けた障子窓から微かに薄赤い灯が洩れている。細民街であるから、夜鍋《よなべ》（夜遅くまで家の中で仕事をしていること）しているのであろう。何の内職をしているのか、ボソボソと話し声も聞こえる。

　貞吉は盗み聞きは悪い事だと思ったが、どんな話をしているか知りたい気持が起こって、その家の外側の下見板《したみいた》に耳を当てた。

「仕度《したく》はいいか」

「おう、あの店の丁稚《でっち》を手なづけておいたから、今宵は大戸《おおど》の枢《くるる》は外《はず》してある筈《はず》だ」

　僅かの会話であるが突嗟《とっさ》に押込強盗だと閃《ひらめ》いた。

　今迄に押込強盗は木戸を通った気配は無いし、隣の町の屋根からこちらの屋根に飛び移る事は不可能である。強盗は町内に潜んでいるとしか思えなかった。

　貞吉は恐怖で全身が震えたが、呼《い》吸《き》を殺してそこから離れると露路を出て大通りを一散に走り、自身番に馳せ込んで、荒々しく障子を開けた。仮睡《かみん》を交替したばかりの当番の家《いえ》主《ぬし》が吃驚《びっくり》した。

「押込強盗らしい者の住家《すみか》が分かりました」

「何だって。どうしてわかったのだ。詳しく順序立てて話して見ろ」

　貞吉は夜廻りの状況から、露路裏の一軒の家の怪しい会話を話した。

「それだけではわからない。何処《どこ》に押込に入るかわからぬのか」

「へえ。恐ろしくて、悠《ゆ》っくり聞く事が出来ませんでした」

「押込先がわからぬと手配の仕様《しよう》が無い。然《しか》し一応お番屋に報告して、旦那（同心）方に御手配願うより他に方法が無いであろう。貞吉。お前は大番屋の旦那方に直《す》ぐに知らせろ」

大番屋とは町奉行所の出張所のようなもので、江戸には七、八カ所ある。与力、同心が詰めていて、町内で検挙された容疑者は此所《ここ》に連行され、罪の判断をきめる駐在所である。

貞吉は早速隣町の大番屋に馳《か》けつけた。他町の木戸でも緊急の時は理由を聞いて番太郎は通してくれる。

貞吉の報告では何処《どこ》に押込が入るかわからない。然《しか》し、今夜押込強盗が実行される可能性が高いと判断して出動する事になった。

与力一人、同心二人、それに方々呼びかけて、手下《てした》・手先《てさき》（軽犯罪者が特に赦されて、密偵の役をしたり、捕物の手伝いをする者で嗅《か》ぎ者という。またそれに従って協力する身分の低い者が手先である）を十人程集め、多町の自身番に集結したのは一刻《とき》（約二時間）程後《あと》だった。

また梯子捕《はしごどり》（梯子を横にして犯人を追いつめて捕らえる）のために鳶《とび》の者も集め、多町の四方に見張りを立てて、発見次第呼子笛で合図する様《よう》に手配《てくばり》した。

そうとも知らない強盗等は、阿波屋という藍玉《あいだま》問屋の潜り戸から現れた。見張りの呼子笛で捕方達は駆け付けて取り囲んだ。黒覆面の三人の犯人で、御用提灯に囲まれ、刀を抜いて暴れたが二人は捕らえたが、一人は逃してしまった。

強盗は三人共、元大御番付《おおごばんづき》の三十俵二人扶持の同心であった。不埒《ふらち》の事があって禄《ろく》を召し上げられ、浪人となって江戸に潜《ひそ》んでいたが、二人は多町《たちょう》磐城《いわき》屋孝吉店《だな》の裏長屋に住み、一人は深川の陋屋《ろうおく》に住んで、日《ひ》比《ごろ》から庶民をいたぶって金を巻き上げていた悪者であった。捕った二人は町奉行所裁きで打ち首の上に獄門の刑に処せられた。

貞吉は御奉行所から三貫文の褒《ほう》美《び》を頂戴し、多町の番太郎として有名になった。そして町の裏長屋などに住む浪人者の看視《かんし》は厳しくなり、不定職の浪人者は追い立てられた。

事件が解決すると、貞吉は再び、提灯をつけて拍子木《ひょうしぎ》を叩いて夜警に廻った。

今日も暮六ツの鐘が鳴ったので大木戸を閉めようとすると、羊羹《ようかん》色に黒がさめた着流《きなが》しに深編笠《ふかあみがさ》の浪人風の者がすーっと門内に入った。見馴れない男である。名はわからなくても多町に住む人の顔は大体覚えているし、浪人取締りが厳しくなった今、貞吉はその姿を見て嫌な予感がした。何処《どこ》に住んでいるのであろうか。通りすがりの者か。

木戸番屋に引っ込んで、お条と夕飯を摂る時は、もうその事は忘れていた。

木戸を通る人々に目を配りつつ二刻程経《た》ち、愈々《いよいよ》木戸を閉めて夜廻りの時刻が近付いたので、近頃おぼえた煙草《たばこ》を煙管《きせる》に詰めて二服程喫《の》んでから、

「さあ夜廻りして来るぞ、お条先に寝んでいろ」

といって提灯《ちょうちん》を腰に、拍子木を両手に持つと月明りの大通りを歩き出した。

「火の用心。さっしゃりませ」

よく透る声で言って、拍子木をカチ、カチ、カカチと叩いて廻った。木曽屋の材木置場の前を通った時に、陰から黒いものが躍り出た。

「番太。待っていたぞっ」

それは先刻大木戸を閉めかけた時に通った浪人と直感した時、相手の抜いた刀が月光にキラリと光った。貞吉は驚いて二、三歩退《た》ったが、武道の心得もないし、対応することもできず呆然《ぼうぜん》としていた。

「手前《てめえ》のお蔭で仲間が二人獄門にされたんだ。俺もお尋《たず》ね者になって逃げ廻っている。不当に暴利をむさぼっている商人《あきんど》から、金を威し取るのが何が悪い。手前が密告《さし》たため俺の人生は滅茶々々《めちゃめちゃ》だ。殺してやるから覚悟しろっ」

どの店も寝静まった頃で人通りは無いし、隠密廻《おんみつまわ》り同心すら休んでいる頃だ。貞吉は理窟にならぬ相手の言い分に反駁《はんばく》する言葉も出ない。恐怖で逃げる丈《だけ》がせい一杯である。

背を見せた途端に一太刀斬られ、倒れた時に背中から心臓目掛けて刀が突っ込まれた。貞吉は土を掻きむしって息切《こと》れた。腰にした提灯がめらめらと燃え、燃えつきると青い月光が貞吉の背を照らしていた。

浪人者は駆《か》け去った。

翌朝、貞吉の死骸が発見されて大騒ぎとなった。

「道理で、昨夜《ゆんべ》はあの几帳面な番太の拍子木や声が聞こえなかった」

「然し、何で番太などが殺されたのであろう」

町の人々は貞吉の死を悼《いた》んだ。

お条は貞吉の死骸に取りすがって泣いた。備中屋の旦那も気の毒がって、質素乍《なが》ら葬式《とむらい》を出してやった。あと番太の仕事は女では勤まらない。お条は、貞吉の遺骨を抱いて郷里の蕨《わらび》村に帰っていった。

番太の後釜《あとがま》は、備中屋の裏長屋に住む飾《かざ》り職の成助《せいすけ》が入った。諸用の合間に彫金《ちょうきん》ができると思ったからであるが、番太の町の雑用は中々忙しくて、そんな内職をする隙はなかった。

夜四ツ時に木戸門を閉めて、町内警戒に出掛けた。月明りのない闇夜であった。

成助が腰に町内の印のある提灯をつけて歩き出すと、遥か先の方にも提灯の明かりが見える。

誰か町内の者が何処《どこ》かの家を訪ねて行くのであろうと気にも止めず、「火の用心」と声をあげた。すると遠くで誰かが、

「さっしゃりませ」

といった様《よう》な気がした。

夜ふかししている子供が悪戯《いたずら》に言っているなと思って、拍子木《ひょうしぎ》をカチ、カチ、カカチと叩くと、こだまの様《よう》に遠くでも拍子木の音がした。

暫《しばら》く歩いていったが、遠くの提灯は一定の距離を置いて見える。月が無いので姿は見えぬが、提灯は宙を浮いている様《よう》である。

成助はもう一度「火の用心」と言った。すると、今度も「さっしゃり

ませ」という声が返ってくる。悪戯《いたずら》者奴《ものめ》がと思って、拍子木を叩くと、遠くでも叩く音がする。

「変だな」

今度は早口で、

「火の用心、さっしゃりませ」

というと、遠くの方で拍子木がそれに合わせて鳴った。自分が暗い町に臆気《おじけ》付いたから錯覚で感じるのだと思って、成助は気にしないで一層高く呼声上げて拍子木を叩くと、まるでこだまの様《よう》に遠くでも同じ声と同じ音がした。

その夜は、誰かの悪戯《いたずら》と自分に言いきかせて木戸番屋に戻ったが、翌晩も同じであった。

成助は薄気味悪くなった。確かに自分以外にも夜警に廻っている者がいる。そんな事に怖がる俺ではないと思ったが、月明りのない闇夜に限って提灯だけ見えて人影が無いのである。成助は自身番の当番の旦那に話をした。

「わしも、ときどき掛け声と拍子《ひょうし》木《ぎ》が二人でやっているように聞こえるので不思議だと感じていた。これは、闇夜の晩になると、あの律儀な貞吉が殺されても、夜廻りしているのかも知れない」といった。

【其の十八】

深川の狼男

「猫の蚤取屋《のみとりや》で御座い。猫の蚤取」

菅笠《すげがさ》に縞の着物を尻端折《しりっぱしょり》し、腰に木天蓼《またたび》の粉を入れた竹筒を下げ、風呂敷包みを背負って、白木綿の股《もも》引《ひき》に雪駄《せった》履きで、長閑《のんびり》と呼声を上げて歩く男。

　此所《ここ》は御家人組屋敷や大身武士の下屋敷と、その間に点在する商家や長屋のある堀割の多い深川である。田畠も未《ま》だ所々あって閑静な所であるが、猫の蚤取屋種助《たねすけ》は四辺《あたり》に目を配りつつ呼声をあげて歩いていた。

　種助は浅草田原町の紅屋《べにや》（化粧品屋）の長男であった。我侭《わがまま》に育てられ、金にまかせて遊女狂いをした揚《あげ》句《く》、事件を起こし、ついに親から勘《かん》当《どう》されて家を追《おい》出された。

　一時馴染《なじ》んだ芸妓屋に転がり込んだが、其処《そこ》でも呆れられて追出され、揚句の果てには山谷堀の見窄《みすぼ》らしい裏長屋にくすぶっていたが、その日の食にも事かく程落ちぶれた。

　偶々《たまたま》食詰めて上方《かみがた》（京坂）から戻って来た悪仲間《わるなかま》から、大坂では猫の蚤取商売というのがあって、結構収入になるという話を耳にした。話に聞いた通りの真似をして食っていこうと、この商売に入ったのであるが、成程《なるほど》結構収入になった。

　江戸時代には猫を飼う人が多かった。鼠《ねずみ》の被害が多いのと、独特の可愛さがあるので、猫は愛現用にもされていたのだ。

　東北地方の農家では養蚕《ようさん》が盛んだが、蚕《かいこ》は鼠に食い荒らされる。そこで猫が必要となった。鼠をよく捕《と》る猫は馬一匹の値段の金五両ぐらいで取引されることもあった。

　然《しか》し、猫は自由に外に出ていくので、他の動物に寄生している蚤《のみ》を移される。それが又《また》人間にもたかって血を吸うので、猫を飼っている家は、蚤《のみ》の被害に悩まされていた。飼い猫の居る家では、用の無い御隠居《ごいんきょ》が、よく日の当たる縁側で日向《ひなた》ボッコをしながら猫を膝に乗せて猫の毛を分けて蚤を捜し、爪の先で潰して退治した。老人の居ない家では、蚤は増える一方だったので、商売に鋭敏上《はしこい》方では猫の蚤取屋が繁昌した。

猫を飼っているのは、生活に余裕のあったり粋《いき》な暮らしをしている家であるから、一日に五、六匹の猫の蚤取注文があれば、日雇いの労働者より良い収入であった。

花柳界《かりゅうかい》の姐《ねえ》さん方も、猫を可愛がっている家が多い。女好きの種助には持ってこいの職業であった。

今日も深川の堀割のある閑静な街を流して歩いていると、

「猫の蚤取屋さーん」

と声が掛かった。見ると細格子戸の門があり、船板塀《ふないたべい》で囲まれた小庭に、見越の松のある金持ちの妾宅と思われる家からである。五十歳年配の婆《ばあ》やが格子戸の内から招いている。

種助は、

「へい」

と喜んで近付く。

「うちのトラちゃんの蚤を取ってくれと、奥さんが仰言《おっしゃ》るよ」

「へえ」

妾《めかけ》が愛玩している猫だなと直感した。

「此処《ここ》から入らねえでくれ。板塀について曲がると潜《くぐり》があるから、其処《そこ》から庭に入っておくれ。縁側で奥さんがお待兼《まちかね》だ」

「へい。有難う御座いやす」

種助が潜戸《くぐりど》を押して入ると、石の小燈籠に躑躅《つつじ》や萩、菊等を石と共にあしらった小庭で、手水鉢《ちょうずばち》の乗る石柱の囲りに葉蘭があり、踏石の続いた縁側に若い美女がトラ毛の猫を抱いて坐っていた。

「あッ、おめえは……」

種助はその女を見て絶句した。嘗《かっ》て遊蕩にのめり込んでいた時の柳橋の芸妓で夢中になって通いつめた菊奴であった。種助が勘当を受けて放浪している間に誰かに身請されて、囲者《かこいもの》（妾）にされていたのであろう。

菊奴も種助を見て驚いたらしく、声も出さなかった。

「芝居の台詞《せりふ》じゃあねえが、久し

振りだなあお富、じゃアねえ、いやさ菊奴」

「種さんが猫の蚤取屋とは驚いた。まさかこんな姿で逢おうとは、本当に芝居もどきぎゃアないが、飛んだ所で逢ってしまったもンだねえ」

「おいらも切られ与三郎じゃアねえから、下《くだ》らねえ台詞は言わねえ。今は真面目に働いている身だ。女を抱く代わり猫を抱いての蚤取 商売《しょうべえ》だ。蚤をとってくれというのは、その膝の上の猫かい」

「そうだよ。今は旦那に囲われている身だから、旦那以外の男はお上がりなさいとは言えない。男は此《こ》のトラ猫一匹。この猫の蚤退治してもらいたいのよ」

「お前が運よくこうして納まっているのを見ると目出度《めでて》えような、口惜しいような。今はしがねえ猫の蚤取稼業。お客の注文であれば、どんな猫でも蚤を綺麗に取ってやりやすが、猫が取り持つ縁とは、これは飛《と》んだ福猫だ」

「あたしゃ旦那に金で落藉《おと》されたた身。焼棒ッ杭《やけぼくい》は嫌だよ。それよりどうやって猫の蚤を取るのさ」

「まあ、任せておきねえ。湯が在るかい。有ればそれと手桶に水だ」

「婆や。その鉄瓶の湯が沸いてたら持って来ておくれ。それと手桶と水」

種助は受取った鉄瓶の湯を手桶に入れ、水を加えながら手で掻廻して湯加減を見る。それから腰の竹筒に入れた木天蓼《またたび》の粉を掌に少し乗せ、それを両手を揉んだ。

「その猫を貸しねえ」

といって膝の猫を握んだ。木天蓼の臭いに魅《み》せられたのか、トラは暴れもせず手桶に入った。然《しか》し猫は水気を嫌う。少し藻掻《もが》くと種助はトラの頭をコツンと叩き、手早く湯を背中にかける。そして嫌がるのを押さえ付けて、身体の毛を揉む様に洗った。菊奴は吃驚《びっくり》して眺めていたが、

「それぢゃア猫を風呂に入れてる見たいぢゃアないか。そんな事で蚤が死ぬかい」

「まあ、黙って仕上げを御覧《ごろう》じろだ」

種助は片手で風呂敷包みを開いて灰色の獣の毛皮を出して拡げると、暴れる猫の頸をつまんで毛皮の上に

置く。そして手早く猫を包んでしまい両手で抱き上げて、驚怖に震える猫をじっと胸の上で押さへた。

「こうしていると猫の濡れた毛に潜んでいる蚤が、皆この毛皮に逃げ込むし、毛皮が猫の毛を拭く役もするんだ」

「へーえ。種さん、大した発明だねー」

「なーに。上方《かみがた》では皆やっている事だ。尤《もっと》も今やった事は俺の自己流だがね。蚤は綺麗に取れるよ」

「成程《なるほど》。考えれば人間はいくらでも食ってける道があるもんだねえ」

菊奴は感心して種助の顔を見詰めた。これが金遣いが荒く、嘗《かつ》ては自分に夢中になって肉体の隅々まで知り合った仲の男の成れの果てか。

「猫ってえ奴は、しょっ中外に出て野良猫の蚤を背負って来るので、月に一度ぐらいは、こうして蚤退治しないとな」

「そうだね。旦那が時々蒲団《ふとん》の中で痒《かゆ》いかゆいと言って騒ぐし、あたしもよく蚤に食われるよ」

「そうさ。忘れていたあの頃を想い出させて呉《く》れるな、菊奴。今日はお前に逢えて嬉しいよ。これも猫が取り持つ縁かいな」

「変なことをお言いでないよ。妾ながら今は歴《れっき》とした旦那様持ちだ」

「もうそろそろ猫の毛も乾いて、生き残った蚤も毛皮に逃げ込んだろう」

毛皮から出されたトラはぶるッと身震いしてから、菊奴の膝に飛乗って種助を見上げた。種助は毛皮を丸めると、庭の潜戸《くぐりど》から往来に出て、毛皮を拡げるとバタバタとはたいた。

種助は、それから毎月一度、トラ猫の蚤取りに行く様《よう》になった。それがやがて半月に一度となり、近くまで来たからという口実で十日毎に顔を出す様《よう》になった。御目付《おめつけ》役の飯焚婆さんがいるので、座敷には上がらず、縁側に腰掛けて世間話の雑談をして、出されたお茶を飲む程度であった。然《しか》し互いに肉体を知り合った仲であるから、逢えば身体の衝動が昂《たか》まってもくる。

「菊奴ちゃん」

「今は芸妓でないから久美と言っておくれよ」

「お久美ちゃん。猫の蚤取りだけでなく、お前の蚤も取ってやりてえよ」

「あたしも洗ってやろうというのかい」

「おう。風呂場で洗ってやるのもいいが、それより着物に付いた蚤をとってやる」

「着物は婆やが洗濯してくれるよ」

「俺も昔、お前に散々金を遣った仲だ。今では見窄《みすぼら》しい男になっていて呆れけえっているだろうが、お前の味は忘れていねえ」

「種さん。台所で婆さんが聞耳立てているんだから下手な事は言わないでお呉《く》れな」

「おッと、これは、迂活《うっかり》した事を喋《しゃべ》ってしまった。済《すま》ねえ」

種助は未練を残して風呂敷を背負うと、「又《また》、寄らしてもらうぜ」と去った。
四、五日して種助は再び訪れた。
「種さん。盆の十五日は藪《やぶ》入りで閻魔《えんま》様《さま》の御縁日だ。婆やも一日暇《いとま》をやるから、その時に御出よ」

「本当けえ。それは良いや。旦那は来まいね」

「旦那だって店の者に休みをやるから、来ないで、店にいるよ」

「有難てえ。これで念願が叶った」

外はカンカン照りでまぶしく暑い。久美は家の戸を皆開けていた。軒下の簾《すだれ》の外に吊した吊忍《つりしのぶ》の下の風《ふう》鈴《りん》の短冊が揺れて涼し気な音を立てる。久美は坐敷の端に坐って団扇《うちわ》を使って居た。

昨夜泊まった信濃屋長兵衛は、朝風呂に入って朝食を摂ってから帰って行った。婆やは留守中の支度をして、一泊の暇で先程出掛けた。居るのは縁側に寝転んでいるトラだけである。

種助がもう来るであろうと思うと、身体が火照《ほて》った。コトリと庭の潜《くぐり》戸《ど》の桟の音がしてやがて簾の外に人影が見えた。種助である。

「種さんかい」

「おう、俺《おいら》だ。誰も居ねえか」

簾をかかげて入って来た種助は、浴衣の裾から白脛《しろはぎ》がチラリと覗いている久美の姿に激しく興奮した。

「うッ。これは猫に鰹節《かつぶし》だ。堪らねえ」

暑い中を急いで来た種助はいきなり久美の両肩に手をかけた。

「汗をお拭きなね。急ぐ事はないやね」

「菊奴。いや、お久美。この日をどんなに待ち焦がれたか」

「まあ、こっちへお出《いで》よ。今朝から蒲団は敷っ放しにしている」

久美は奥の間に立って行った。

それからの二人は焼棒杭《やけぼっくい》に火が付いた如く、旦那が帰るとすぐに種助がやってくるようになった。

婆やも不審に思ったが、ここを解雇されて邪険な息子夫婦の元に帰るのは嫌であるから、二人の行動をおかしく感じても旦那に告口《つげぐち》をする事もしないばかりか、反《かえ》って気を利かせて「一寸《ちょっと》買物に行って来ます」といって、近くの深川八幡の境内で時を過ごしたりした。

年老いた執念《しつこい》旦那と違って、若さあふれる種助の短時間の逢瀬。間夫《まぶ》は勤めの憂《う》さ晴らしではないが、種助が勘当を受ける境遇になった責任の一端が自分にある様《よう》にも思うと、余《よ》慶《けい》種助が愛《いと》おしく思われた。いっそ二人で手を執って逃げ出したいという思いも涌いてくるが、何不自由なく暮らせる様《よう》にしてくれている信濃屋長兵衛にそんな不義理はできなかった。

種助は、久美と歓喜の時を過ごすことに夢中になって、猫の蚤取り稼ぎなどはどうでも良くなっていた。

猫の蚤取屋の種助が日毎に久美の妾宅を訪れる姿は、いつしか界隈の人の目にも触れ、話題の無い閑静な街だけに、噂は一挙に拡まった。阿《あ》漕《こぎ》が浦に引く網も、人目の関《とき》は逃れられず、久美と猫の蚤取屋の噂を知らないのは当人達だけであった。

これを信濃屋長兵衛に耳打ちしたのは、隣に住む按摩《あんま》の甲吉である。甲吉は時々長兵衛に呼ばれて揉療治をして親しかったので、二人の話を誇張して面白可笑《おかし》しく喋った。

それを聞いた長兵衛は衝激《ショック》を受けた。年甲斐も無く根気の続かぬ性力にいささか悲観している所《ところ》であったから、久美に裏切られ、また世間態にも恥ずかしい間男が忍び込んで笑い者にされているかと思うと許せなかった。

そうした密会は現場を押さえなけ

れば罰は下せない。

長兵衛は日本橋町内で出入してい る鳶《とび》職の頭《かしら》浅五郎を呼んで、明日二人の現場を押さえようと協力を求めた。

久美の家に泊まった長兵衛は、朝風呂に入ってから朝食をとると
「又《また》、二、三日したら泊まりに来るぞ」

といって久美の家を出た。そして時間をかけて深川八幡の境内に入り腰掛茶屋で待っている鳶の浅五郎と逢った。

浅五郎は如何《いか》にも粋な江戸ッ子の鳶らしく、細かい紺の縞の着物を尻《しり》端折《ばしょ》りをし、白の股引はいて薫韋の羽織に雪駄《せった》ばきで待っていた。

「おう。頭、待たしたな。猫の蚤取野郎は来てないかも知れぬが、久美の所に戻って見よう」

「へい。お伴《とも》致しやす」

「手抜かりは無いな」

「へえ。二人がいたら踏縛《ふんじば》ってやる様《よう》に麻縄を用意してありやす」

と懐《ふところ》を叩いた。一刻《いっこく》（約二時間）程たって二人は久美の家の格子戸を開けた。見通せる廊下には種助の商売道具を入れた風呂敷包みが置いてあるのがチラリと見えた。

台所から婆やが出て来て、

「おや、旦那様」

と驚いた声を出した。襖の奥で何か慌ただしい気配がして、寝乱れ姿の久美が驚いた様《よう》に何か言ったがよく聞こえなかった。

「うむ。何、煙草《たばこ》入れを忘れたので取りに戻ったのだ。奥に誰か客でもいるのか」

「いえ」

久美は真蒼な顔して、狼狽《うろたえ》る様《よう》に立ちふさがった。奥の部屋から誰かが慌ただしく廊下に出る気配がした。

久美が遮《さえぎ》る様《よう》にするのを押退《の》けて襖を開けると、若い男が廊下から庭に飛下りる姿が見えた。庭に廻っていた鳶の浅五郎がその男に組付いた。

部屋は寝乱れた蒲団が敷っ放しで、久美は観念した様《よう》に立ちすくんでいた。

「矢張《やは》りそうか。久美、貴様泥猫の様《よう》につまみ食いしていたな。其《そ》処《こ》へ坐れ」

長兵衛は長火鉢の前にどっかと坐ると、腰から煙草入れを取り出した。そして煙管《きせる》に煙草を詰め、鉄瓶を持

ち上げて、雁首で残り火を探して一服吸った。

「頭《かしら》。その泥棒猫をふン縛ってしまえ」

久美は真蒼な顔をしたまゝ裾を乱して坐っていた。白脛が露出したのを見て長兵衛は余慶《よけい》怒りに燃えた。

「こんな事だろうとは思っていたが、久美。手前はよくもこの長兵衛の面《つら》に泥を塗ってくれたな」

「申し訳ありません」

「申し訳ありませんじゃあ済まねえ。不自由しない様《よう》に月々手当をやって一軒家を持たしているのに、何《ど》処《こ》の溝鼠《どぶねずみ》か知らねえ野郎と間男していたなんて許せねえ。たとえ妾《めかけ》でも妻だ。妻の不義《ふぎ》は御法度《ごはっと》だ。二つに重ねて四つにされてもお咎《とが》めはねえんだ」

「お許し下さいまし」

「そこの猫の蚤取野郎。何て情けねえ奴だ。それ相当の罰を受けるのは覚悟の上だろうな」

浅五郎の手早い技で後手に縛られて庭に引据えられていた種助は、頭を下げた侭《まま》で震えていた。

「頭。そいつの商売道具の毛皮が、そこの風呂敷包みにある。それでその野郎の首を巻いてくれ。畜生野郎だから丁度良い」

「へえ」

浅五郎は縁側に置いてある包みから狼の毛皮を取り出すと、種助の顔の表面に狼の顔が当たる様《よう》にして毛皮をかぶせ、その四肢で種助の咽《の》喉《ど》にしっかり結び留めた。

「久美も、この狼野郎と背中合わせに縛るんだ。久美。立てッ」

長兵衛は久美の襟上を握んで廊下に引擦《ひきずり》出し、庭に蹴落とした。浅五郎が忽《たちま》ち久美を後手に縛り、二人を背中合わせにして縛った。

「どうだ。生命《いのち》は取らぬ代わり、二人ともその格好で、世間に笑われるよう街を歩かせてやる。立てッ」

長兵衛が怒鳴ったが、二人はすくんでいるので巧《うま》く立てなかった。

「立つんだ」

浅五郎が二人を立たしたが、二人ともよろよろとして動けなかった。

長兵衛は手拭いに筆太に「この二人は主人の目を盗んで不義密通《ふぎみっつう》をした者故《ゆえ》、晒《さら》しておくもの也《なり》」と書いて久美の首に垂らした。

「頭《かしら》、そいつらを潜《くぐり》から外に追《お》っ放《ぽ》り出せッ」

「こっちへ来い」

浅五郎が縄を引いたので、背中合わせの二人はよろめいて転ぶ。

種助は狼の毛皮で首を包まれているので全く見えないばかりか呼吸《いき》苦しく、進むも退くこともできなかった。久美と蟹《かに》の横這《よこば》い式にしか歩けぬので、踵《かかと》と踵《かかと》がぶつかって度々《たびたび》転んだ。頭が縄尻を引く度《たび》、身体が緊め上げられるようで苦しい。

四本の足で踏張《ふんば》ってやっと立ち上がると、

「おととい来いッ」

と怒鳴られて、二人は庭の潜戸《くぐりど》から放り出されて転がった。

「何だい、此奴《こいつ》は」

という声がして人が立留まる気配がした。二人は恥ずかしくなって足早に去ろうとしたが、踵がぶつかり合ってまた転んでしまった。やがて大勢の人が物珍し相《そう》に囲んで眺めた。

「男は狼面《おおかみづら》しているが」

「不義者だってよ。美面《いいつら》しているが」

「気の毒だねえ。誰がこんな仕置をしたのか。だれか助けてやらねえか」

「見懲《みせしめ》だから、うっかり手は出せねえ」

久美は早く往来を立ち去りたいと思ったが、巧《うま》く歩けなかった。

ようやく往来を抜け露路を曲がったところ、また見物人の気配を感じた。急いでそこから逃げようとした時、種助が足を踏み外して堀割に落込んだ。種助は久美を背負った俘俯《まうつ》伏《ぶ》せになって、堀割の水を呼吸する毎《ごと》に飲み込んだ。久美は仰向けなので、そう水は飲込まなかった。

「あいつら、堀割に落ちたぞッ。助けてやれ」

露地口に集った群衆が、自身番《じしんばん》小屋に馳《か》け付けて、妙な仕置人の話をした。当番の家主《いえぬし》達が人を掻《かき》分けてやってきて、竹竿で掻寄せて二人を引上げた。然《しか》し種助は大量の溝水《どぶみず》を飲んで溺死していた。久美は飲み込んだ水が少なかったため、町医者によって、ようやく蘇生した。大番所から同心《どうしん》が来て調べられ、毛皮で顔を包まれた狼面の男は猫の蚤取屋種助とわかった。

種助は山谷《さんや》あたりの棟割《むねわり》長屋に住んでいる事から、田原町の紅屋《べにや》の勘当《かんどう》息子と判《わか》ったが、紅屋では体面にこだわって死骸は引取らなかったので、近くの西光寺の無縁仏の穴に投込まれた。

久美の旦那は日本橋の信濃屋長兵衛とわかった。たとえ妾《めかけ》でも不義《ふぎ》行為があった事は、家庭内の監督不行届、然《しか》も仕置の仕方によって相手を届け無しに死亡させた事は宜《よろし》からずとして、武士の閉門に準じて三十日間、店の戸を閉じて営業停止とされた。

それから暫《しばら》く経《た》った月夜の晩。西光寺の前を通った男の前に不意に黒い影が立ちふさがった。

凝《ぎょっ》として見ると、その人影は青く光る目を爛々《らんらん》と光らせ、真赤な耳の下まで裂けた口を開けて手を上げて「うおーッ」と叫んだ。

男は驚いて逃げ去ったが、この往来には狼の様《よう》な妖怪が出ると評判になった。

神田に住む千葉流の町道場を開いている雲井龍之介が、退治してくれんと夜一人で西光寺の門前を訪れた。すると闇の中に忽然《こつぜん》と人影が現れ、狼の顔した男が口を大きく開いて襲い掛かってきた。

「己ッ」

手練《しゅれん》の早業で刀を横に払い身体を両断した。が、なおも上半身が龍之介に飛び付き、真赤な口がその咽《の》喉《ど》に噛み付いた。

翌朝通行人が咽喉を噛《かみ》切られた龍之介を発見した。

今迄《いままで》に江戸で狼に襲われたという話は聞いたことも無いから、狼の毛皮を被せられて死んだ種助の怨霊ではないかと噂され、夜になると西光寺の門前の人通りは全く絶えた。

久美は、不義とはいえ旦那の仕置で無惨な目に遇《あ》ったから情状酌《じょうじょうしゃく》量《りょう》されて家に戻された。然《しか》し旦那の長兵衛は来ないし、外に出れば他《ひ》人《と》に後指《うしろゆび》を指されるので、籠もりっきりで部屋から出なかった。婆《ばあ》やも解雇され、一人っきりになっていた。

愛玩していたトラ猫は、長兵衛が二人の中を取持った様《よう》な奴と、怒りにまかせて柱目掛け投げられ殺されて了《しま》った。その死骸が廊下に置きっ放しになっていた。腐敗して悪臭を放ち、骨が露出していたが、久美は片付けなかった。

　芸妓上がりであるから炊事・掃除・洗濯もできない。井戸から水を汲んで風呂炊きもできない。着物も寝蒲団も放りっぱなしで、髪の手入れも化粧もしないから、いくら美女でも窶《やつ》れたさまは凝《ぎょっ》とする程不気味であった。

　それから暫《しばら》くして、信濃屋長兵衛に町奉行所から許しが出た。これで営業を再開できると思った。そしてお内儀《かみさん》のすすめもあって、信濃屋長兵衛は妾《めかけ》の久美と縁を切るために、手切金を持って深川の久美の家を訪れた。物が散乱していて、まるで荒屋敷であった。

「久美、いるかい。俺だ」

襖の向側に誰か動く気配がした。

少し懲らしめ過ぎたと反省しつつ、長兵衛が襖を開けると、薄暗い部屋の長火鉢の前に坐っていた久美がジロリと見上げた。長兵衛は立ちすくんだ。

「久美、俺だよ。長兵衛だ。此の前は俺も怒りにまかせてお前に随分と辛い目に遇わせたが、お前も悪いんだ。今日はお前を自由にさせる為に手切金を持って来たんだ」

長兵衛は長火鉢の前に坐り、

「久美。お前も世間に遠慮して籠もっている内に随分窶《やつ》れたなあ」

というと、紙のように薄ぼんやりとした顔の久美の目だけが青く光っている。

「あんた、一体誰だい」

「何をいうんだ久美。おめえの亭主だよ。信濃屋の長兵衛だよ」

「じゃあ、あたしを殺した奴だね」

「冗談も良い加減にしろ。おめえを殺しはしねえぞ。現におめえは其《そ》処《こ》に坐っているではねえか」

「あたいは猫のトラだよ。久美に可愛がってもらっていたトラだ。お前は久美が憎さのあまり、あたいを柱に投げ付けて殺したね」

「えッ」

目の前の久美の顔が見る見る猫の顔になって、真赤な口を大きく開けてハーッと威嚇した。長兵衛は驚いて後手で身体を支えたが腰が立てなかった。

「あたいには何の罪も無いのに、久美憎さのあまり、あたいを殺した」

「ト、トラが久美に乗り憑《うつ》ったのかッ」

後退《あとずさ》りし乍《なが》ら長兵衛は叫んだ。

「思い知れッ」

窶《やつ》れた姿の久美が躍り掛かって来た。

「ぎゃッ、助けてくれッ」

長兵衛は後の襖を身体で破り、玄関に転げ落ちて、格子戸を倒して逃げ出した。

黄昏《たそがれ》の薄闇が拡がっている道を一散に走っていくと、黒い影に衝突《ぶつか》った。

「助けてくれ」

縋《すが》る様《よう》に見上げると、それは真赤な口を開いた狼の顔をした男だった。

長兵衛はそのまま意識を失った。

翌朝、通行人が咽喉《のど》を噛み切られて血まみれになって死んでいる長兵衛を発見した。

「狼男の仕業だ」

人々は噂した。其後も狼男は度々《たびたび》現れた。

久美の家は久しく人気が無いので、町役人が踏み込んだ。すでに久美は息《こと》切れていた。餓死していたのだ。死骸には蛆《うじ》が一杯たかり、廊下の柱の下には猫らしい白骨が横たわっていた。

彰義隊士《しょうぎたいし》の残恨

払暁《ふつぎょう》に凄まじい轟音《ごうおん》が一発、低く垂れ込めた雨空の江戸中に拡がった。それから引っ切り無しに銃砲の音と鬨《とき》の声が伝わってきて、人々を不安に陥《おとし》入れた。

慶応戊辰四（一八六八・九月に改元して明治元年となる）年五月十五日、徳《とく》川《がわ》家《け》に義を貫いて上野東叡山寛永《とうえいざんかんえい》寺《じ》に籠った彰義隊に対して、薩長《さっちょう》土肥《どひ》を始めとする、所謂《いわゆる》官軍と称する大部隊が、大村益次郎の総指揮によって総攻撃を始めたのである。

彰義隊は一時《いっとき》三千人も集まっていたといわれていたが、此《こ》の時は千人にも満たなかった。不意を衝《つ》かれた形であったが、上野山内を守る各八門でよく防戦した。午前中は地の利を利用して優勢であったが、官軍の優秀な火器と、夥《おびただ》しい軍勢によって、先《ま》づ黒門口から敗れ、午後にほぼ勝敗は決した。

彰義隊の頭取《とうどり》天野八郎は、輪王寺《りんのうじ》の宮を護《まも》って北の方から退避した。隊士達も続々と車坂口、鶯谷口、寛永寺坂口から逃亡して行った。彼等は、江戸市内に逃れる者や飯能《はんのう》の振《しん》武《ぶ》軍、会津若松の松平軍に合流しようとする者達で、上野山下の根岸村や田端村の方に逃れ、追跡する官軍と各所で小競合《こぜり》いが始まった。

奥州街道に通じる坂本の通りは戦禍《せんか》を避ける民衆や避難の荷車の集団で大混雑し、普段閑静な根岸村も、畦道を引っきりなしに人々が走った。村民は皆、雨戸を閉《た》てて家の中で唯《ただ》震えているのみであった。

この土地の農民、源介の前庭に、泥濘《ぬかるみ》を走る乱れた足音がして、入口の引戸を蹴り倒して飛び込んで来た者がある。

「おい。隠まってくれっ」

という声に、炉《ろ》を挟んで妻の菊と

向かい合っていた源介は驚いて腰を上げ、闖入者《ちんにゅうしゃ》を眺めた。飛び込んで来た者は血刀《ちがたな》をさげた二人だった。額鉄《ひたいがね》の鉢巻に陣羽織《じんばおり》を着て義経袴に草鞋掛《わらじがけ》と、筒袖の衣装に裁付《たつつけ》袴《ばかま》をはいているが、雨で全身が汚れている。血走った目で源介を見上げ、もう立てないというように土間に膝を突いた。一人は腕に傷を負っているらしく、血が流れている。明らかに彰義隊士である。血刀杖で這う様《よう》に床へ近付き、すくんでいる源介に、

「先《ま》づ水を呉《く》れ」

といって肩で大きい息をした。

源介は慌てて土間に降り、隅の土《ど》甕《がめ》から柄杓《ひしゃく》で水を汲んで差し出した。その男は柄を引ったくる様《よう》に取って、口の両端から水をこぼしつつ一気に呑んだ。

「わしにも呉《く》れ」

もう一人も言った。

二人は、彰義隊の中で最も剣技に優れた者ばかりが集まった八番隊の武士で、山本鉄太郎と齋藤左膳であった。天野八郎の直接指揮下に入って、早朝から黒門口で官軍を迎撃し、一時は三橋《みはし》（不忍池から流れる忍川が御成街道を横切る所に三つ並んで架けられた橋）まで敵を撃退したが、上野広小路の鴨料理屋雁鍋《がんなべ》の二階から狙撃されて山内に退却した。

そして山内の各門が破れ、黒門口も敵の砲撃で吉祥閣が炎上すると持ちこたえられなくなり、輪王寺宮逃避の殿軍《しんがり》として鶯谷《うぐいすだに》口から根岸村に落ちたのである。

やっと一息ついたのか、鉄太郎が源介を見据えて、

「隠まってくれぬか」

と言った。呆然と見詰めていた源介は狼狽《うろたえ》た。

「お隠まいするといっても、この狭い家では……」

「納屋の隅でも、藁の中でもよい」

傷付いた左膳が、刀を杖に縋って言った。

「隊士様、納屋は調べ易い所で、直《す》ぐに見付かってしまいます。それより早くお逃げになった方が……」

「わし達は労《つか》れ切ってそんな早く逃げられんのだ。一息つく為に一夜で良いのだ。夜中に立退《たちの》く」

無惨な姿に同情の気持は起こった

が、此所《ここ》で追撃の敵と戦われたくない。

「たとえ、お隠れになられても、その服装《なり》では直ぐ見付かってしまいます」

源介も必死だった。

「敵の目をくらます為にも、変装する必要がある。ではそち達の衣服を貸して呉《く》れい」

「えっ、わしらの様《よう》な小汚い服装で……」

源介は困惑した。然《しか》し徳川様の為に戦って落武者になった方々である。冷酷に断れない。

「それでは、わしら達の卑しい服装になられ御立退き下されますか」

「隠まってくれぬとあれば、止むを得まい」

源介は妻の菊に目配《めくば》せした。震えていた菊は急いで押入れから葛籠《つづら》を出し、源介の普段着を夏冬の区分なく手当たり次第二人分取り出した。

「農民の姿なら目に付くまい。早く」

二人は隊士の衣服を土間に脱いで、差し出された農民の普段着を手早くつける。それを源介も菊も手伝った。一刻も早く立ち去ってもらい度《た》いのである。無理に股引《ももひき》をつけさせて尻を端折《はしょ》らせると、見窄《みすぼ》らしい姿になった。

「あ。頭がお侍さんの髪じゃから、頬冠《ほおかぶ》りして……」

源介は菊の差し出す手拭で二人を頬冠りさせた。

変装した事で二人はやや気分が落ち付いたらしく、左膳が、

「もう一つ無心《むしん》がある。わしらは今朝から戦い詰めて飯も食って居らん。何か食い物を食わして呉《く》れ」

といった。愚図々々《ぐずぐず》していられないが、飯ぐらいは与えねばならぬと思って、

「お武家様のお口に合うお菜《かず》もありませんが……」

「飯だけで良い。早く」

菊が震える手で茶碗に飯を山盛りにして箸を添えて出すのを、手握みで食い「もう一杯くれ」と差し出した。

今迄《いままで》威儀張った生活をしてきた武士が、かくも浅間《あさま》しい態度をとったことに、源助は軽蔑と同情の入り交じった目で見詰めていたが、要は

一刻も早く立ち去ってもらうことである。その気持が非人情にも感じて、「無事に逃げて下さい。できる限りの協力をしたのだから」と思った。

二人の武士は少しづつ落ち付いたらしく、早く此処《ここ》から去らねば迷惑がかかると思った。

「蓆《むしろ》を二枚呉《く》れい」

二人は大小刀を蓆で包んで立ち上がると、土間の荒壁に掛かっていた笠と蓑《みの》をあっと思う間につけて、

「世話になった」

と一言《ひとこと》いって雨の中を走って行った。

源介と菊は気が抜けた様《よう》にしばらく坐っていた。しばらくして、源介は土間に降りて入口から外を眺めた。雨しぶきで遠くは霞《かす》んだ様《よう》で二人の姿は見えなかった。

ホッとして炉端《ろばた》に戻ろうとしたところ、二人の脱ぎ捨てた衣装が目についた。こんなものがあれば証拠品になる。取り上げた白絹の陣羽織には墨で見事な雲龍が描かれていたが、血と泥と雨でぐっしょり滲《にじ》んで濡れていた。

袖細の紬《つむぎ》の衣装や、縞目の荒い義経袴、源介ごとき者には上等品で勿体《もったい》ない品であるが、取っておく事も隠しておく事もできない。

源介はひとまとめにして裏の竹藪を潜《くぐ》って小川に捨てた。

あたりは直ぐ暗くなったので菊が行燈《あんどん》に灯を入れた。二人とも不安気が重くのしかかって、先刻からの事の話をするのも億劫《おっくう》で、黙って顔を見合わせていた。すると入口の戸を激しく叩く音がして、続いて数人が水溜りを踏んで来る足音がした。凝《ぎょ》っとしていると、

「源介。俺だ。庄屋の坂本十兵衛だ。官軍様を御案内して、落武者が隠れていないか、一軒々々調べて廻っているのだ。開けろ」

という声がした。際《きわ》どい所《ところ》であった。僅か四半刻《しはんどき》(約三十分)位の差で、源介夫婦も先刻の彰義隊士も助かったのだ。

「へ、へい。」

源介は急いで土間に降りて、入口の心張棒を外して戸を開けた。外はもう真っ暗であるが、未《ま》だ雨が降っている。十兵衛の手にした薄赤黄色い提灯の明かりの中に、シャグマ

の毛蓑《けみの》をかぶって呉絽《ごろ》服の筒袖ダン袋に両刀差した男達が、黒々と四、五人立っていた。

「彰義隊の落武者が、村に潜んでいるのではないかというので、長州の官軍様が一軒々々検《しら》べて廻られているのだ。お前の所に立ち寄ったり、隠まったりしていないだろうな」

「とんでもありません。この雨の中誰も参りません」

源介は緊張していた。十兵衛は土間に一歩入って、暗い梁や、家の中を提灯を翳《かざ》して見ていたが、

「よし、若《も》し落武者が来たら、うまくあしらって、すぐ俺の所に知らせろ。隠したりすると同罪だぞ」

後の官軍に振り返って、

「此処《ここ》には居らん様《よう》です」

と言って立ち去って行った。

源介は緊張の連続で気が急に抜けた様《よう》に床にぺたんと坐った。

「今日は早朝から恐ろしい事ばかりであったが、どうやら無事に済んだらしい。然《しか》し徳川将軍様の御代《みよ》で無くなって、これから一体どうなるんだろう。こんな不安な一日は初めてだ。何だか急に腹が空いてきた。菊。晩飯にしよう」

その時、遠くで銃声が三、四発聞こえた。未《ま》だ落武者が居るのかも知れない。

二人は炉端《ろばた》の食膳に向き合った。夕飯用に残して置いた冷飯《ひやめし》は、先刻《さっき》彰義隊士が食ってしまったので、菊が炊き上げた温かい飯である。漬物が菜《さい》で碌《ろく》なものは無いが、これで安心して夕飯が採れる。二人が箸を採ろうとした時に、また戸を叩く音がした。二人は再び凝っとした。

「庄屋様ですか。又《また》、何か……」

「拙者だ。先刻《さっき》世話になった者だ。友が鉄砲に撃たれて遠く迄《まで》行けない。一時隠まって呉《く》れ」

という声と共に、何か戸に衝突《ぶつ》かる気配がした。「しっかりしろ」という声も聞こえた。

源介は慌てて土間に馳《か》け下りたが、戸に背を押し付けて、芯張棒が外れない様《よう》に力を籠めた。

「他《ほか》へ行って下さい。此処《ここ》は危険です。先刻《さっき》も官軍が調べに来ました。早くお逃げになった方が宜《よ》いです」

「いや。もう逃げる所が無い。頼む。納屋の隅の藁の中でも隠してくれ」

「すぐにわかって殺されます。それに傷の手当の薬もありません」

「頼む。武士が頼むのだ。一晩なりとも隠《かく》まってくれ」

「お隠まい仕《し》たいのですが、庄屋様から隠まった者も同罪だと触《ふれ》が廻って来ました」

「もう、動けぬのだ。せめて手当だけでもしてくれいっ」

「御勘弁下せえ。御入れできねえでがす」

源介も拒否するのに必死であった。

「鉄太郎。折角此処《せっかくここ》までたどり付いたのに致《いた》し方ない。これも運命じゃ。二人で此処《ここ》で腹を切って果《はて》よう。この家の者が菩提ぐらい葬《とむら》ってくれよう」

源介はこれを聞いてゾッとした。

「上野《やま》で討死すれば良かったのだ。こんな所で死ぬなんて未練じゃ、口惜しい」

源介は夢中になって叫んだ。

「此処《ここ》でなく、他へ行って切腹して下さい」

「それまで断るというのか。うぬっ」

怒る声が聞こえた。二人の憤怒《ふんぬ》の顔がまざまざと目に浮かんだ。

「左膳。拙者がおぬしを介錯《かいしゃく》してやるから武士の最後を百姓共に見せつけてやれ。拙者も続いて腹を切り、共にあの世に行こう」

「おう。頼む」

この会話を聞いて、源介は竦《すく》んで動けなかった。武士という者の辛い立場もわかるが、何も俺の家の入口で切腹しなくても良いのに。先刻、庇《かば》って隠してやる事を断る代わりに、精一杯の情《なさけ》をかけたのがいけなかったのだ。

戸を力一杯押さえて、家の中の梁《はり》の暗い空間を見上げて、どうしたら良いか迷った。

外でガヂッと嫌な音がして、雨が吹き付ける様《よう》な音が戸にかかり、それから物が倒れかかる気配がした。

「左膳、拙者も逝《い》くぞっ」

ぶりっぶりっと物を引き裂く音がし、呻《うめ》き声がしたと思うと、倒れる気配が伝わってきた。源介は居勘《いたたま》らなくなって、床《ゆか》を這い上がり、菊にかじり付いた。

その晩、源介と菊はまんじりともせず抱き合って震えていたが、労れて、いつのまにかウトウトとした。

ふと夜明けの気配がして目を覚ました。

立て付けの悪い雨戸の隙間から日は射さないが、何か薄明るさを感じ、軒下の雨垂れの音で、未《ま》だ雨が止んでない事を知った。

入口の軒下で、二人の彰義隊士が死んだかどうかは確認していない。昨夜の気配からは自決した事は間違いないと思うと、雨戸を開ける事が恐ろしかった。

然《しか》しいつ迄《まで》も雨戸を閉めているわけにもいかぬので、源介は恐る恐る立って、雨戸を開けた。

庭と通りの境に垣状に植えた茶の樹が深緑に光っているのが目に映った。霧の様《よう》な小雨が降って、遠くは霞んでいた。

左側をゆっくりと見る。土間の入口の軒下には、果たして、其処には惨目な農民姿の坐った侭の屍体が重

なる様に臥っていた。

「うわーっ」

傍《かたわら》の水溜まりには白眼を見開いた首が転がって、四辺《あたり》一面には雨で薄れた血溜まりが拡がっていた。

「菊。大変だっ。二人は矢っ張り此処《ここ》で死んでいるぞっ」

菊は、悲鳴を上げて震えた。

「どうしよう」

「どうしようもない。早く庄屋様に知らせなくては……」

二人の死は自分の処為《せい》に思えたし、何も当て付けがましく家の軒下で自決しなくても良いものを。何という不幸であろう。悲しみと怒りで源介は混乱した。

「早く、庄屋様に」

せかされて源介は意を決し、裸足で庭に飛び降り背中に泥濘《はね》を上げ乍《なが》ら庄屋の門に走った。

激しく門を叩く音に、作男が潜《くぐり》戸《ど》を開けるのを押し倒すように駆《か》け

込み、未《ま》だ起きたばかりの庄屋十兵衛にしどろもどろに報告した。

「何。それは大変だ」

十兵衛も近所の農民を集めて、源介の家の前庭に馳け付けた。

「これは、惨《ひど》い」

人々も目をそむけた。

源介の入口の軒下には農民風の姿をした武士が折り重なっていた。

共に腹を切ったので海鼠《なまこ》が連続した様《よう》な腸が、濡れている土にまで溢れ出て、雨に洗われて嫌な色に変色していた。一人の首は水溜まりに転がっていた。血の気はなく、白眼が空を睨《にら》んで居る。一人は自分で首を切ったが切りきれず、胴から折れた様《よう》になってぶら下がっていた。

この凄惨な光景に、皆震えて目を叛《そむ》けた。

「源介、この二人が自決したのが、わからなかったのか」

十兵衛は詰問《きつもん》した。経過を説明するのが恐ろしかったので、

「へい。一向にわかりませんでした。ただ夜中に何か人の気配がしましたが、庄屋様のお触れの様《よう》に落武者だといけませんので、戸も開けないで居りました。真逆《まさか》こんな所で切腹されるなんて」

「それにしても農民の姿をしているが、何処《どこ》で手に入れたのだろう」

源介は、ただ「迷惑です」と言うのみであった。

「仕方《しかた》が無え。官軍様に早く届けて、御検視を受けたら、村の負担で近くの寺に葬《ほうむ》ってやろう。いずれにしても将軍様に忠義を尽くした武士《さむらい》だから御気の毒じゃ」

流石《さすが》に庄屋だけあって、十兵衛は死骸に向かって合掌した。源介は生《なま》じっかの親切を示したり、最後に拒否した事に深い慚愧《ざんき》の念に打たれた。

土間の入口の戸は割腹した彰義隊士の血が飛んで、染《し》みになっている。裏の小川で洗い流したが、暫くすると又《また》血痕が黒くなって現れた。

源介はその戸を焼き捨てて、出入口に板を張って防ぎ、土間右側の荒壁を壊して出入り口としたが、つい彰義隊士の折り重なっていた場所に目がいってしまい、その度《たび》に怖ろしい光景が浮かんでゾッとした。

その上、世間は無責任なもので、

源介の家の前を通ると呻《うめ》き声がするとか、入口に蒼い光が暗い中に浮かんでいるのを見たなどと噂した。しまには、おさむらいが折角《せっかく》助けを求めて来たんだから、何とか隠まってやれば良かったのにと蔭口をきいた。

菊は堪《たま》り兼ねて鬱《ふさ》ぎの虫に取り付かれて床に臥《ふ》す様《よう》になった。

家を売って他に引っ越そうと思ったが、因縁付土地は買う人もない。同情した庄屋が田畠付きで買い取ってくれたが、二束三文だった。

源介夫婦は僅かの金で、龍泉寺町の長屋に移った。

この年に江戸は東京と改められて、京都の天皇が江戸城に移られ、新政府ができて、色々な改革が行なわれた。

無苗《むみょう》（苗字姓のない農民庶民）の者も姓を称する事が許された。源介も田原（俵）源介の戸籍を有する様《よう》になり、近所の子供達相手の駄菓子を商《あきな》って夫婦で細々と暮らした。

東京は全国から人々が集まるので、入谷村も根岸村もどんどん開拓されて人家が建ち、根岸は閑静な屋敷街となり、上品な風雅な一郭《いっかく》として発展していった。

明治十（一八七七）年、西南の役が起こり、政府軍の需要に応じた大商人や、伝統的資本家商人は豊かになって根岸に別荘を持つ事を誇りとしたので、根岸村は、上・中・下の三つの町となった。然《しか》し未だ所々に空地が原となって残っていた。

新政府に取り入って大儲けした或《あ》る商人が、根岸に一廓だけある広い原で、真中《まんなか》に立ち腐れの廃屋《はいおく》があるのに目を付けて、其処《そこ》を安く買い取って別荘を作る事にした。

板塀で囲んだ中に、成り上がりの見栄で御殿の様《よう》な家を建て、池に築山、老松、老梅、樹林と巧《たく》みに庭石を配置した。その豪華さは囲りの評判になった。所《ところ》が何とした事か、一年足らずで人の住まぬ空屋敷となり放置された。人の居ない家や庭は驚く程荒れ果てていく。門は傾き、塀は壊れて根岸のお化屋敷と蔭口がきかれた。

持ち主が事業に失敗したわけではない。山の手に新しい、当時としては文化的西洋建築の屋敷が出来て根岸の屋敷は放置されっ放しになったのである。

付近の人は薪《たきぎ》代わりに枯枝を採りに入ったり、子供が蝉、蜻蛉《とんぼ》、飛蝗《ばった》採集に入ったり、丈《たけ》なす叢《くさむら》の荒地は良き遊び場所となってしまったが、夜は屋敷を囲《めぐ》る通り（田畠のあった頃の畦道）は真っ暗で、その一画だけが闇に包まれて不気味であった。

源介が龍泉寺の裏通りに住んでから、三十余年経《た》った。老齢の身となったが、二人には子が無かったので、三輪《みのわ》から橋本という熊手職の子好次郎《こうじろう》を養子として店を継がせた。倹《つまし》い乍《なが》ら隠居の身分となり、世間話の内に昔譚《むかしばなし》しを若い者に聞かせる立場になっていた。

或《あ》る日、ふと、根岸村当時の事を想い出した。

暗い行燈《あんどん》が硝子《ガラス》のホヤ付きの石油ランプに代わり、気の利いた家は青い光の度強《どぎつ》い瓦斯《ガス》燈に変わった今日、妖怪や幽霊の話は迷信固陋《ころう》の至りと、子供でも信じなくなった時代であるから、源介も彰義隊士のことが差程《さほど》辛い想い出では無くなっていた。むしろ生まれ育った家は懐かしく、また先祖からの墓も根岸の寺にあり乍《なが》ら随分墓参りをしていない事に気が付いた。

日進月歩の文明に、うかうかと便乗していたが、ここいらで一度、故郷である、かつての住家があった場所がどう変わっているか尋ねて見ようという気になった。

数日して、源介は坂本の通りに出て安楽寺横丁に入った。この道は昔から細道だった。その先の根岸は昔は根岸村の田畠であり、当時の畦道《あぜみち》は、今では両側が生垣《いけがき》や竹垣で区切られた小さい屋敷街となり、未《ま》だ家の建たない所は僅かだった。

十年一昔というが、驚く程変化して見違える程であるが、道は覚えている。

道路に雑草こそ生えてないが、未《ま》だ生垣際にはタンポポが咲いており、昔の面影が次第に蘇ってきた。

この道を行けば、元住んだ家の在ったあたりに付くであろうと、見当をつけて行くと、両側の家並の突き当たりに、棟が傾き、門扉の倒れた板塀に囲まれた屋敷に行き当たった。

　確か此《こ》の辺《あたり》だと思って見廻したが、あまりにも屋敷が広い。一瞬疑ったが間違いない。然《しか》し、こんな立派な屋敷が何故《なぜ》荒れ果てたのだろうと邸内に入った。

　花崗岩《みかげいし》の敷石が隠れる程雑草が茂って居り、先は樹木が覆って暗い雰囲気である。

　ここは昔自分の畠だった所だ。

　築山にも躑躅《つつじ》が繁って、その端を通ると池があって老松が覆っていた。

　随分費用をかけて田畠を改造したものだと感心してふと前を見ると、大きな家が建っていた。

　一枚だけ雨戸が外れていて、軒下《のきした》は蜘蛛の巣だらけになり、枯葉が引っ掛かって微風に揺れている。

　そうだ。この辺が昔の俺の家のあった辺りだ。近付いて外れた雨戸の間から奥を覗いたが、昼間なのに真っ暗であった。

　自分の住んでいた頃より全く異なった立派な屋敷になったのに、何故こんな荒屋敷になったのか。感慨無量の思いと共に不思議に思った。

　源介は、外れて庭に落ちている一枚の雨戸を何気なく見下ろして凝《ぎょ》っとした。

　雨風に当たって朽ち、黒く染《し》みになっている形が、瞬間に源介の目には雨戸にかかった彰義隊士の血しぶきに見えた。

　あっ。此処《ここ》は自分たちが住んでいた家の土間の入口に当たる所ではないか。あの彰義隊士二人が無惨な切腹をして雨戸に血沫をあびせた、最も想い出したくない場所である。立ちすくんでいると、築山の後ろの暗い繁みの方で鴉《からす》の鳴き声がした。

　また池の彼方《かなた》からも牛蛙が、ぶおうぶおうと唸《うな》るように鳴いた。それはあの時の彰義隊士の呻《うめ》いていた時の状況をまざまざと思い出させた。

　あの恐ろしい光景を忘れていたのに、何故わざわざこんな所を尋ねてくる気になったのか。それが因縁に思えて益々《ますます》足がすくんだ。

恐ろしく思うと目の前の石の塊すら、あの彰義隊士が伏せ重なった様《よう》に見え、樹の間洩《まも》れる夕焼けの照り映えで、四辺《あたり》一面が血に染まったように見えた。敷石の一つが、刎《は》ねられた首にすら感じた。

幻覚ではない、確かに彰義隊士の怨霊が自分を此処《ここ》に引き寄せたのだ。源介はその恐怖を必死で振り切るように「わーっ」と叫んで叢《くさむら》の根につまづきつつ逃げ出した。

後ろから、血みどろの彰義隊士が空中を浮かぶように追い馳《か》けて来て、襟上を握まれそうな気がした。

柱の倒れかけた門に走り、倒れた雨戸にも見えた門の扉を飛び越えて、瞳の定まらない目で往来に飛び出した。そして叫んだ。

「許してくれっ。あの時は断るしか仕方がなかったのだっ」

通りすがりの人が、老人がわめいて門から飛び出し、根岸の曲りくねった細道を走って行くのを、不審相《そう》に見返っていた。

源介は、安楽寺横丁まで走って来ると、角の赤い郵便ポストにもろに衝突して、尻餅を突き仰向けに倒れて気を失った。

この荒屋敷は後々まで「お化屋敷」といわれて放置された。

源介は二度とこの方面に行かず六十九歳で此世《この》を去ったが、彰義隊士の話は決してしなかった。

猿と獺《かわうそ》の交わり

日が岩肌を照らし、その周りの山々は早《は》や紅葉している。静かな午後であった。この涯《はてし》しない大空の下にある岩の上に、ポツンと小さい黒いものが最前から動かないでいる。

それは一匹の猿であった。猿毛色に包まれて、猿特有の赫《あか》ら顔である。猿は見張りに立つ以外は一匹きりでジッとしている事は少ないが、何か憂《うれ》いを漂わせて蹲《うずくま》った侭《まま》でいるのが久しい。

猿は集団で生活し、その中に必ず一匹の棟梁《ボス》がいて一群の猿を従えている。棟梁《かしら》は腕力が強い者がその地位を獲得し、山の木の実でも果実でも部下に集めさせ、棟梁が食してから残りを分配させる。また数匹の雌猿を従えている。警戒心が強く、その地域に他の獣や人が近付くのを見張る役まで定められていた。そうした役の猿は見通しの良い樹立や、岩の上にいて四方に目を配って座っているのであるが、この猿は少し様子が違う。置き去りにされた様《よう》な気配が漂っていた。

棟梁の猿は腕力によって地位を獲得する。古い棟梁でも敗《ま》ければ悲惨で、時には孤立したり、移動の折には置き去りにされることもある。老衰して死を待つばかりになった耄《おいぼ》れた猿もいる。

然《しか》しこの岩頭に蹲る悄然《しょうぜん》とした猿は、そうしたものでは無いらしい。雌猿なのである。

猿仲間でも若かったり容貌《きりょう》の良いのはわかるらしく、この猿は棟梁に度々《たびたび》愛されて何回か仔を生んだ。その仔が成長して今では棟梁に従っているが、いまでは他の雌猿に愛情が移り、相手にされなくなっていた。育てた仔さえ、母親をいたわることをしないのである。雌猿はそうした猿社会に淋しさを感じて、移動に従《つ》いて行かず孤立してしまったのであろうか。

下の方の熊笹がガサガサと鳴ったので、何気なくその方を見ると、黒毛を日に光らせた月の輪熊が、頭を低くして襲いかかろうと身構えていた。

集団でいた時は見張りの鳴声で、逸速《いちはや》く、しかも一同が揃って逃げ出すので、熊でも狼でも猟師でも、どれを狙って襲っていいか戸迷《とまど》うのである。それが逃げる機会《チャンス》であった。

然《しか》し悄然《しょうぜん》していた雌猿には、そうした機会はない。猛然と跳躍《ちょうやく》して襲いかかる熊の鋭い爪すれすれに、雌猿は岩の下方の樹の梢《こずえ》に飛び付いたが、細い枝なので撓《たわ》み、折れた枝と一緒に崖を転がった。そして脚が突き出た岩に衝突《ぶつ》かって、つかまる隙もなく、枯葉や土砂と共に眼下の谷に落ちて行った。

片脚を骨折した痛みを感じ乍《なが》ら、激しい水音を立てて雌猿は谷川に落ちた。冷たさが全身を包み、水底に衝突《ぶつか》った反動で一度浮き上がり、雌猿は口中の水を吐いたが、流れに身をよぢらせ乍《なが》ら再び水に沈んだ。雌猿は必死に藻掻《もが》いて首を水上に出そうとしたが、片脚の痛みで手足の自由が利かず、呼吸《いき》苦しくなって流された。

本能的に死ぬと感じた時、何か腹の下に獣らしいものが触れて持ち上げてくれる様《よう》であった。そこで水面からポッカリ顔が出たので水を吐いて息を吸うことができた。腹の下に獣がいて、それに背負われた形になっている。雌猿は夢中になって両手でその獣に摑《つか》まった。

顔に冷たい水がぶつかると思った瞬間再び水中に潜ったので、両手で下の獣に余慶獅噛《よけいしが》み付いた。

獣は水の流れを横切るので、苦しかった。途端に四辺《あたり》が暗くなったので更に驚怖が増したが、やっと頸が水中から出た。目が見えなくなったと思う程暗かったが、浸っている身体《からだ》の水がだんだんさがってきた。浅瀬のようだった。

其処は暗い場所であった。水はどんどん低くなり、やがて水から上がったという感じになった。雌猿を背負った獣が身体を斜めにした。ドスンと落ちた雌猿は、其処《そこ》が地面であるとわかった。

　得体の知れぬ獣はブルルッと身震いすると水に濡れた毛の水沫《しぶき》が四方に散った。

　助かったと思った雌猿も身震いして身体の水を跳ね飛ばしたが、毛の間の水気は充分にとれず寒気がし、脚が痛んで立ち上がることができなかった。

　偶然であったのか、水中で助けて、この暗い地上に背負って来てくれたのは、雌猿よりはやや小さいが、長い尾をもった鼬《いたち》に似た顔をした灰茶色の毛並の獺《かわうそ》であった。

　獺は雌猿にどうしたのだと言わんばかりに顔を近付けて身体中の臭いを嗅いだ。

　ここは獺の巣らしい。暗くてはっきりしないが、近くで水がぴちゃぴちゃ流れている気配である。獺は外敵の侵入を防ぐ為に、川岸の穴に住むが、一度水中に潜ってからでないと出入り出来ない様《よう》な所の穴を棲《すみ》家《か》にしている。

　雌猿は獺に食い殺されるのかと思ったが、片脚が痛くて動けない。水中に落ちて気が動転していて、頗《すこぶ》る不安になって穴の奥の方に後退《あとずさ》りした。雌猿は、獺が襲いかかってくるかもしれないという怖ろしさで、震えていた。

　然《しか》し獺は迫って来る気配もなく、やがて穴から出て行った。雌猿は穴の入口の水面から漂う微かな明るさに目が慣れて、これからどうしようかと考えた。

　しばらくして水のしぶく音がし、獺が戻って来た。口に岩魚《いわな》を啣《くわ》えている。それを雌猿の前に置いてじっと顔を見詰めた。

食えというのであろうか。岩魚は横たわったままピチピチ跳《はね》た。それを獺は前肢で押さえて雌猿の方に押しやった。明らかに食えという仕草である。

雌猿は今朝から木の実一つも食べていなかったが、経験したことのない現在の状態に困惑し判断力を失っていたので空腹を感じなかった。しかし助かったという安堵感と共に滅多に食べたことの無い魚に急に食欲を覚えた。雌猿はかつて沢に降りて浅瀬にいる小魚や沢蟹を取って食べたこともあるから、岩魚の食べ方は分った。

雌猿はそーっと岩魚を握んで獺を見た。別に怒って襲いかかる様子もなく、見守っている丈《だけ》なので、岩魚の頭にかぶり付き、食い千切っては皮や骨ごと噛み砕《くだ》き夢中になって尾迄食った。獺は、猿の集団の棟梁《ボス》のように食っているところを威嚇する様子も無い。雌猿は今迄接近したことのない異族である獺が餌を提供してくれるとは思ってもいなかったし、谷川でちらりと姿を見掛ける程度の知識でしかなかった。餌をくれるけれど、猿は獺への警戒を解かなかった。

片足がとうとう治癒せぬまま、雌猿は獺の洞窟で暮らすことになった。その間、獺は雌猿のために毎日岩魚を咥《くわ》えて来ては与えた。

動物は相手が敵意を見せぬと悟ると互に親しみ合う様《よう》になる。人間の様に相手が善良で親切だと利用したり、悪用しようと謀《たくら》むが、動物にはそうした悪智恵は無い。二匹は急速に親しくなっていった。

獺は夫婦で棲むのであるが、雌獺は死んだのか、雄獺だけの棲家《すみか》であった。雌猿も獺に好意を持っている内に、行き所の無い侭《まま》にいつしか夫婦の様《よう》になって感謝を示した。

やがて雌猿は妊娠して、二匹の仔を生んだ。猿は外界に出ることを諦め、二匹の仔の成長を楽しみに日々を過ごした。

仔は猿とも鼬《いたち》ともつかぬ顔付をしていて、獺に似ていて指の間に水掻きが付いていた。

雌猿は仔に乳を与えていたが、離乳後は獺が獲って来た魚を争って貪《むさぼ》り食うようになり、その内に、口吻《くちさき》が次第に突き出して来た。

獺は鼈《すっぽん》も捕らえて来た。獺は怜《れい》悧《り》であるから食い付かれぬ様《よう》に頭を噛み砕いてから、手足を食い千切って仔に与えた。鼈は脂肪と滋味があるのでよく捕って来たが、甲羅は柔らかいので噛み破って内臓まで食べさせた。洞穴には鼈の甲羅が幾つも散らばっていた。

雌猿と獺の合の子は狭い洞窟の中で馳け廻って遊ぶまで大きくなった。悪戯《いたずら》好きであったので、鼈の殻にもぐり込んだりした。一匹がそうすると、もう一匹も真似をし、甲羅を背にして這い廻った。これはお気に入りの遊びだった。所《ところ》がその甲羅は子供の成長につれていつの間にか仔の背についた侭《まま》取れなくなった。獺が水泳ぎや水中の動作を教える頃には、背に甲羅が付いている方が水平を保って泳ぎ易かった。

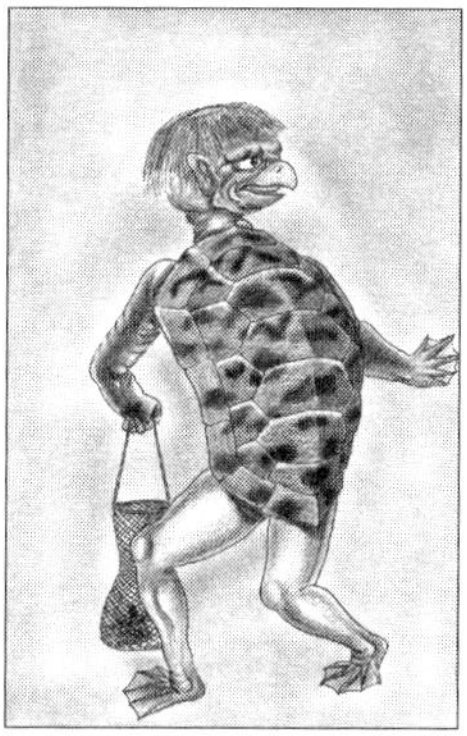

猿面《づら》をしていながら、逃げる魚に食い付く事に焦って口吻《くちさき》を突き出すのが癖になって、いつしか口は烏《からす》の嘴《くちばし》のように奇妙な形となっていった。被っていた鼈の甲羅も柔らかかったので、成長と共に拡がって、ぴったり背中を覆う様《よう》になった。

雌猿と雄獺もこの変な姿の二匹の仔を不思議とは思わなかったのは、吾が子可愛さからであったからであろうか。

二匹の子は、月日が経つと親くらいの大きさに成長し、やがて親離れの時期が来ると、自分達の新しい巣を探しに出て行った。

母猿は片足が利かないし、永い間、暗いじめじめして日を浴びない生活をしていたので身体が甚だしく衰弱し、夫の獺が魚を運んで来ても食べる力を失って、やがて死んでしまった。

新しい巣を求めて親離れした二匹の子は雌《めす》と雄《おす》であった。一度に沢山《たくさん》の仔を生まない動物は独立すると兄妹で夫婦になる例が多い。

　この二匹も下流の岩場の蔭に適当な穴を見付けて共同生活をしている内に夫婦の営《いとな》みをし、やがて雌は二匹の仔を生んだ。

　その仔は親そっくりで、猿でもなければ獺でもない。然《し》かも背に甲羅《こうら》が付いていた。

　この珍しい体形の動物は、川や沼などの水のある所に棲息範囲を拡げ、どんどん増えていった。

　獺が魚を捕らえて岩場に並べる奇習がある様《よう》に、この動物も時々魚を岩場に列べて干したりした。稀《まれ》に畠に出没して胡瓜をもいで来て並べたりもした。悪戯《いたずら》っ気もあり、、人目にも触れるようになった。

「この川には変な動物がいるぞ」

と人々は好奇の目で見て興味を持った。人を恐れずに時には近寄って行くこともあった。やがて川太郎などと名付けられたりした。

　川べりなどを人間の小児が歩いていると、一緒に遊びたくなるのか、いきなり現れて親しくなろうとした。然《しか》し人間の子供はその異態に驚いて逃げ出す。すると追い駈けてつかまえた。子供が悲鳴を上げて抵抗する。しかし遠くで見ていた人は、相撲《すもう》を取っていると思ったりした。時には人間の子が暴れて抵抗すると、水の中に引擦り込んで溺死《おぼれ》させたりした。

　川太郎は腕力が強いばかりでなく、若い女が好きでよく悪戯をした。

　やがて川太郎は妖怪と見られ、小童位の大きさのために川の童《わっぱ》といわれた。地方の訛《なま》り言葉によって違うが、「かっぱ」と称され、嫌われ、警戒された。

　こうして全国的に川童の妖怪的伝承や目撃談が拡まるようになった。

園《その》の長頸《ながくび》

白川権八《ごんぱち》は因州藩《いんしゅうはん》の槍組の小《こ》頭《がしら》の次男であったが、藩内では評判の文武に優れた少年であった。七歳頃から藩の武術指南《しなん》役山田一心齋の創始した仙道無念流の剣術を学び、十八歳にして奥伝《おくでん》を許された。文学は藩の学問所文藻館《ぶんそうかん》に通ってその俊秀さを謳《うた》われていた。然《しか》し家は十両三人扶持《ぶち》の給人《きゅうにん》であったから、道場でも学問所でも席は区分され、その封建的差別の屈辱にも堪えねばならなかったが、それが反面には励みともなった。

同年配の上司の子息は、すでに女遊びをしたり料亭で騒いだりしていたが、権八にはそうした余裕は全く無かった。それでも年頃であったから異性に関心はあった。特に槍組頭河原貞之助の所で働いている婢女《はしため》の園《その》の美貌には心魅《ひ》かれていたが、言葉をかける勇気もなかった。園は同じ組下の久米兼之助五両二人扶持の娘であった。これも生活が苦しいので、四百石取りの頭の河原貞之助の屋敷に行儀見習いとして奉公させたのである。

今日も権八は道場で武術を励んで、袋に収めた木刀を片手にさげての帰り道、組屋敷の土塀に沿って歩いていた所《ところ》、先の角の方で犬が喧しく吠える声がした。何事かとその方に急ぎ足で行くと、土塀を背にして槍組頭河原貞之助の妻と、供の婢女園が立ちすくんで怯《おび》えていた。その前に黄褐色の逞《たくま》しい大犬が綱に索《ひか》れて今にも噛み付かんばかりに吠え立てている。犬の綱を持っているのは若党で、傍《かたわら》に藩の重役佐川宅之進の息子宗之丞が笑いながら立っている。

宗之丞と権八は同年輩である。宗之丞は女好きの遊蕩児《ほうとうじ》で、河原貞之助の組下の久米兼之助の娘の園が評判の美女であったので、側女《そばめ》になる様《よう》申込んだが断られた。それで付け狙っての嫌がらせであった。

河原貞之助の妻は園を護ってやろうとし、園は奥方を守ろうとする。二人は寄り添って土塀を背にしていたのである。園は早くも帯に挿した懐剣の袋の紐を解こうとしていた。宗之丞はこの態《てい》を眺めてニヤニヤ笑いながら、若党に犬をけしかけさせようと命じている。

普段から家格を笠に着て、無法なおこないの多い佐川宗之丞は、嫌な相手である。が、一応藩の重役の息子で身分差があるから権八は丁寧に頭をさげた。

「これは佐川様。この犬は佐川様が御飼いになられている犬ですか」

「おう。そうだ。それがどうした」

「河原様の奥様が、お困りの様《よう》で御座います」

「何？　武家の婦人が犬如《ごと》きに恐れる筈はあるまい」

「でも噛み付かんばかりですが」

「其方。軽輩の倅《せがれ》の癖に、差出がましい事を申すな。犬はジャレてふざけているだけじゃ。タロ。それ行けっ」

その言葉を聞いて、若党は綱をゆるめる。犬は猛然と奥方と園に襲いかかろうと跳躍した。

そのとき、権八の木刀が咄嗟《とっさ》にひらめいた。軽く犬の頭を打てばいいと、跳躍した犬の頭に加減した積《つ》もりであったが、したたかに当たったとみえて、犬はキャンと悲鳴を上げて転び、よたよたと立ち上がり尻尾を股の間に入れて退った。

「白川。何をするっ」

佐川宗之丞は叫んだが、道場で隔《かく》段《だん》の差がある権八にはかなわない事を知っている。

「己《おのれ》っ。軽輩の分際で無礼な奴だ。噛みもせぬ犬に打ち掛かるとは……。覚えておれっ」

宗之丞はひとしきり罵《のの》しって去った。

「危ない所を有難う御座いました。親の威光を笠に着て、本当に嫌な男で御座います」

河原の奥方は頭を下げた。

「わたくしが、佐川家に御奉公に上がらないで御当家にお仕えした為の嫌がらせです。申し訳ありません」

園は奥方に詫びた。

「何の。そんな事では御座りますまい。あの犬は二度と襲ってこないでしょう」

と権八は言ったが、常に親の権威を悪用して質《たち》の良くない不良青年武士達の頭《かしら》となっている宗之丞の事であるから、必ず復讐して来るであろうと覚悟をした。

それにしても秘かに想いを寄せている園と、今後口をきける機会が出来た事は嬉しく思った。

白川権八の父の次郎兵衛は、槍組頭河原貞之助の小頭十両三人扶持の給人である。それが突然、五両二人扶持の給人に落とされた。勤め向き不行届きの咎《とが》に付き召放ち《めしはなち》（追放）すべき所《ところ》、特別の御慈悲を以って平の組下を命ずるというのである。

千石の重役の佐川宅之進が、息子が恥をかかされたのを怨みに思い、

重役連中をそそのかしての処置と権八は悟った。父の次郎兵衛に申し訳ない。然《しか》しその原因が自分にあることを父には話せなかった。
権八は、武家社会の悪弊《あくへい》と矛盾に疑問を持っていた。自分はいつも軽輩と侮《あなど》られ、道で上司に逢うと端に避けて目礼し、冬でも足袋《たび》を履く事は許されない。雨の日は小頭級でやっと傘をさす事が許され、それ以上は紙に桐油を塗った合羽《かっぱ》と網笠《あみがさ》である。それも上司に逢えば笠を脱がねばならない。
何でこんな身分の区別があるのか。何の実績も無いのに先祖の功により高い身分と家格が付いて、高額の禄《ろく》高《だか》を受け偉張っている。給人階級はやっと食うだけの扶持をもらって、上司にコキ使われるばかりか、常に禄の高い身分に頭を下げねばならない。いつ召放たれても仕方がない臨時雇い階級だ。慣習的に父親が役を辞めると子が新規御召抱えとして続

く丈である。禄高をもらっている者は家に禄が付いているから、佐川宗之丞の様《よう》な不良武士でも高禄の父の跡を継ぐ立場だから威張っていられるのである。

幕藩体制が定着する以前の乱世では、雇い足軽の身分の低い者でも戦場で手柄を立てれば出世もできた。いまは重臣の子は代々重臣の家格として認められ、足軽級は永代足軽である。

権八は武道でも麒麟《きりんじ》児といわれ学問所でも俊秀と認められているが、それで昇格することはない。所詮《しょせん》軽輩の家に生まれた者が不運なのである。

権八の兄の純之助は、父の跡を新規御召抱えという名目で継げるかも知れない。しかし父も権八も武士である。武士は武芸で身を立て、家督相続と共に禄を受け継ぐのである。だが、権八のように次男以下の者は部屋住みとして、貧しい乍《なが》らも最下低の二本差しになれるが、五両二人扶持に下げられた今では、夫婦丈《だけ》の食い料丈であ る。子供を生むと生活が苦しくなるだろう。格下げになった権八の家では、権八の食い料は無い。

足軽級は定員制で扶持を配給するから、絶家があると、その分を定員である如くに見せて組頭が独占して、これを株《かぶ》として武士になりたい者に売って定員を満たす。その足軽株を買うにも相当の金がかかる。白川家が小頭であった頃は子も育てられたし、多少の余裕も持てたが、五両二人扶持の平組員に墜されたら権八に株を買ってやる事もできない。第一親子四人では饑《ひも》じい思いをする丈である。故に禄や扶持を受けてい る武士の二、三男は他家に養子に行くか、高禄の者の家の渡り小姓か、若党として使われ自分の食い料を得なければならない。

権八の前途は明るくはなかったが、気持の拠所は園に対して恋慕だった。

或《あ》る日、権八は学問所からの帰途に河原家の婢《はしため》女園と出逢った。

「この間は危ない所《ところ》をお助け下さいまして有難う御座いました」

園は深々と頭を下げて、頬をポッと赤く染めた。権八の方がドギマギした。

「犬が噛み付き相《そう》なので、つい余《よ》慶《けい》な手出しをしてしまって、反《かえ》って御迷惑ではなかったかと思って居りました」

「奥様が大変感謝なされまして、御主人様にもお話なさりました所《ところ》、あの青年は見どころがあるから、中小姓にでも使って見たいくらいだと仰言《おっしゃっ》て居りました」

「拙者《せっしゃ》も親元から独立していかなければならない立場。そう仰言《おっしゃっ》って戴けるのは、まことに嬉しいことです」

「貴男《あなた》様と同じ屋根の下で、御主人様にお仕えできたら嬉しい事ですわ」

　園は権八を見上げた。

　軽輩でも、武士たる者が他家の奉公人の女性と立ち話をしている所を他の武士に見られたら五月蝿《うるさ》い。そうでなくても皆園の美貌に目を付けているのだ。特に佐川宗之丞は園を侍女に使おうとして断られている。人目に触れられては拙《まず》い。権八は処女《おとめ》の羞らいを脳裏に刻みつけて、「では、さらば。奥方によしなに」といって別れた。

　只《ただ》でさえ足軽級の生活は楽でないのに、白川次郎兵衛の家は手当給米を下げられ、四人家族で甚だ困窮している事に、組頭河原貞之助も大変憂《うれ》えていた。小頭当時の白川次郎兵衛はよく組下を纏《まと》め、組頭を補佐していた。良き相談相手であったのだ。

　重役佐川宗之丞の謀《たくら》みによってこうした結果になった事は貞之助も薄々理解していたし、武家社会の昇進の機会《チャンス》の少ない現状にも矛盾を感じていた。そこで、白川家の苦境を少しでも助けてやろうと思って権八を中小姓として住み込みで雇うことにした。

　足軽級は後継《あとつ》ぎの長男以外は、大抵《たいてい》中級の武士以上の家の用人か中小姓・若党になる。主人に気に入られない時は他の主人に仕えて渡り用人・渡り中小姓になって、妻も娶《めと》れず一生を過ごすのである。

　未《ま》だ武家社会の桎梏《しっこく》を身に沁みて体験していない権八にとっても、貞之助の温情は涙の出る程嬉しかった。その上、貞之助の婢女となっている園と同じ屋敷の中で顔を合わせる事ができる。

　権八は、早速河原貞之助の中小姓に採用された。給料は三両一人扶持。

三両は手当で一人扶持は河原家で賄《まかな》ってくれる一人分の食費である。俗に刀を二本差ししていても最下低の侍を三一《さんぴん》というのはこれをいうのである。それでも権八は最下低の武士の生きざまを知らないから、希望を持って忠実に主人に尽くした。

勤務は来客の取りつぎ、主人の登城・下城の供、主人の部屋に侍《じ》して身の廻りの用を足す。食事は下の部屋で仲間・草履取《ぞうりとり》等と共に済ます。寝所は、表門脇の長屋の中の一部屋である。四百石級では表（昼間主人が住んでいる所）と奥（奥様及び婢《はしため》女等の住む女性用の区域）はあまり厳しくないから、廊下の往き来や庭の手入れなどの折に園と屢々《るる》顔を合わせる事ができるし、簡単な言葉も交わせる。

河原貞之助の奥方は、佐川宗之丞の犬の一件以来、権八と園が互いに恋慕の情を抱いている事に気付いていた。できるなら二人を夫婦にしてやりたいが、四百石級の中級武士では、中小姓の権八と園を夫婦にして暮らせる手当をだせる余裕は無い。また二人の恋愛は不義（現在でいう不倫）となり、御家の法度《はっと》である。なまじ権八を中小姓に採用した事によって恋し合っている二人が互いに手が出せない状態になった事を不憫《ふびん》に思った。

権八が、主人の用を命ぜられて城下街に出た時の事であった。佐川宗之丞が供を連れて、向こうからやって来るのに出逢ってしまった。

権八は慌てて道の脇に寄って目礼した。

「何だ。下郎。河原の家の三一《さんぴん》じゃあないか。突っ立ってないで蹲居《そんきょ》しろ。無礼だぞ」

四辺《あたり》に聞こえる様《よう》に大声を出す。

無念であるが権八は蹲居した。

「己は陪臣《またもの》の癖に、身分の高い者に対する礼儀も知らぬのか」

宗之丞は近寄ると権八の肩を蹴った。通行人の居る所で態《わざ》と恥をかかせたのである。涙を堪《こら》えて権八は頭を下げた。

剣も学問も宗之丞と競べものにならない程優秀であるのに、家格違いで反発もできぬ惨めさ。軽輩の生まれである自分をつくづく惨めに思った。

「組頭によく言っとけ。下郎の躾《しつけ》をよくして置けとな。馬鹿者奴《め》っ」

宗之丞は憎々し気に言い放って立ち去った。武家奉公人とはこんなに迄して我慢しなければならないのか。権八は怒りと口惜しさに胸の中を沸《たぎ》らせながら屋敷に戻った。

更に権八に嫌な事が起こった。

重役佐川宅之進が死亡して、宗之丞が家督を継いだのである。佐川家は家老に次ぐ千石取の大身である。登城下城にも侍四人、若党二人、草履取、槍持《やりもち》、挟箱持《はさみばこもち》、馬の口取り等十数人を連れる身分であるから、益々《ますます》横暴になった。主人河原貞之助の供をした時に逢うと、権八ばかりか貞之助までを罵《ののし》った。

余程《よほど》斬り殺してやろうかと思ったが、そうすれば藩の直臣《じきしん》でない陪臣《またもの》が重役に刃傷《にんじょう》したことにより、累《るい》は主人河原貞之助に及ぶ。更に父親白川次郎兵衛や、園の父親久米家にも及ぶ。

権八は愈々《いよいよ》武家社会が嫌になった。脱藩して商人にでもなろうかとも思ったが、これも家を取り潰される原因ともなる。

そうした窮地に悩む権八にさらに難題が降りかかった。

組頭河原貞之助の所へ、佐川宗之丞から園を侍女に、そして権八を中小姓として譲れというのである。前回園を譲れといった時、宗之丞は未だ家督を継いでいなかったから、断れたが、今は家老に次ぐ重役である。断下手な断り方はできない。

「わしの所で召し使って、権八と園を夫婦にしてやっても良いから、二人を当方に譲れ」

と言うのである。園を側女《そばめ》代わりに使い、権八をもっと侮辱しようという魂胆《こんたん》は目に見えている。拒否すれば、今度は組頭河原貞之助が嫌がらせを受けることになる。

河原家でも困惑した。穏便《おんびん》に済ませるには二人に因果を含めさせて差し出すしか方法が無い。貞之助は権八と園を呼んで言いきかせた。園は初めから佐川宗之丞を嫌っているので承諾しなかったが、権八は違っていた。

断れば恐らく主人貞之助の家に災いが及び、組下の白川家も久米家も理由を作って召放ちになるであろう。

二人が出奔《しゅっぽん》（駆落や武士の逃亡）しても同様である。

権八は我慢しても生きねばならぬと覚悟を決めた。堪えるだけ堪えて、最後に我慢できない時は宗之丞を斬って、一切が破滅になっても仕方が無いと思った。そして宗之丞を嫌がる園を淳々と説得した。

「わしも我慢するが、そなたも辛棒して呉《く》れ。これも運命と諦めてくれ」

こうして二人は佐川宗之丞の邸に移った。宗之丞は権八の主人となり毎々《ことごと》に権八を甚振《いたぶ》った。権八の優秀さが癪《しゃく》にさわっているのである。

また園を傍《かたわら》付きの侍女として手を付けようとしたが、園は頑《がん》として言う事をきかなかった。勿論《もちろん》、二人を夫婦にして召し使うなどと言ったのは真赤な嘘である。

園を側女《そばめ》として権八を口惜しがらせようと思ったのは、よろづ優秀な権八に対する腹癒《い》せであったが、それができないとは。

千石級の家になると、表と奥の区別は厳重で、園の居る奥には中小姓級では殆《ほとん》ど近付けない。権八は若いだけに園の事が気になっていたが、諦めるより仕方が無かった。それを知って宗之丞は権八を刺激する様《よう》に奥庭の掃除を命じたりする。中小姓が下男の様《よう》に箒《ほうき》を持って庭を掃くのである。

廊下を通った園が見掛けて、「権八様」と呼んだ。嫌らしい主人の要求を拒否して、辛い日々を送り、ようやく権八の姿を目にしたのである。胸が詰まってそれ以上言えなかった。権八も園の姿を見て、「園。元気でやっているか」というのが精一杯であった。園は言いたい事も言えず、涙を溜めて走り去った。

用人がこれを見ていて宗之丞に大袈裟に告げた。宗之丞は園が意に従わない丈に、二人を弄《いたぶ》る良い材料として、早速権八を呼んだ。権八は廊下に手をついて頭を下げた。

「何処の屋敷でも不義（不倫）は御《ご》法度《はっと》じゃ。使用人同志が通じ合ったら手討にしても差し支えないのだぞ。下郎の分際《ぶんざい》で何といふ奴じゃ」

「決して、その様《よう》な事はありません」

「前々から、其方《そち》が園に気がある事は知っている。じゃから園はわしの言う事をきかぬのじゃ。今度園に口をきいたら手討に致すぞ」

権八は両手をついた侭《まま》であった。

その晩、園は無理矢理に宗之丞の寝所に連れ込まれた。廊下には古参の侍女が、園が逃げ出さない様《よう》に座って見張っていた。

「側女《そばめ》になれば楽な暮らしをさせ、そちの久米家も小頭に引き上げてやると申して居るのに未《ま》だわからぬのか」

宗之丞は苛立った。

「わたくしは殿様の御意《ぎょい》に従う事は嫌で御座います」

園も必死で言った。

「何だと。これ程までわしを嫌うか。うーむ。従うという迄《まで》こうしてくれる」

宗之丞は園に踊りかかった。高禄の武士である自分が嫌われて、最下低の身分の権八に好意を持っている園に侮辱された宗之丞は、

「貴様は使用人だ。主人が使用人を折檻《せっかん》しても差し支えない。従うまで懲《こ》らしめてやる」

と言い放ち、園を押し倒して後《うしろ》手《て》に縛り上げ、縄尻とって鴨居《かもい》の欄《らん》間《ま》に掛けて引き上げ、足先が畳にすれすれになるように吊り下げた。そして園の裾を割って手を突っ込んだ。園は悲鳴を上げた。

「わめくが良い」

宗之丞は興奮してニヤリと笑った。

「温順《おとな》しくいう事をきくまで苛《いじ》めてやる」

と、今度は園の汲帯《しごきおび》を解いて顎《あご》の下にかけ、頭に絡めて、これも鴨居に吊るした。咽喉《のど》にかければ頸《くび》が締まって窒息死してしまうから、顎下にかけて吊るしたのであるが、首に全身の重みがかかって、頸が抜け相であった。

「く、苦しい」

「苦しいか。それならわしの言う事をきけ」

下腹をまさぐりつつ宗之丞は残忍な笑を浮かべ、園の胴を押したりした。園の身体は廻転し頸が抜け相《そう》だった。畳に足先をつけ支えようとしたが、触れる丈《だけ》で踏めなかった。

奥の方から聞こえる悲鳴は、権八の詰める部屋にも聞こえてきた。

あれは園の声だ。園が折檻《せっかん》されている。権八は膝の上の握り拳がぶるぶる震えた。

夜の邸内は静かである。呻《うめ》き声すら微《かす》かに聞こえる。もう我慢がならない。

権八は刀を握って立つと手荒く障子を開け放ち、奥に通じる廊下を走った。

宗之丞の寝所の前の廊下に坐っている侍女を蹴り倒し、障子をガラリと開けた。園は顎《あご》から吊られ見るも無惨な姿にされていた。その前で胡《あぐ》座《ら》をかいている寝巻姿の宗之丞が振り返った。

「おのれは権八。無礼であろう」

と叫んだ。

「いくら主人だとて無躰《むてい》だ。何で園を苦しめるのだ」

「主人の命に従わぬから懲《こ》らしめているのだ。退《さが》れっ」

園は白眼《しろめ》になって天井を見上げて気絶している。細い頸が幾分《いくぶん》伸びた様《よう》に見えた。この凄惨な光景に権八は一切を忘れた。

「宗之丞。覚悟っ」

権八が刀を抜き放ったのを見て、廊下の侍女が、「あれえっ。誰か来てっ。権八が乱心じゃっ」と叫んで這って逃げた。

宗之丞も権八の腕前を知っているから、床の間の刀掛に手を伸ばすより早く、隣の部屋の襖を蹴り倒して逃げた。権八はその背に一刀浴びせたが、慌てていたのか、宗之丞の背から尻を斬り裂いた丈《だけ》だった。園の事が気になっている為に二の太刀が遅れてしまい、暗い部屋を這って逃げる宗之丞には届かなかった。

「日頃の暴言。おぼえたかっ」

と追い掛けた時には、宗之丞は廊下から庭に転げ落ちて、

「権八が乱心じゃ。出合え出合え」

と叫んで這って暗い樹立の陰に逃げ込んだ。

そうだ、園を助けなくては、と権八は振り返り縄を切って園を抱えた。然《しか》し園は伸びた頸をがっくり垂らして、こと切れていた。

これで一切が破滅だ、と権八は園を膝に抱いて涙を流した。宗之丞を逃がしたのは悔《くや》しいが、主に刃向かった罪は逃れられない。物音に驚いて馳け付けた侍や若党が廊下から、

「主に刃向かう逆罪人」

「覚悟しろっ」

「斬り殺してくれる」

と口々に叫んで刀を抜いたが、権八の腕前を知っているので踏み込んで来なかった。

　権八は園を傍《かたわら》に静かに寝かせると、

「園。わしも逝《い》くぞ」

といって、蒼白い顔を侍達に向けた。

「宗之丞を逃がしたのは残念じゃ。自害するから近寄るなっ」

　その言葉を聞いて、侍達は後退《あとずさり》した。権八は胸前を腹の下までくつろげ、腰刀を抜くと逆手に持って一気に下腹に突き立て、横に掻《か》き切った。噴出《ふんしゅつ》する血は園の身体にもかかった。離れていながら囲んで見詰めている侍達を見廻すと、呻《うめ》き乍《なが》ら刃を頸部に当てて一気に掻き斬って園の身体に重なって伏せた。

　乱心して主に刃を向けたという事で、親の白川次郎兵衛一家は御役《おやく》召放《めしはな》ちの上追放。組頭河原貞之助は、十両三人扶持の抱えの身分小頭に格下げになった。飽迄《あくまで》も上層部は庇《かば》い合いをして佐川家に味方したが、宗之丞が刀も抜かず尻から背中を斬られて逃げだしたことは武道不心得として見逃せなかった。佐川家は禄高の半分を削られて五百石となり、百日の閉門を命ぜられた。
　宗之丞は、謹慎している間に傷はようよう癒《い》えたが、無役となって屋敷に籠《こ》もった侭《まま》である。
　或《あ》る晩、宗之丞の寝所の枕屏風の上から、ほの白いものが浮かび上がった。暗い有明行燈《ありあけあんどん》の灯《あか》りで何気なく見ると、それは園の首であった。怨《うら》めし気《げ》に宗之丞を見ると、その首は鶴の首のようにするすると伸び、宗之丞の顔の前に来た。
「ぎゃーっ。化け物だっ」

宗之丞は床を蹴《け》って這い出る。その目の前に血まみれの権八が座って睨《にら》み付けていた。

「助けて呉《く》れっ」

そう叫んで気絶してしまった。大騒ぎになったが、園の長頸《ながくび》や権八の血まみれの姿は見えなかった。宗之丞はすっかりおびえて寝所を替えたが、園の長頸の亡霊は現れた。

園の鶴の様《よう》に長く伸びる首の亡霊は毎晩現れて怯《おび》やかすので、宗之丞は昼間でもおどおどするようになった。

長い頸の園の亡霊が現れると、宗之丞は、

「わしが悪かった。許してくれ」

と狂った様《よう》に喚《わめ》き、遂に刀を抜いて振り廻すようになった。このため家臣等も怖れて次々と暇を取った。

そして無人になった邸《やしき》では、狂った宗之丞が毎夜一人で刀を振り廻して喚《わめ》いていた。藩から派遣された宅番（閉門の屋敷や空屋敷に当宿直する軽輩の役人）も、園の首長《くびなが》亡霊を見て驚いて逃げた。

こうした評判によって、宗之丞の日頃の行跡が重役間で論議され、領地は召し上げられて改易（所領・家禄・屋敷を没収すること）となった。然《しか》し空屋敷には依然として園の轆《ろく》轤首《ろくび》の亡霊が現れるので、邸《やしき》は取壊しとなり、拝領願いが出されるまでその土地は更地《さらち》として放置された。庭には草が茫々《ぼうぼう》と生え、繁った樹々の土地は拝領を願う者も無く、人も踏み込まなかった。

この屋敷跡は後に更屋敷（更は更地、つまり建物の無い土地の意）と呼ばれ、色々の怪談が付加されて言い伝えられた。土塀の上から、蒼白い顔をした女の首がひょろひょろと伸びて、通る人を脅かすという噂が立ったので、藩でも園と権八の霊を慰める為に僧侶を招いて供養《くよう》した。そして墓の代わりに二躰《にたい》の地蔵を立て女夫《めおと》地蔵と称し、香花を絶やさなかった為に二人の怨霊はようやく鎮まったという。

解説にかえて

著者の笹間良彦氏は、すぐれた時代考証学者である。かつ画才のある氏はすぐれた復元絵師でもある。その研究範囲は古代から江戸時代までにわたり、『資料・日本歴史図録』では、先人の有職故実研究者の成果や多くの歴史資料を渉猟して、復元図による日本歴史の生活史ともいうべき図録を著している。なかでも甲冑武具の研究・鑑定では、余人の追従を許さない業績を数多く残している。

また、『江戸幕府役職集成』『大江戸復元図鑑〈庶民編〉〈武士編〉』では、江戸幕府の制度的な構造と庶民の生活実態を明らかにし、その視線は差別された下層の民にまでおよんでいる。さらに『今昔物語集』に見られる各地の仏教説話や中世・近世の伝承・伝説や奇譚に注目し、それらの説話に展開される非日常的世界の分析を通して、背後にある時代を浮彫にし、異界の文化史というべきものを探られた。『ダキニ天信仰と俗信』『絵で見て不思議！鬼とものの文化史』などはその成果である。

その著者が他界されてから、四〇年余にわたって書きためられた短編時代小説が書斎より発見された。原稿が束ねられた数冊の黒表紙には「五拾物語」「新雨月物語」などといくつかの標題が直筆で書かれ、著者の書き下ろしによる奇譚五〇編近くが挿絵と共に収められていた。なぜ著者がこれらの短編小説集を生前に刊行しなかったのかは不明である。ご遺族によれば、研究の合間に楽しみながら書いていたようであり、百話まで書き、今様『百物語』としたいと話されていたという。おそらくその原稿と思われる。

笹間氏の遺稿として本にしたいというご遺族の要望で、編集したものがこの『妖《あやかし》たちの時代劇』である。もちろん著者はじめての小説である。版元より収録頁に要望があり、五〇編ほどの作品はどれも興味深く選択に苦しんだが、テーマに類型のないものを二十一編選ばせていただいた。書名は編者がつけさせていただいた。

読者の皆様は、それぞれに読後感を持たれたと思うが、この短編集の特色は、なんといっても作品に溢れるリアリティである。登場人物の衣服や髪形、甲冑の細部や、武士の作法、農民や町民の生活実態、戦いの布陣や戦闘法まで、研究者としての知識と画才の二つが、作品の背景に見事に裏打ちされており、黒沢監督の時代劇映画を彷彿とさせる臨場感と再現力がある。

さらに登場人物にも注目したい。その多くは結婚もできない下級武士であり、領主から苛酷な年貢を収奪される農民であり、廓に身売りされた遊女であり、性の道具に身請けされた妾であり、食い詰めて山賊となった漂泊の民であり、功名心に躍らされる戦国武士達である。そこには時代と社会に翻弄される男と女の関係があり、彼等の悲劇的な結末が妖《あやかし》たちを生むのである。妖は無念の思いを抱いて死んでいった彼等の化身であり、妖を恐れ見る者のみに顕在する。……それぞれの作品には社会の底辺を舞台として生活する人々への著者の共感と権力への怒りの思いが窺える。

この短編集では、妖たちは悲劇的な現実（時代）を投影する装置として登場する。と考えると、著者にとってこれらの作品集は決して異質なものではなく、著者の研究手法のエレメントの一つと考えてもよいのかも知れない。

瓜坊　進

著者　笹間　良彦（ささま・よしひこ）
1916年生れ。文学博士。（主な著書）『日本甲冑図鑑』『江戸幕府役職集成』『戦国武士事典』（以上、雄山閣出版）、『ダキニ天信仰と俗信』（第一書房）、『図説・江戸町奉行所事典』『資料・日本歴史図録』『図説・日本未確認生物事典』（以上、柏書房）、『絵解き・江戸っ子語大辞典』『大江戸復元図鑑〈武士編〉〈庶民編〉』『図説・龍の歴史大事典』『日本こどものあそび大図鑑』『絵で見て納得！時代劇のウソ・ホント』『絵で見て不思議！鬼とものの けの文化史』『絵で見て楽しむ！江戸っ子語のイキ・イナセ』『図説・龍とドラゴン』（以上、遊子館）、他多数。

編者　瓜坊進（うりぼう・すすむ）
1947年生まれ。著述家。編集者。（主な編書）大岡信監修『図説・日本うたことば表現辞典』（全15巻・既刊1～11巻・刊行会責任編者　遊子館）

遊子館 歴史選書8

妖《あやかし》たちの時代劇

2008年7月10日　第1刷発行

著　者　　笹間良彦
編　者　　瓜坊　進
発行者　　遠藤　茂
発行所　　株式会社 遊子館
　　　　　107-0062　東京都港区南青山1-4-2 八並ビル
　　　　　電話 03-3408-2286　FAX 03-3408-2180
編集協力　有限会社 言海書房
印刷・製本　　株式会社 シナノ
装　幀　　中村　豪志
定　価　　カバー表示

本書の内容（文章・図版）の一部あるいは全部を無断で複写・複製することは、法律で認められた場合を除き禁じます。
© 2008　Yoshihiko Sasama / Susumu Uribou　Printed in Japan
ISBN978-4-946525-91-9 C0093

◆好評発売中◆

絵で見て納得！ 時代劇のウソ・ホント

■遊子館歴史選書1

笹間良彦 著画　四六判・二五六頁・定価（本体一八〇〇円＋税）

映画やテレビ、舞台の時代劇、歴史小説の虚実を絵解きした目からウロコの一冊。

絵で見て不思議！ 鬼ともののけの文化史

■遊子館歴史選書2

笹間良彦 著　四六判・二四〇頁・定価（本体一八〇〇円＋税）

鬼と魑魅魍魎たちの異形の世界を解明。歴史図・想像図一八〇余点を収録した圧巻の書。

天皇家の誕生―帝と女帝の系譜

■遊子館歴史選書3

井上辰雄 著　四六判・二四〇頁・定価（本体一八〇〇円＋税）

はたして皇統は継承されたのか？ 女帝の役割とは？ 日本という国の始まりと天皇家の誕生の歴史を平易に解説。

絵で見て楽しむ！ 江戸っ子語のイキ・イナセ

■遊子館歴史選書4

笹間良彦 著画　四六判・二四〇頁・定価（本体一八〇〇円＋税）

失われたことば、生き続けることば。江戸から平成の江戸っ子語を豊富な絵で解説。

古事記のことば―この国を知る134の神語り

■遊子館歴史選書5

井上辰雄 著　四六判・二八八頁・定価（本体一九〇〇円＋税）

神話のことばから読み解く古代史のドラマ。見開き一話完結で神話の背後に秘められた真意を推理・解説。

図説・龍とドラゴンの世界

■遊子館歴史選書6

笹間良彦 著　四六判・二七二頁・定価（本体一八〇〇円＋税）

龍の起源を古代文明に辿り、インド、ヨーロッパ、中国、日本の龍の系譜を三〇〇余の歴史図像と文献資料を駆使して解説。

絵が語る 知らなかった江戸のくらし〈庶民の巻〉

■遊子館歴史選書7

本田豊 著　四六判・二五六頁・定価（本体一八〇〇円＋税）

絵から読み解く真実の江戸とは。江戸庶民の絵四〇〇余を駆使して現代人の常識をくつがえす「そうだったのか」の一冊。